Sandra Berg

Dubbele bodem

Uitgeverij Zomer & Keuning

'Just keep walking, just keep walking...'
Finding Nemo

ISBN 978 94 0190 291 5
ISBN e-book 978 94 0190 292 2
ISBN Grote Letter 978 94 0190 293 9
NUR 340

© 2014 Uitgeverij Zomer & Keuning, Utrecht

Omslagontwerp Julie Bergen, Riverside Studio
Omslagbeeld Shutterstock/conrado

www.zomerenkeuning.nl
www.sandraberg.nl

Hoewel de plaatsen in dit boek echt bestaan, zijn de karakters en huizen volledig ontsprongen aan de fantasie van de auteur. Elke overeenkomst met bestaande mensen berust op louter toeval.

PROLOOG

Nog niet eens zo lang geleden had Astrid zich afgevraagd of het ooit zou wennen; de fietstocht over de lange grindweg in het bos en het zandpad totdat ze het huisje van Alan bij het kleine meer Barnasjön bereikte.

Misschien had Nils, haar ex, die twijfel bij haar gezaaid.

Nu besefte ze dat ze het eigenlijk best een prettige fietstocht vond. Het scheelde natuurlijk dat ze nauwelijks een winter hadden gehad. De paar weken extreme kou met ijzige wind waren best pittig geweest, maar er had nauwelijks sneeuw gelegen en het huisje van Alan was steeds goed bereikbaar gebleven. Zelfs voor haar.

Nu, eind maart, leek het voorjaar al zijn intrede te doen. Acht graden en bewolkt, maar geen wind. Vogels lieten zich niet onbetuigd en zongen de seizoensverandering toe. Het rook zelfs al groen. Nog even en dan kwamen de kraanvogels en ganzen weer in goed geordende formaties massaal het land binnen. Het ultieme teken dat de winter achter hen lag.

Ze nam het bospad linksaf. Nog even en dan zou ze het kleine optrekje van Alan zien, dicht bij het meertje, enigszins verscholen in het groen.

Een *tiny house*, zo had Alan zijn minihuis genoemd. Er scheen een hele *tiny house movement* te bestaan met mensen als Alan, die weigerden banken te sponsoren door leningen af te sluiten voor grotere woningen.

Astrid had wel een hypotheek op haar eigen zeer bescheiden blokhutachtige huis, zij het een kleine hypotheek. Meer dan dat kon ze ook niet betalen met haar loontje van de ICA. Geen enkele supermarkt bood een riant salaris. Al helemaal niet als je parttime werkte. Maar Astrid had het naar haar zin bij de ICA in Forsheda. Er heerste een gezellige werksfeer en er was altijd tijd voor een praatje met de klanten.

Toen ze haar bescheiden *timmerstuga* betrok, een halfjaar geleden, had ze het klein gevonden. Misschien wel door Nils en de opmerking die hij daarover had gemaakt. Maar in vergelijking met het huisje van Alan was haar huis bijna een riante villa.

Ze begreep Alan. In tegenstelling tot Nils. In tegenstelling tot iedereen in het dorp, nam ze aan. Maar de mensen in het dorp kenden Alan niet zoals zij hem kende, vooral omdat ze niet de moeite namen om hem te leren kennen. Ze zagen een slungel met lang haar en bescheiden snor en baardje, gekleed in versleten jeans en oude shirts, die vrijwillig zonder luxe in een soort speelhuis woonde en soms een te grote mond had tegenover mensen die in hoog aanzien stonden. Ze zagen niet de jongen die hij werkelijk was. Astrid betwijfelde zelfs of Nils de jongen zag die Alan werkelijk was.

Ze was inmiddels linksaf gegaan, het zandpad op, en bereikte nu Barnasjön. Ze zag nu ook de groene planken van Alans huis tussen de gewassen glinsteren.

Ze fietste het hobbelige pad rechts van haar op en glimlachte. Wat voor soort thee zou hij nu weer aanbieden? Bij hem was dat altijd een verrassing. Hij verzon altijd weer iets nieuws. Misschien had hij ook weer die rare koekjes gebakken. Het meel daarvoor maakte hij van noten, meende ze. Maar ze wist het niet precies.

De deur van het huisje ging dit keer niet meteen open

toen ze haar fiets tegen de gevel zette. Hij was natuurlijk weer aan het werk. Dan zag of hoorde hij niets.

Ze strekte haar rug, haalde diep adem en liet haar blik door de omgeving glijden. Het rimpelloze meer straalde een immense rust uit. Een scheve houten stoel stond half in het water en op het piepkleine eilandje wachtte Alans oude bankje met het verlenen van zijn dienst totdat het weer zich daarvoor leende. Rode mos verspreidde zich over de bodem als roestvlekken. Nog even en dan zouden de kleine, ronde zonnedauwplantjes de kopjes weer opsteken, de bomen en struiken in de knop komen en zou er fris groen opduiken om de wereld bij het meer weer tot leven te brengen.

Alan bereidde vast en zeker zijn tuin alweer voor op een nieuw seizoen. Zouden zijn bijen de winter hebben overleefd en voor een nieuwe honingrijke zomer zorgen?

Astrid liep naar het kleine huisje – het had werkelijk een speelhuis voor kinderen kunnen zijn – klopte aan en opende meteen daarna zelf de deur. Alan verwachtte haar immers.

Het eerste wat haar opviel, was de kou. Het was in het kleine huis kouder dan buiten. Alan zat niet aan de kleine klaptafel, die was bevestigd aan de multifunctionele zelfgebouwde kast die aan de ene kant ruimte bood voor boeken en administratiemateriaal en aan de andere kant de voorraadkast was voor de keuken. De laptop stond opengeklapt op tafel en de oude stoel bij het tafeltje was achteruitgeschoven, alsof Alan net was opgestaan.

Het bed – dat tevens dienstdeed als bank – was onopgemaakt.

'Alan?' Terwijl ze zijn naam noemde, liep ze verder naar binnen. Ze liep door de opening tussen de kast met klaptafel en de zogenoemde *rocket stove* – een zelfgemaakte kachel die door zijn ingenieuze bouw niet alleen de ruimte verwarmde, maar ook als fornuis diende en voor warm water in de douche zorgde – naar het keukenblok.

Ze wist natuurlijk dat hij daar niet stond. Het was onmogelijk om iemand over het hoofd te zien in deze kleine ruimte. Maar Alan kon natuurlijk wél in de daarachter gelegen douche of op het toilet zijn.

Ze hoorde echter helemaal niets; geen enkel geluid. Alsof ze in een vacuüm was beland.

In de rocket stove brandde geen vuur. Hij voelde koud aan. Op het aanrecht stond een lege koffiemok en een kom met de resten van een of andere brij of pap.

Was hij vergeten dat ze zou komen vandaag? Hij was soms wat verstrooid, maar hij was nog nooit een afspraak met haar vergeten.

Ze keek door het raam boven het keukenblok naar buiten. Alan was duidelijk in de weer geweest met de bouw van de serre waar hij al zo lang zijn zinnen op had gezet. Er lagen oude planken die hij ongetwijfeld ergens gratis op de kop had getikt en hij had al een deel van een frame in elkaar getimmerd.

Nils zou waarschijnlijk meewarig zijn hoofd schudden als hij het zag. Alan was lang niet zo secuur als Nils, en waarschijnlijk ook niet zo handig.

Maar het was niet erg waarschijnlijk dat Nils hier ooit zou komen. Dat zou tenminste niets voor hem zijn. Het was een gedachte die haar onverwacht woedend maakte.

Ze liep weer de kleine woning uit, om het houten gebouwtje heen, naar de tuin achter het huis. Ze zag nu dat Alan in de tuin had gerommeld; hij had voorbereidingen getroffen voor het inzaaien in het voorjaar. Hij had zelfs met wat strobalen en oude ramen een koude kasbak gemaakt. De bedrijvigheid was duidelijk zichtbaar, maar toch leek de tuin volkomen verlaten. Alsof hij zomaar, van het ene moment op het andere, midden in zijn werkzaamheden was verdwenen.

Ze huiverde bij die gedachte. Een vervelend gevoel bekroop haar als een kleverig insect en liet haar maag samentrekken. Ze kreeg een bittere smaak in haar mond.

Maak je niet druk, zei ze tegen zichzelf. Je fantasie gaat weer met je op de loop.

Ze riep zijn naam opnieuw. Meerdere keren, steeds luider. Haar stem werd hoog en schril. Maar er kwam geen antwoord.

Hij is het gewoon vergeten, dacht ze. Niets aan de hand. Hij struint ergens door de bossen met zijn fototoestel en is het vergeten.

Ze kon zichzelf niet overtuigen. Bezorgdheid nestelde zich in haar hele wezen.

Besluiteloos liep ze weer naar de voorkant van het gebouwtje. Een grijze kat rende haar miauwend tegemoet en streek langs haar benen. De miezerige staart kriebelde haar kuiten.

Ze keek naar beneden, naar het onooglijke beestje met die rare roze neus.

'Willy,' zei ze. 'Waar is je baasje?'

Het beest miauwde hees als antwoord en bleef langs haar benen strijken.

'Honger?' vroeg ze. Ze liep weer naar binnen, op de voet gevolgd door de kat.

In de koelkast vond ze een geopend blikje voer. Willy liet luidruchtig weten dat hij verging van de honger en dat het onderhand tijd werd dat iemand voor hem zorgde. Het beest had nu eenmaal altijd honger en overdreef graag als hij dat duidelijk maakte.

Astrid schepte wat vlees op een bordje en zette het op de grond. De kat begon onmiddellijk te eten.

Astrid zette het blikje weer terug in de koelkast en bleef weifelend staan. Moest ze hier wachten? Moest ze een briefje schrijven en naar huis gaan?

Ze kon hem bellen…

Ze viste haar gsm uit haar zak en toetste zijn nummer in. Haar hand trilde een beetje. 'Idioot die je bent,' mompelde ze tegen zichzelf.

Vrijwel onmiddellijk hoorde ze de gitaarsolo die Alan als beltoon gebruikte. Ze liep naar het bed en vond zijn telefoon tussen de lakens. Haar maag kneep opnieuw samen, dit keer zo heftig dat ze bijna kokhalsde.

'Doe niet zo idioot,' beet ze zichzelf boos toe. Alan vergat de helft van de tijd dat ding mee te nemen als hij ergens heen ging. Soms zelfs expres, omdat hij niet altijd bereikbaar wilde zijn. Niets aan de hand.

Opnieuw mislukte haar poging om zichzelf te overtuigen jammerlijk.

Twintig minuten liep ze besluiteloos rond in het huisje en in de tuin, totdat ze uiteindelijk toch maar een briefje achterliet, de fiets pakte en wegfietste. Ze keek nog minstens drie keer om voordat het huis aan haar zicht werd onttrokken.

Ze zag niemand.

HOOFDSTUK 2

Astrid kon zich niet herinneren dat een werkdag ooit eerder zo lang had geduurd.

Het was kwart over acht toen ze haar eigen woning binnenliep, het gezeur van haar eigen kat om eten negeerde en meteen haar gsm weer tevoorschijn haalde om Alan te bellen.

Ze had op haar werk minstens vijf keer eerder geprobeerd om hem te bellen, maar hij had de telefoon steeds niet aangenomen. Iedere keer had ze zichzelf voorgehouden dat hij wellicht in het bos rondstruinde of naar een of andere bijeenkomst was gegaan en hun afspraak gewoon was vergeten, maar de onrust was evengoed toegenomen bij iedere nieuwe poging om Alan te bereiken.

Haar handen waren klam en beverig nu ze de telefoon veel te hard tegen haar oor duwde. Als hij weer niet aannam, werd ze gek. Iedere poging tot het verzinnen van redenen daarvoor ten spijt.

De telefoon ging over, keer op keer. Er kwam weer geen reactie.

Astrid liep op en neer door de blokhut, op de voet gevolgd door haar hongerige kat. De oude, verweerde planken kraakten onder haar voeten.

Ze moest eigenlijk de haard aanmaken, de kat verzorgen, iets te eten maken voor zichzelf... haar bezigheden oppakken. Maar hoe kon ze dat nu doen? Ze werd werkelijk gek.

Ze keek naar haar gsm. Zou ze...?

Ze slikte moeizaam. Haar keel was kurkdroog.

Ze haalde diep adem en toetste toen toch het nummer van Nils in. Nerveus wachtte ze terwijl de telefoon overging.

Hij nam aan. Het hart klopte in haar keel en ze klemde haar telefoon zo hard vast dat haar hand er pijn van deed. Ze haalde diep adem.

'Bae,' klonk een beschaafde vrouwenstem aan de andere kant van de lijn.

Verdorie. Nam dat mens nu ook al gesprekken op zijn gsm aan? Was het al zo ver gekomen? Ze herinnerde zich niet dat zij dat ooit had gedaan.

Zo ver zijn we nog niet, had Nils nog maar kortgeleden beweerd toen Astrid met het nodige gif in haar stem had gezegd dat Bae zijn nieuwe liefde was. Van die bewering van hem leek dus weinig te kloppen.

'Astrid.' Haar stem klonk iel. 'Is Nils in de buurt?'

'Hij is buiten.'

Buiten? Het balkon? Noemde je zoiets buiten? Wat bedoelde dat mens in hemelsnaam met 'buiten'? En waarom klonk haar stem zo verdraaid beschaafd?

'Kun je hem roepen? Het is nogal dringend.'

'O, werkelijk?'

Ja, natuurlijk 'werkelijk', feeks. Dacht je dat ik hem anders zou bellen?

'Ja, werkelijk,' zei ze, hopelijk ook beschaafd.

'Een momentje.' De gsm werd ergens neergelegd.

Astrid hoorde de hoge hakken van de altijd onberispelijk geklede Bae op de vloer tikken terwijl ze wegliep. Ze keek even naar haar eigen jeans en het sweatshirt waar ze bijna in kon zwemmen, maar dat zo heerlijk zat.

'Idioot,' beet ze zichzelf toe. Wat deed het ertoe?

Alan. Het ging niet om haar. Het ging niet om Bae. Het

ging om Alan. Waar was hij?

De kramp in haar maag nam weer toe.

Minuten kropen voorbij, een voor een, eindeloos langzaam. Eindelijk werd de gsm weer opgepakt. 'Astrid?' De stem van Nils. Vragend en misschien een tikje geïrriteerd.

'Alan is verdwenen,' zei ze meteen.

'Wat bedoel je?'

'Hij is niet in zijn huis en ik kan hem nergens bereiken.'

'Zijn huis? Ik zou het nauwelijks...'

'Nils, alsjeblieft. Kunnen we die discussie achterwege laten? Ik had vanmorgen met hem afgesproken, maar hij was er niet. Zijn mobiel lag op bed en zijn laptop stond opengeklapt op tafel, maar hij was nergens te bekennen. Ik heb hem vandaag nog zes of zeven keer gebeld, maar hij neemt niet op.'

'Hij hangt gewoon in het bos rond en is weer eens alles vergeten. Je weet hoe hij is.'

'Nu nog? Het is donker, Nils, mocht je dat nog niet zijn opgevallen in die blokkendoos waar jij woont. Of ben je in de blokkendoos van je vriendin?' Ze kon het venijn in haar stem niet onderdrukken.

'Kom op, Astrid.'

Astrid haalde diep adem; probeerde zichzelf weer onder controle te krijgen. 'Laat maar. Dit is niet het moment om het daarover te hebben. Het gaat om Alan. Ik maak me zorgen.'

'Je maakt je altijd zorgen. Hij is gewoon in het bos of is naar een of andere bijeenkomst van die rare figuren waar hij tegenwoordig mee optrekt.'

'Ik wil nog een keer naar zijn huis gaan. Ik wil weten of er iets is gebeurd.'

'Wat let je?'

'Het is donker en ik heb alleen mijn fiets. Ik ga liever niet alleen.'

'Dus je verwacht van mij dat ik nu vanuit Värnamo naar jou toe kom om samen naar Alan te zoeken, terwijl hij ongetwijfeld gewoon weer in het bos aan het rondstruinen is of misschien wel met spandoeken ergens staat te demonstreren of zo.'

'Alan demonstreert niet met spandoeken.' Waarom was hij nou zo verdraaid bot? 'Het gaat om je zoon, voor zover je je dat nog herinnert.'

'Doe niet zo belachelijk, Astrid. Je weet wel beter.'

Daar kon ze veel op zeggen, maar ze hield zich in.

Nils zuchtte. 'Ik ben er over een halfuur.'

Op de achtergrond vroeg Bae iets. Nils gaf geen antwoord. Heel goed. Wist zij ook eens hoe dat was.

Zonder een afscheidsgroet verbrak Nils de verbinding. Typisch iets voor hem.

Astrid liet de gsm op de stoel vallen en liep naar de keuken. Ze had het warm en koud tegelijk en was misselijk. Ze was bezorgd, nerveus en woedend. Ze bevond zich in een orkaan van emoties.

Waarom irriteerde het haar nog steeds als Nils bij Bae was? Ze wist dat zijn gezwam over elkaar eerst beter leren kennen nergens op sloeg. Hij was als puber al verliefd geweest op Bae en had de kans die hem ruim een halfjaar geleden was geboden, met twee handen aangegrepen. Alsof er in al die tijd niets was veranderd.

Nils was een dwaas. Maar zij was de grootste stomkop in het hele spel.

Ze zag de vage omtrekken van haar eigen spiegelbeeld in het raam. Een korte, ietwat mollige brunette met springerig bruin haar, een te grote mond en te kleine, dicht op elkaar staande ogen.

Bae was niet langer dan zij, maar wel heel mooi slank; perfect geproportioneerd. Haar zwarte haar zat altijd keurig in model, alsof ze zojuist bij de kapper was geweest, en ze droeg nauwsluitende jurken, pumps en altijd bijpassende sieraden. Geen gerafelde jeans, oversized sweatshirts en gympen. Bae was een dame. Ze was een feeks.

In ieder geval wat Astrid betrof.

Waarom dacht ze nu in hemelsnaam aan dat mens? Alan. Het ging om Alan. Waar was hij?

Ze gaf haar kat eindelijk eten, liep naar buiten om hout te halen voor de haard, maar stak hem daarna niet aan.

Twee elektrische radiatoren verdreven de ergste kou, maar ook niet veel meer dan dat. Het was verre van behaaglijk. Maar misschien was dat niet de reden waarom ze het koud had.

Ze ruimde wat rommel op, maakte een mok thee voor zichzelf, nam uiteindelijk maar één slok, en probeerde nog twee keer Alan te bereiken. Opnieuw zonder succes.

Toen ze een auto voor het huis hoorde stoppen, greep ze haastig haar jas van de kapstok en liep naar buiten.

Verbaasd bleef ze staan. Ze had de oude Volvo van Nils verwacht, maar keek nu naar een rode sportauto.

Nils stapte uit. Met zijn petje en zijn gewatteerde geruite blouse leek hij totaal misplaatst naast de sportieve auto.

'Van Bae?' vroeg Astrid.

'Nee. Van mij.'

'Hm. Wanneer laat je je haar groeien?'

Ze wachtte niet op een antwoord, maar stapte in. Comfortabel was de auto niet. Ze had het gevoel dat ze met haar achterwerk op de grond zat.

'Wat was dat nu weer voor een opmerking,' vroeg Nils toen hij weer achter het stuur zat.

'Wel… de tattoo heb je een tijd geleden al laten zetten, en nu de sportauto…'

'Ik zit niet in een midlifecrisis.'

Astrid gaf geen antwoord.

Nils klemde zijn kaken op elkaar en drukte het gaspedaal

in. Hij trok veel te krachtig op.

Astrid keek naar zijn profiel; zijn wat ronde hoofd met kleine ogen, donkere wenkbrauwen, brede neus en soortgelijke snor en baard als Alan. Vertrouwd en vreemd tegelijkertijd.

'Je zult mij de weg moeten wijzen,' zei hij.

'Dat begrijp ik,' antwoordde ze net iets kribbiger dan ze wilde.

Veel te vroeg gaf ze de richting aan. Nils wist wel ongeveer waar Alan woonde, dus het was niet nodig om nu al aanwijzingen te geven, maar ze deed het toch.

Hij reageerde wat geïrriteerd en zij mompelde een excuus. Waarom deed ze dat toch altijd? Ze was hem geen excuus verschuldigd.

'Weet je zeker dat dit de goede weg is?' vroeg Nils toen de sportauto kreunend de hobbels van de grindweg probeerde te overwinnen.

'Ja, dat weet ik zeker. Het laatste stuk is een bospad.' Het voelde lekker om dat te zeggen, vooral vanwege Nils' gezichtsuitdrukking, die precies voldeed aan haar verwachtingen.

'Geweldig,' gromde hij. Hij minderde vaart.

Naar Astrids zin reed hij veel te langzaam, maar ze vermoedde dat zijn nieuwe speelgoed in duizend stukken uit elkaar zou vallen als hij zijn tempo verhoogde. Wie kocht er nu ook zo'n belachelijk ding?

'Ik lijk wel gek,' zei Nils nijdig toen een harde klap tegen de onderkant van de auto aangaf dat hij een steen op het pad over het hoofd had gezien. 'Alan zit gewoon bij zo'n stel geitenwollen-sokken-steuntrekkers allerlei samenzweringstheorieën te bediscussiëren, die nergens op slaan.'

'Alan is geen steuntrekker,' reageerde Astrid gepikeerd.

'Ik wed dat zijn vrienden dat wel zijn.'

'Ken je ze?'

'Gezien de ideeën die hij tegenwoordig rondbazuint, is

dat niet nodig.'

'Er is niets mis met zijn ideeën of idealen,' vond Astrid.

'O, alsjeblieft... zelfvoorzienend leven, *back to basic*, allemaal van die flauwekul.'

'Je hebt werkelijk geen idee, hè?'

'Meer hoef ik er niet van te weten.'

'Hij leeft inderdaad zo goedkoop mogelijk en probeert in zijn eigen onderhoud te voorzien, maar dat wil niet zeggen dat hij tegen de technologische vooruitgang is. Hij wil alleen dat die anders wordt ingezet. Hij wil dat...'

'Bespaar mij die theorieën. Geen interesse. Hij heeft gewoon te veel tijd omhanden. Daarom komt hij met die rare ideeën.'

Astrid zuchtte diep. Ze wist niet zeker wat erger was. De woede of het verdriet.

Nee. De bezorgdheid. Die was op dit moment het sterkst.

Een paar tellen lang was die bezorgdheid naar de achtergrond verdwenen geweest, maar nu overviel hij haar met geweld. Ze balde haar handen tot vuisten.

Eindelijk reden ze het bospad op. Nog even...

Ze hoopte werkelijk licht achter de ramen te zien als het huis in zicht kwam, maar zodra ze het meertje bereikten en een eventueel licht zichtbaar had moeten zijn, voelde ze meteen haar teleurstelling. Het was aardedonker.

'Juist,' bromde Nils toen hij de auto op het vlakke stuk naast het meer parkeerde en naar de nauwelijks zichtbare contouren van het huis keek. 'En dat noemt hij een huis?'

Astrid gaf geen antwoord, maar klom uit de auto. Haar knieën kraakten daarbij. Niets voor haar, zo'n auto. Of werd ze nu al oud? Ze was nota bene pas zevenenveertig. Of moest dat zijn ál zevenenveertig?

Ze liep regelrecht naar het huisje en ging naar binnen.

'Sluit hij nooit iets af?' vroeg Nils, die haar op de voet was gevolgd.

'Geen idee. Hij is normaal gesproken thuis als ik hier kom.'

Alles zag er nog precies hetzelfde uit als die morgen. De laptop stond nog steeds opengeklapt op tafel, het bed was nog steeds niet opgemaakt en op het aanrecht stonden nog altijd die ene mok en dat kommetje.

Willy was er ook nog. Hij miauwde om meer eten, een verzoek waar Astrid zonder verder nadenken aan voldeed.

Nils stond naast de kast die het woon-slaapgedeelte scheidde van de keuken en keek rond. 'En hier woont hij?'

Astrid gaf geen antwoord.

'Juist ja.'

'Het ziet er toch goed uit.' Waarom kon ze de opmerkingen van Nils niet gewoon negeren?

'Zelf getimmerd, zeker.'

'Hij is geen timmerman, zoals jij. Voor zijn doen...'

'Het verbaast mij al dat hij een hamer heeft opgepakt.'

Astrid draaide zich naar hem om. 'Kun je ook nog iets anders doen dan alleen kritiek geven?'

'Lieve help, Astrid.' Hij zuchtte zoals alleen hij dat kon.

'Hij is niet meer hier geweest,' zei Astrid.

'Hij is gewoon bij wat vrienden of zo. Misschien heeft hij wel een vriendin. Mikael meende dat hij Alan laatst met een griet zag.'

'Als hij een vriendin had, had ik dat geweten,' zei Astrid. Ze klonk overtuigder dan ze zich voelde.

'Hij is zesentwintig, schat. Hij vertelt mama niet alles.'

'Schat?'

'Macht der gewoonte.' Nils grijnsde.

Astrid zuchtte diep. 'Ik ben ongerust.'

'Je bent altijd ongerust,' zei Nils. 'Alan is een volwassen kerel. Hij is gewoon vergeten dat je zou komen en zit bij vrienden. Of bij een vriendin. Waarschijnlijk blijft hij daar slapen.'

'Het is niets voor hem om een afspraak te vergeten.'

'Lieve help, Astrid, zoek niet overal iets achter.'

'Er is iets mis. Ik voel het.' De woorden kwamen vanzelf. Astrid had het niet hardop willen zeggen, maar ze had het steeds gevoeld.

'Er is niets mis. Helemaal niet.' Nils klonk geïrriteerd. 'Wat nu?'

'We kunnen zijn vrienden bellen,' opperde Astrid. Ze liep naar het bed en pakte de telefoon van haar zoon op. 'Ze staan vast in zijn gsm.'

'Denk je dat hij daar blij mee zou zijn?' vroeg Nils met opgetrokken wenkbrauwen. 'Misschien heeft hij dat ding laten liggen omdat hij niet gestoord wil worden.'

Astrid haalde wat onzeker haar schouders op.

'Bovendien is het goed mogelijk dat een deel van de contacten in dat adressenboek geen vrienden zijn. Je weet dat hij zich overal mee bemoeit. Dat hij instanties belt en de discussie probeert aan te gaan en zich zelfs met het bedrijfsleven bemoeit. Ik betwijfel of die mensen op een dergelijk telefoontje zitten te wachten.'

Astrid staarde naar haar handen.

'Mensen als Sigge Pettersson van Chemtek bijvoorbeeld,' ging Nils verder.

'Misschien heeft hij wel een punt,' zei Astrid. Haar stem klonk zwak, verontschuldigend. Ze wist ook niet zo goed wat ze daarvan moest denken. Ze kende Sigge Pettersson immers. Iedereen kende hem.

'Juist ja,' zei Nils. 'Pettersson zou mensen afzetten en illegaal gifstoffen dumpen.' Hij trok een grimas.

'Dat is niet precies wat Alan zegt.'

'Daar komt het wel op neer. Uitgerekend Pettersson, die doorlopend bezig is met het verantwoord afvoeren van afval en gifstoffen, en die meer dan wie dan ook in het milieu investeert.'

'Hij fabriceert pvc en polystyreen.'

'Juist. Je weet toch dat allebei die stoffen in de bouw worden gebruikt?'

'Ja, dat weet ik.'

'Zolang er nog geen volwaardige alternatieven zijn, is het goed dat het bij hem gebeurt. Hij vangt de gassen waar mogelijk op en laat het afval verantwoord afvoeren. Hij investeert in onderzoek naar alternatieven. Wat moet hij dan nog meer doen? Alles sluiten, opdat een ander een fabriek opent waar de zaken minder goed geregeld zijn?'

'Weet ik niet,' mompelde Astrid.

'Alan moet gewoon vrienden zoeken die met beide benen op de grond staan.'

'En als hem nu eens iets is overkomen in het bos?' stelde Astrid, de laatste opmerking van Nils negerend. 'Als hij daar nu rondstruinde, zoals jij het noemt, en is gevallen of zo?'

'Dat zal wel meevallen.'

Hoorde ze een tikje onzekerheid in zijn stem?

'Misschien moeten we in het bos zoeken,' stelde ze voor.

'Nu? Je ziet geen hand voor ogen.'

'Als hij ergens is gevallen, ligt hij daar al een hele dag. We kunnen hem niet ook nog een nacht laten liggen.'

'Hoe stel je je dat voor?'

'Hij heeft vast ergens zaklampen,' meende Astrid. Ze opende en sloot kastjes op zoek naar een draagbare lichtbron.

'En dan?' vroeg Nils. 'Alsof je met een zaklamp zo veel ziet. Bovendien kun je gemakkelijk de weg kwijtraken in het donker. Dat weet je.'

'We kunnen toch in de omgeving zoeken; hem roepen?'

'Ik heb een zaklamp in de auto,' zei Nils met een vermoeide zucht. 'Maar het is gekkenwerk.'

'Kom.' Astrid liep voor Nils uit naar buiten. De kat glipte mee de deur uit.

Nils zuchtte nog maar een keer, liep langs Astrid naar de auto en haalde daaruit een zaklamp tevoorschijn. Een degelijke zaklamp; goede kwaliteit, zoals je bij Nils kon verwachten.

'Ik blijf erbij dat hij gewoon bij vrienden zit,' zei hij toen ze in een ruime cirkel om het huis heen hun zoektocht begonnen.

Hij was niet degene die Alans naam riep. Dat deed Astrid.

Er kwam echter geen antwoord. Geen geluid.

Toen Nils na bijna twee uur zoeken duidelijk maakte dat hij de zoektocht wilde staken, kon ze daar nauwelijks iets tegen inbrengen.

'Misschien moet ik de politie bellen,' zei ze toen ze weer naar huis reden.

'Ik betwijfel of zij iets zullen doen,' meende Nils. 'Alan is een volwassen kerel. Hij kan gaan en staan waar hij wil.'

'Ze kunnen op z'n minst zoeken in het bos. Als hij ergens is gevallen, en dat moet haast wel, dan heeft hij hulp nodig. Misschien is hij gewond geraakt.'

'De kans dat hij gewoon ergens zit te kleppen is aanmerkelijk groter.'

'En toch bel ik de politie als hij er morgen nog niet is.'

'Je doet maar wat je niet laten kunt.'

Nils zette Astrid voor de deur van haar huis af. Hij leek even te aarzelen en een moment lang hoopte Astrid bijna op een geruststelling; een teken van begrip.

Maar uiteindelijk groette hij niet eens. Hij reed weg. Zomaar.

Astrid voelde zich beroerd. Toen ze haar huis binnenliep, schoot de kat langs haar door naar buiten en liet haar helemaal alleen met haar zorgen.

Ze maakte de haard aan en nam een glas wijn. Misschien

hoopte ze slaperig te worden en de moed op te brengen om naar bed te gaan, maar diep vanbinnen wilde ze niet slapen.

Ze was bang.

HOOFDSTUK 3

Astrid opende haar ogen. Ze huiverde van de kou. Haar lijf protesteerde.

Ze hoorde haar kat buiten miauwen. Soms leek het beest niets anders te doen. Miemel. Die naam had het beest niet voor niets gekregen.

Astrid kwam moeizaam overeind uit de stoel, waarin ze uiteindelijk toch was ingedut. Ze voelde zich gebroken; alsof ze was overreden door een trein. En zo zag ze er waarschijnlijk ook uit.

Ze greep haar gsm en keek naar de display. Niemand had gebeld.

Ze slofte naar de deur, maakte hem open voor de kat en schepte vlees voor het beest op een bordje. De kat was nat. Het regende. Een wat trieste constatering.

Astrid zette het blikje vlees weer weg en bleef besluiteloos staan. Moest ze eerst weer naar het huisje van Alan fietsen om te kijken of alles nog hetzelfde was, of kon ze beter meteen de politie verwittigen?

Ze keek naar de klok. Zeven uur pas. Het politiebureau was voorlopig nog gesloten. Ze moest nog een tijd wachten... Tot tien uur. Om tien uur ging het politiebureau pas open. Idioot... zo laat.

Ze keek door het raam naar buiten – grauw weer, wind en regen – en toen weer naar de gsm, die ze achteloos op de salontafel had gelegd. Zou ze nog een keer...?

Ze liep erheen, drukte op de herhaaltoets en wachtte.

Het telefoontje werd niet aangenomen.

Ze besefte dat het waarschijnlijk weinig zin had om naar het huisje te fietsen. Het was niet erg waarschijnlijk dat Alan er nu was, en het hield alleen maar onnodig op.

Nee. Ze zou de politie bellen. Vragen of ze in het bos konden zoeken. Dat was de enige optie.

Maar het bureau ging pas om tien uur open. Tien uur. Belachelijk.

Zou ze het alarmnummer bellen?

Nee. Niet het alarmnummer. Nog niet.

Ze zette thee voor zichzelf en smeerde zelfs een boterham, maar ze kreeg niet meer dan twee happen door haar keel.

Ze belde de ICA en meldde zich ziek. De beterschapswens nam ze met een schuldgevoel aan. Ze meldde zich hoogst zelden ziek, en al helemaal niet onterecht.

Het zou ook nu niet nodig zijn geweest. Ze hadden het heus wel begrepen als ze de situatie had uitgelegd. Maar ze wilde niets uitleggen. En ze wilde nog veel minder horen dat ze zich zorgen maakte om niets. Ze voelde nu eenmaal wat ze voelde. Ze voelde dat er iets mis was.

Om acht uur belde ze toch maar naar de politie. Het was ondenkbaar te wachten totdat het bureau om tien uur openging. Onmogelijk.

Zoals ze had verwacht werd ze verbonden met een telefoonbeantwoorder, maar ze kon in ieder geval een boodschap achterlaten. Ze hield het kort. 'Mijn zoon is sinds gistermorgen vermist. Spoed. Astrid Reynberg.' Ze noemde haar telefoonnummer twee keer voordat ze de verbinding verbrak.

Ze maakte een nieuwe kop thee voor zichzelf en wachtte.

Als het maar niet tot tien uur hoefde te duren.

Haar maag rommelde. Ze ging tot drie keer toe zitten,

om meteen weer op te staan en rond te lopen.

Toen de telefoon ging, schrok ze.

Haar stem trilde een beetje toen ze haar naam noemde.

'U spreekt met de politie in Värnamo,' meldde een vrouwelijke stem. 'U sprak een bericht in over een vermiste zoon?'

'Dat klopt. Mijn zoon Alan is sinds gisteren vermist. Ik vermoed dat hij in het bos de weg is kwijtgeraakt of ergens is gevallen, waardoor hij niet meer in staat is om naar huis te gaan.' Ze wist natuurlijk niet of hij werkelijk het bos in was gelopen en de weg kwijtraken was wel erg onwaarschijnlijk voor Alan, maar ze wilde serieus genomen worden. Vallen, je bezeren, zelfs verdwalen in het bos was tenslotte een reëel gevaar. Zulke dingen gebeurden geregeld, vooral in deze omgeving.

'Ik zal u doorverbinden met Sven Löf.'

Astrid wachtte. Alweer. Ongeduldig tikte ze met haar voet op de grond.

Het duurde een eeuwigheid.

Eindelijk hoorde ze de rokerige stem van Sven Löf.

'Mijn zoon is verdwenen,' meldde ze meteen. 'Ik vermoed dat hij het bos is ingelopen en dat er iets is gebeurd.'

'Sinds wanneer is hij verdwenen?'

'Gistermorgen. Misschien al langer, maar ik zou hem gistermorgen bezoeken en toen bleek hij niet thuis te zijn. Ik probeer hem al sinds gistermorgen te bereiken, maar het lukt niet. Dat is niets voor hem.'

'Waarom neemt u aan dat hij het bos in is gegaan?'

'Omdat Alan veel tijd in het bos doorbrengt. Hij is fotograaf en schrijft artikelen over de natuur. Hij woont ook in het bos, ziet u.'

Een moment lang was het stil aan de andere kant van de lijn.

'Hallo?' probeerde Astrid. Was de verbinding weggevallen?

'Hoe heet uw zoon, mevrouw Reynberg?'

De klank in de stem was veranderd. De kou die Astrid al vanaf de vorige dag plaagde, drong door tot in haar botten.

'Alan. Alan Höglund.'

Sven schraapte zijn keel. 'Bent u thuis?'

'Ja.' Haar hart klopte in haar keel. Ze transpireerde. Hoe kon ze in hemelsnaam transpireren als ze het koud had?

'Wij komen zo meteen naar u toe.'

'Is er iets met hem gebeurd?'

'Nee. Niet voor zover ons bekend.'

De opmerking stelde Astrid niet gerust. Ze haalde diep adem en probeerde krampachtig zichzelf onder controle te houden. 'Mijn adres is...'

'Ik ken uw adres.'

De verbinding werd verbroken en Astrid bleef met de telefoon in haar handen staan.

Er was iets aan de hand. Ze voelde het. Het betrof Alan.

Er was niets met hem gebeurd, had de agent gezegd. Niet voor zover bekend. Had hij haar alleen willen geruststellen? Nee. Onwaarschijnlijk. Die Sven wist iets. Maar Astrid had geen idee wat dat 'iets' kon zijn. Ze wist alleen dat het betrekking had op Alan. Haar Alan.

Ze had de verandering gehoord in de stem van Sven toen ze Alans naam had genoemd. Dat was niet voor niets geweest. Hij had meteen begrepen wie zij was. Wie Alan was. Waarom?

In een impuls wilde ze Nils bellen. Maar ze bedacht zich. Ze had zijn botte opmerkingen nu niet nodig. En bot was hij. Vooral als hij aan het werk was. Of bij Bae.

De stomkop.

Ze voelde zich opeens alleen. Eenzaam.

Ze kende veel mensen in het dorp, ging om met vrouwen die ze gerust vriendinnen durfde te noemen. Maar er was niemand die ze nu kon bellen en die het zou begrijpen.

Ze liep op en neer in haar kleine huis en stopte alleen om Miemel te verzorgen en om koffie te zetten.

Ze wachtte en wachtte. Ze geloofde niet dat ze ooit eerder zo veel tijd had doorgebracht met wachten. In ieder geval niet voor haar gevoel.

Toen de politieauto voor de deur stopte, verstijfde ze. Ze had erop gewacht, maar nu duurde het een paar tellen voordat ze zichzelf ertoe kon brengen naar de voordeur te lopen en deze te openen.

Toen ze Sven aan de telefoon had gesproken, had ze verwacht dat hij een vijftiger was met een dikke buik en een wat kwabbig gezicht met van die priemende ogen, maar nu zag ze dat ze zich had vergist.

Geen van beide agenten was dik of kwabbig. En ze waren allebei niet boven de vijftig.

De agent die zich voorstelde als Sven Löf was een pezige, lange man van rond de veertig met vaalblauwe ogen en stekelig peper-en-zoutkleurig haar. De andere agent was waarschijnlijk rond de vijfendertig en niet langer dan één meter vijfenzeventig, wat er extra klein uitzag naast de minstens twee meter lange Sven. Zijn gezicht was rond en bijna babyachtig, met groenbruine ogen en keurig gekapt bruin haar. Hasse Björkman. Hij glimlachte vriendelijk, bijna verontschuldigend, toen hij Astrid een hand gaf.

Astrid opende haar deur voor de mannen en liet hen binnen.

'Ik heb koffie,' mompelde ze.

Ze had op hen gewacht; ijsberend, ongeduldig. En nu ze er waren, wilde ze het liefst dat ze niets zeiden. Nils had haar labiel genoemd, vlak voordat hij vertrok.

Misschien had hij gelijk.

De mannen deden netjes hun schoenen uit in de kleine hal en volgden haar naar binnen, naar de open keuken, waar ze de mokken al op de keukentafel had klaargezet. Mokken, en een schaal koekjes natuurlijk. Je bood geen koffie aan zonder koekjes of andere zoete zooi. Niet in Zweden.

'U had geen moeite moeten doen,' zei Sven, met een blik op de tafel. 'We hoeven geen ...' ·

Astrid liet hem niet uitspreken. Ze keek hem aan. 'Alstublieft?' Ze was zich bewust van de smekende klank in haar stem.

Ze wilde hier niet staan luisteren naar het nieuws dat ze brachten. Slecht nieuws, ongetwijfeld. Ze had tijd nodig. Na al het wachten had ze toch nog tijd nodig.

Sven aarzelde.

'Een kop koffie zal wel smaken,' reageerde Hasse. Hij wierp zijn collega een waarschuwende blik toe.

Typisch. Astrid zou gezworen hebben dat Sven degene was die de beslissingen nam. Nu bleek dat niet zo te zijn. In ieder geval niet op dit moment.

Hasse ging aan tafel zitten en Sven volgde zijn voorbeeld met opeengeperste lippen. Astrid schonk drie mokken koffie in. Ze treuzelde, besteedde veel meer aandacht dan nodig aan het terugzetten van de kan. Maar uiteindelijk ging ze zitten. Er was geen ontwijken meer aan.

'Uw zoon, Alan Höglund,' begon Sven. 'Ik denk dat we even over hem moeten praten.'

Astrids huid trok samen. Kippenvel.

'Hij woont in het bos bij Torskinge,' vervolgde Sven, 'bij het Barnasjön.'

Astrid knikte. Haar mond was droog. Er zat een brok in haar keel die van geen wijken wist.

'Er is niets met hem gebeurd, voor zover wij weten,' mengde Hasse zich haastig in het gesprek. Weer een korte waarschuwende blik richting Sven, terwijl die zijn koffie rijkelijk voorzag van suiker en melk. 'We zijn alleen verbaasd over zijn verdwijning.'

Sven trok zijn wenkbrauwen op. 'Verbaasd?'

Astrid keek van de een naar de ander. Waar ging dit over?

'U weet dat Sigge Pettersson hem heeft aangegeven?'

Astrids angst sloeg om in verbijstering. 'Heeft Sigge hem aangegeven?'

'Ja. Meneer Pettersson heeft aangifte gedaan van laster en vernieling van eigendom.'

'Wat?' reageerde Astrid verward.

'Alan heeft Sigge Pettersson openlijk beschuldigd van oplichterij en milieucriminaliteit,' zei Hasse. Zijn blik was nu op Astrid gericht. Hij was ernstig, maar er lag ook iets van medelijden in die blik. Medemenselijkheid, misschien. Al dan niet aangeleerd.

'Ik weet dat hij daarover een ingezonden brief in de krant heeft gepubliceerd en dat hij de nodige negatieve uitlatingen heeft gedaan,' zei Astrid voorzichtig.

Ze was daar niet blij mee geweest. Dat had ze hem ook gezegd. En Nils had het ook genoemd. Gisteren nog.

'Alan heeft Sigge een paar dagen geleden in de fabriek opgezocht en hem bedreigd.'

'Alan bedreigt niemand,' zei Astrid. 'Hij is tegen geweld.'

'Behalve als het hem goed uitkomt?' vroeg Sven.

'Hij is tegen geweld,' herhaalde Astrid scherp.

'Sigge Pettersson zei...'

'Het kan mij niet schelen wat Sigge Pettersson zegt. Ik ken mijn zoon.'

'Volgens Sigge Pettersson heeft Alan hem bedreigd, en daar zijn getuigen van,' zei Hasse. 'En dan de vernieling. De nacht na de bedreiging is er in de fabriek ingebroken en zijn er machines vernield. In diezelfde nacht zijn er eieren tegen de ramen van Petterssons privéwoning gegooid en zijn de muren van de villa beklad met rode verf. Bewijsmateriaal en een getuigenverklaring wijzen in Alans richting. Helaas.'

Astrid schudde heftig haar hoofd. 'Dat kan niet. Onmogelijk. Zoiets doet hij niet.'

'Er zijn getuigen van de dreigementen en een buurman zag die bewuste nacht een jongeman die aan Alans beschrijving voldoet bij de villa van Pettersson. En misschien herkent u dit?' Sven haalde een plastic zakje uit zijn zak met daarin een halsketting. Hij liet het haar zien.

Astrid sloeg haar hand voor haar mond. Ze herkende de ketting meteen. Een simpele ketting met een hangertje van een wolf. Simpel, maar uniek. Alan had hem ooit gekregen van een Amerikaanse vriend, die zijn leven wijdde aan de bescherming van wolven.

Ze hoefde niets te zeggen. Sven begreep zo ook wel dat ze de ketting herkende.

'Dat dacht ik al,' zei hij terwijl hij de ketting weer in zijn zak liet verdwijnen. 'Deze is in de fabriek gevonden, na de inbraak.'

Astrid schudde opnieuw haar hoofd. Ze wilde er iets tegen inbrengen, maar er kwam geen woord over haar droge lippen.

'Er zijn vingerafdrukken en voetsporen aangetroffen, maar die kunnen we alleen vergelijken met die van Alan als we hem vinden,' ging Sven verder. 'En het ziet ernaar uit dat hij alles in het werk stelt om dat te voorkomen. Dat geeft te denken, nietwaar?' Zijn priemende blik was op Astrid gericht.

Astrid schudde nog steeds haar hoofd. Onmogelijk. Niet Alan.

'Ouders zijn vaak de laatsten die weten wat hun kinderen uitspoken. Al helemaal als die kinderen reeds volwassen zijn en een eigen leven leiden,' zei Hasse. Zijn stem was zo veel milder dan die van Sven. Astrid wilde zich vasthouden aan die stem; alleen nog maar met hem praten.

Maar zei Hasse niet eigenlijk hetzelfde als Sven?

De verwarring had zich als een bloedzuiger aan haar vastgezogen. 'We hadden een afspraak,' zei Astrid. Haar stem vibreerde. 'Ik zou thee bij hem drinken. Hij houdt zich altijd aan onze afspraken. Hij zou iets hebben gezegd als... als... Onmogelijk.' Ze schudde haar hoofd. Ze was in een nachtmerrie beland. Ze sliep en dit was een nachtmerrie. Het kon niet anders.

'Hebt u een idee waar hij nu kan zijn?' vroeg Hasse. Hij keek haar onderzoekend aan. Geen beschuldiging in zijn ogen. Niet bij hem.

Ze schudde weer haar hoofd. 'Misschien is hij het bos in gegaan en is er iets gebeurd, zoals ik al zei. Hij kan het vast uitleggen.' Haar stem klonk zacht, onzeker.

'Vast wel,' gromde Sven.

Astrid haatte hem. De verwarring mengde zich met frustratie. Ze richtte haar blik op hem. 'Iemand is onschuldig tot het tegendeel is bewezen,' zei ze. Haar stem klonk nu scherp, maar droeg nog steeds een trilling met zich mee die haar vertwijfeling verraadde. Alan een inbreker en vandaal; gevlucht voor het recht. Onmogelijk.

'Hij is het bos in gelopen en verongelukt,' vervolgde ze. 'En in plaats van hem te zoeken en helpen, zitten jullie hier beschuldigingen te uiten waarvoor jullie niet voldoende bewijs hebben.' De laatste woorden stierven bijna weg. Ze verdronken in onzekerheid en schaamte.

'Mogelijk,' zei Hasse. 'Alles is mogelijk. We zullen in ieder geval in het bos met de zoektocht beginnen. We zullen eerst naar zijn woning gaan en van daaruit de omgeving uitkammen. Als er werkelijk iets met hem is gebeurd, vinden we hem zeker.'

'En als hij zich ergens verscholen houdt, vinden we hem ook,' zei Sven.

'Hij houdt zich niet verscholen,' bracht Astrid ertegen in. Ze had werkelijk een hartgrondige hekel aan Sven.

'We zullen zien.' Sven nam een koekje en at het op.

Astrid hoopte dat hij zich verslikte. Niets ernstigs, maar een flinke hoestbui met bijbehorende benauwdheid zou toch wel op z'n plaats zijn.

Hij verslikte zich natuurlijk niet.

De agenten dronken hun koffie haastig op en kwamen weer overeind.

'We gaan hem zoeken en laten het u weten als er nieuws is,' beloofde Hasse.

Astrid knikte.

'Neem contact met ons op als Alan opduikt,' zei Sven. 'Als u werkelijk in zijn onschuld gelooft, moet dat geen probleem zijn. Dan kunnen we zijn vingerafdrukken en voetafdrukken vergelijken met het bewijsmateriaal van de inbraak en het vandalisme, en hem uitsluiten.' Hij trok daarbij even zijn wenkbrauwen op. Hij geloofde duidelijk niet in Alans onschuld.

Hasse waarschijnlijk ook niet, maar die deed tenminste alsof hij erin wilde geloven.

Sven legde zijn kaartje op de tafel. 'U kunt mij altijd bereiken op dit nummer.'

Astrid knikte en liet de agenten uit. Ze keek hen na toen ze wegreden.

Pas toen ze niets meer zag, ging ze weer het huis in. Ze had geen idee wat ze nu moest doen. Op de tafel, naast het kaartje van Sven, lag haar gsm. Ze pakte hem op en toetste het nummer van Alan in.

Er werd nog steeds niet opgenomen.

HOOFDSTUK 4

Zeggen dat ze zich ongemakkelijk voelde toen Astrid de oude fabriek binnenliep waar Nils aan het werk was, was zwak uitgedrukt. Nils maakte al maanden deel uit van het team dat de rubberfabriek in oude stijl moest renoveren, opdat de juiste sfeer werd bepaald voor een ontmoetingsplaats voor jong en oud, met bioscoop, bibliotheek, caférestaurant en nieuwe ondernemingen. Een prestigeproject, waarover de meningen verdeeld waren.

Afbraak van de oude fabriek met al zijn gebreken had voor de hand gelegen, maar nostalgie en monumentenzorg hadden de strijd over de toekomst van het gebouw gewonnen. De renovatie was enkele maanden geleden op gang gebracht en zou nog vele maanden doorgaan.

Dat Nils daarvoor was aangenomen, was niet zo vreemd. Renovatie van oude objecten was zijn paradepaardje. Hij was er goed in, en dat wist hij. Bovendien woonde hij in Värnamo en stond daar de loods die hij had gehuurd om zijn bedrijfsspullen op te slaan.

Hij werkte altijd alleen. Personeel aannemen had hij ooit wel overwogen toen het werk hem boven zijn hoofd leek te groeien, maar dat idee had hij toch weer verworpen. Hij was te secuur. Personeelsleden met minder hart voor de zaak zouden hem uiteindelijk mateloos irriteren.

Eigenlijk had Astrid helemaal niet naar de fabriek willen gaan. Maar ze had het na veel gepieker toch maar gedaan.

Maar alleen omdat ze thuis bijna gek was geworden en omdat ze niet meer had geweten wat te doen.

Eerst had ze alleen de fiets gepakt om naar het dorp te fietsen. Een paar rondjes dorp – en het ontwijken van de ICA – hadden echter geen greintje rust gebracht en in een impulsief moment had ze de bus genomen naar Värnamo, en daar was ze van het station naar de fabriek gelopen.

Nils was natuurlijk niet de enige die in de oude fabriek aan het werk was, maar er was niet zo veel volk als ze had verwacht. Nils had geklaagd dat iedereen elkaar voor de voeten liep, maar nu kon ze zich daar met de beste wil van de wereld niets bij voorstellen. Maar was dat niet typisch Nils?

Ze hield een bebaarde man in blauwe overal aan en vroeg naar Nils Höglund.

'Nils? Eerste verdieping, rechts. Op het lawaai afgaan dat-ie muziek noemt.' De man grijnsde en liep weer weg.

Astrid liep over de stoffige vloer naar de trap, vermeed het om de leuning vast te pakken die verborgen ging onder een dikke grijze laag stof, en hoorde Guns N' Roses meteen toen ze boven was. *Sweet child o' mine.*

Ze ging op het geluid af en zag Nils met de rug naar haar toe zitten. Hij was met hout in de weer en zong zacht met het nummer mee.

In een flits herinnerde ze zich hoe ze soms samen in de auto hadden gezeten, wiegend op de maat van dergelijke nummers, niet zelden hard – en niet al te melodieus – meezingend.

Ze voelde een bitterheid waarvan ze dacht dat die lang geleden was verdwenen.

Waar was het allemaal misgelopen? Waarom brokkelde haar zorgvuldig opgebouwde leven af, steen voor steen?

Niet aan denken, nu.

Ze schraapte haar keel. 'Nils?'

Hij hoorde haar niet.

Ze liep naar hem toe en raakte zijn schouder aan.

Hij keek om. Zijn gezichtsuitdrukking veranderde richting verbijstering. 'Astrid?'

Ooit had hij haar Assy genoemd. Lang geleden.

Niet aan denken.

'Ik moet met je praten,' zei ze.

'Wat?'

'Ik moet met je...' Ze merkte dat ze schreeuwde om boven het geluid uit te komen, bukte zich en draaide het volume van de radio omlaag. 'Ik moet met je praten.'

Hij ging recht staan en keek haar aan. Wantrouwend. Misschien wat ongerust? 'Waarover?'

'De politie was vanmorgen bij mij.'

'Waarom?'

'Vanwege Alan. Ik had gebeld; verteld over zijn verdwijning.'

'Ja?'

'Sigge Pettersson heeft een aanklacht tegen Alan ingediend.'

'Dat verbaast me niets. Alan moet eens leren zijn klep te houden.'

'Wegens laster, inbraak en vandalisme.'

'Wat?'

Verbaasd. Nils was met zekerheid verbaasd. Het verraste Astrid zowaar een beetje.

'Ik heb gezegd dat Alan zoiets niet deed.'

'Aan laster doet hij wel,' zei Nils. 'Dat weet je. Pettersson zal het wel beu zijn.'

'Alan heeft dingen over Pettersson gezegd die hij misschien niet had moeten zeggen, maar hij breekt nergens in en vernielt niets. Dat weet je.'

'Ik neem aan dat de aanklacht niet uit de lucht komt vallen.'

'Hij zou Pettersson hebben bedreigd.'

'Dat zei Pettersson?'

'Hij had getuigen. Volgens de politie dan.'

'Hij zal zijn klep dit keer te ver hebben opengetrokken,' reageerde Nils geïrriteerd. Goed zo. Het deed hem in ieder geval iets.

'Alan bedreigt niemand,' herhaalde Astrid.

'En die getuigen dan?'

'Misschien wel vrienden van Pettersson of zo.'

'Dus Pettersson zou daarover hebben gelogen?' Nils klonk nu cynisch. 'Juist ja.'

O, wat haatte ze het als hij zo reageerde. 'Niet per se gelogen. Misschien de woorden verkeerd opgevangen. Of verdraaid.'

'O, kom op, Astrid. Je kent Pettersson. Een stijve hark, maar hij heeft een goede naam. Hij doet veel voor de gemeenschap.'

'Ik ken hem wel, maar niet echt persoonlijk. Ik heb hooguit af en toe wat beleefdheden met hem uitgewisseld. Maar ik ken hem dus niet echt, net zomin als jij.'

'Alsjeblieft, Astrid...'

'Je wéét dat Alan niet dreigt, inbreekt of schandaliseert.'

'Alan is veranderd. Hij trekt met die rare snuiters op die zichzelf activisten noemen, en je weet hoever sommigen daarin gaan.'

'Alan is niet veranderd. Hij is nog steeds de jongen die hij altijd was.'

'Heb je de laatste tijd nog weleens naar hem gekeken? Echt gekeken?'

'Meer dan jij, Nils. Meer dan jij. Ja, hij heeft lang haar en kleedt zich in kapotte spijkerbroeken en dergelijke. En ja, hij woont in een minihuis, teelt zijn eigen groenten en fruit en heeft zich afgekeerd van de levensstijl die wij wellicht als normaal ervaren. Hij heeft zijn idealen en daar vecht hij voor. Maar hij is géén vandaal of inbreker.'

'Hij wás geen inbreker of vandaal, maar die idealen waar je het over hebt, slaan gemakkelijk om in een obsessie, die iedere actie moet rechtvaardigen. Zeker onder druk van andere extremisten.'

'Alan is geen extremist.'

'De beschuldigingen komen niet uit de lucht vallen. Als de politie hem wil oppakken, is daar een reden voor.'

'Ze kunnen het tegendeel niet bewijzen.'

'Nóg niet, neem ik aan.'

'Verdorie, Nils, ik had van jou meer begrip verwacht. Hij is je zoon, weet je nog? Al trek je je daar weinig van aan sinds je kwijlend achter die Koreaanse aan loopt.'

'O, gaan we nu op die toer?'

'Weet je wat... ga maar snel terug naar je liefje. Ze houdt vast het bed voor je warm.'

Astrid draaide zich met een ruk om en liep weg. Waarom was ze in hemelsnaam hierheen gekomen?

Ze merkte dat ze huilde toen ze de fabriek uit liep. Met een woedend gebaar wreef ze over haar gezicht. Hoe had ze in hemelsnaam ooit verliefd kunnen worden op die kinkel?

Met grote passen liep ze naar de bushalte. Het regende. Geweldig. Dat kon er ook nog wel bij.

Dat ze een halfuur op de volgende bus moest wachten en bijna verkleumde in haar koude, natte kleding, verbaasde haar niet eens meer. Alles ging verkeerd. Haar leven viel uit elkaar. Het was ruim een halfjaar geleden begonnen met de eerste loslatende steentjes, en nu dreigden de gammele restanten van haar bestaan in één keer in te storten.

Waar was Alan?

Ze overwoog meteen naar huis te fietsen toen ze weer in Forsheda was, maar ze bedacht zich en fietste naar de ICA.

Haar collega's reageerden verbaasd toen ze haar zagen.

'Gaat het weer beter?' vroeg Brigitta, die, zoals meestal, aan de kassa zat. 'Het was zeker migraine. Heb ik ook weleens. Soms lijkt het alsof je hele hoofd explodeert en dan, van het ene moment op het andere, is het weg. Poef.'

Een klant legde zijn waren op de band en Brigitta wendde zich haastig tot hem om hem te helpen.

Astrid wist er een glimlach uit te persen en liep meteen door naar achteren, op zoek naar haar baas, Bengt. Ze vond hem in het magazijn, waar hij een stagiaire wees waar de conserven stonden.

Hij reageerde verbaasd toen hij Astrid zag. 'Ik dacht dat je ziek was?'

'Nee. Ik ben niet ziek. Heb je even tijd?'

'Ja, natuurlijk. Eh... personeelskantine? We zouden ook in mijn kantoor kunnen gaan zitten, maar daar zit de boekhouder nu.'

'De kantine is prima.'

Ze liep met Bengt naar het keukentje en ging aan tafel zitten.

'Koffie?' vroeg hij. 'Nee, je hebt liever thee, nietwaar?'

'Doe maar koffie,' zei ze. Dat dronk ze zelden omdat ze er niet zo goed tegen kon en ze zag de verbazing op het gezicht van haar baas. 'Ik geloof dat ik het nu nodig heb.'

Bengt keek haar vragend aan, leek zijn vraag te willen stellen, maar bedacht zich en schonk koffie in voor haar en zichzelf.

Ze ging aan tafel zitten en wachtte totdat hij tegenover haar zat.

'Alan is verdwenen,' zei ze toen.

Bengt trok zijn wenkbrauwen op. 'Verdwenen?'

'Ik zou gistermorgen thee bij hem drinken, maar hij was er niet. Dat is nog nooit eerder voorgekomen. Hij vergeet onze afspraken nooit, maar in dit geval dacht ik dat dat misschien toch het geval was. Ik heb hem daarna steeds geprobeerd te bellen, maar ik kan hem niet bereiken.'

'Vandaar. Ik vond gisteren al dat je erg afwezig was,' zei Bengt.

Ze keek hem vragend aan.

'Je had de melk bij de yoghurt gezet en de hamburgers bij de vegetarische producten gelegd.'

'O jee, sorry.' Astrid voelde dat ze kleurde.

'Maakt niet uit. Ik begrijp het volkomen. Maar misschien is hij gewoon naar vrienden of zo?'

'Zijn laptop stond opengeklapt op tafel en alles zag eruit alsof hij slechts voor een moment de deur uit was gelopen. En de kat...' Ze sloeg zichzelf voor het hoofd. 'Dat ik daar niet meteen aan heb gedacht.'

'Wat?'

'Alan zou nooit twee dagen naar vrienden gaan zonder iets voor de kat te regelen. Nooit.'

'Misschien bleef hij langer weg dan verwacht?' opperde Bengt.

Maar Astrid schudde haar hoofd. 'Nee. Dat doet hij niet. Hij vergeet zijn kat niet. Dat beest is alles voor hem.' Ze haalde diep adem. 'Ik dacht dat hij misschien het bos in was gelopen en dat er iets was gebeurd. Maar, nou ja...' Ze keek naar Bengt. 'Ik zei het tegen de politie, maar ze denken dat hij is ondergedoken of zo. Naar het schijnt heeft Sigge Pettersson van Chemtek een klacht tegen hem ingediend.'

Bengt leek even te twijfelen. 'Ik heb zoiets gehoord, ja,' zei hij toen.

Astrid keek hem verbaasd aan. 'Wanneer?'

'Vanmorgen. Brigitta hoorde het van Olle Johansson.'

'Wat heeft Olle dan gezegd?'

'Dat Alan Sigge heeft bedreigd en hem heeft aangevallen.'

'Lieve help, wat een onzin. Alan heeft niemand aangevallen.'

'Waar wordt hij van beschuldigd?'

'Laster, bedreiging, inbraak en vandalisme.'

Bengt floot tussen zijn tanden en leunde achterover in zijn stoel.

'Hij heeft het niet gedaan,' zei Astrid.

'Hij heeft die ingezonden brief geschreven,' merkte Bengt op. 'Ik denk dat je rustig van laster kunt spreken. Nog afgezien van de verhalen die hij over Sigge verspreidde.'

'Oké, hij heeft beschuldigingen geuit. Dat is waar. Maar hij heeft niemand bedreigd, en al helemaal niet ingebroken of spullen vernield.'

'Ik neem aan dat ze een reden hebben om hem te verdenken?'

'Ja. Maar Sigge kan iets als een bedreiging hebben opgevat terwijl het niet zo bedoeld was. Laten we eerlijk zijn: Sigge is ongetwijfeld woedend op Alan, en dat is begrijpelijk.'

'Ja, dat is begrijpelijk, maar ik geloof niet dat Pettersson zoiets zegt als het niet waar is.'

'Hij kan Alan verkeerd hebben begrepen,' meende Astrid. En ze mompelde erachteraan: 'Hij zou niet de enige zijn.'

'En die inbraak en vernielingen?'

'Daar zijn geen bewijzen voor.'

'Behalve dat hij is ondergedoken?' klonk het opeens vanuit de deuropening. Uitgerekend Brigitta. Ze had natuurlijk alles gehoord.

Het was Astrid een raadsel hoe Brigitta haar klant zo snel had kunnen afschepen en erin was geslaagd iemand anders achter de kassa te plaatsen, maar de bijna gepensioneerde collega was zeer vindingrijk als ze haar nieuwsgierigheid wilde bevredigen.

'Hij is niet ondergedoken,' zei Astrid, feller dan bedoeld.

'Maar waar is hij dan?' vroeg Brigitta terwijl ze het keukentje binnenliep, koffie voor zichzelf inschonk en ook aan tafel kwam zitten.

'Misschien is hij het bos in gelopen en is er iets gebeurd,' zei Astrid.

'Dat is natuurlijk mogelijk,' meende Brigitta, 'maar de politie zal dat nu niet echt geloven, of wel?'

'Ik denk het niet.'

'Maar ze zoeken toch wel naar hem, mag ik hopen? Als er werkelijk iets is gebeurd...' Ze huiverde, misschien een tikje overdreven. Haar gouden oorbellen en armbandjes rinkelden.

'Ja, ze zoeken hem,' bevestigde Astrid.

'Ik kan wel wat navraag doen,' stelde Brigitta voor. 'Ik ken veel mensen. Misschien heeft iemand hem nog gezien.'

'Ik denk dat iedereen ervan uitgaat dat hij is ondergedoken. In ieder geval zodra ze over die aanklacht horen. En ik neem aan dat dat al de ronde doet. Je weet hoe ze hier in het dorp over hem denken.'

'O, maar de meeste mensen mogen hem best, hoor,' verzekerde Brigitta haar. 'Ze schrikken alleen soms van de ondoordachte uitingen die hij doet.'

'Ze vinden hem raar,' zei Astrid.

'Misschien een beetje. Maar je weet hoe ze hier zijn.'

'Ja. Dat is het platteland,' viel Bengt haar bij. 'Maar ze bedoelen het niet verkeerd. En wie weet heeft iemand hem gezien. Navraag doen kan geen kwaad.'

'Misschien niet,' gaf Astrid toe. 'Ik zou het zelf wel willen doen, maar ik geloof niet dat ik dat nu kan opbrengen. Bovendien word ik waarschijnlijk nijdig als ze iets zeggen wat ik niet wil horen. En dat gebeurt gegarandeerd.'

'Je hoeft het zelf niet te doen,' zei Bengt. 'Brigitta heeft het immers aangeboden en ze kent iedereen in het dorp.'

'Ik kom vandaag liever niet eens werken,' zei Astrid.

'Natuurlijk niet,' zei Bengt meteen. 'Neem gewoon de tijd die je nodig hebt.'

Astrid knikte.

Bengt legde zijn hand op haar arm. 'Ze vinden hem heus wel,' verzekerde hij haar. 'Je zult zien... het komt allemaal goed.'

'Natuurlijk komt het goed,' viel Brigitta hem bij. 'Je zult het zien, Astrid.'

Ongetwijfeld verheugde Brigitta zich op haar taak om navraag te doen, maar Astrid nam het haar niet kwalijk. Brigitta was nu eenmaal zoals ze was en het feit dat ze met iedereen durfde te praten, kon ook in haar voordeel werken.

Toen Astrid opstond om te vertrekken, omhelsden Bengt en Brigitta haar warm en hartelijk en beloofden haar nog een keer dat het allemaal goed zou komen. Astrid voelde zowaar de tranen weer opwellen. Haastig maakte ze zich uit de voeten, voordat er meer collega's konden opduiken.

Eenmaal buiten haalde ze diep adem. Het regende natuurlijk nog steeds, maar het maakte niet uit. Ze was toch al nat en koud. Ze pakte haar fiets, stapte op en fietste weg, toen opeens een zwarte Range Rover recht op haar af kwam. Ze trok geschrokken aan het stuur en kon de auto nog maar net ontwijken. Bijna viel ze, maar door snel haar voet aan de grond te zetten kon ze een harde klap tegen het koude, natte beton voorkomen.

Ze was boos en verward toen de auto vlak voor haar tot stilstand kwam en een man uitstapte. 'Wat deed je?' riep ze nijdig uit.

'Sorry. Het spijt me enorm. Ik keek werkelijk niet uit.'

Astrid nam de man op. Hij was waarschijnlijk van haar eigen leeftijd, lang en slank, gekleed in een zwarte spijkerbroek, donkergrijze coltrui en een kort leren jasje. Hij had geen uitgesproken knap gezicht, maar wel interessante trekken. Objectief gezien was zijn mond te smal, maar het kuiltje in zijn kin voorkwam dat zijn gezicht daardoor een harde uitdrukking kreeg. Zijn ogen waren bruin; donkerbruin, zo leek het. Zijn haar zwart en een tikje warrig, waarschijnlijk met opzet.

Ze had hem nooit eerder gezien.

'Het spijt me werkelijk enorm,' herhaalde hij. 'Ik was met mijn gedachten ergens anders, vrees ik. Ik zag je veel te laat. Heb je je bezeerd?' Hij keek haar onderzoekend aan.

'Nee. Nee, het is al goed,' hakkelde Astrid terwijl ze zijn blik een beetje ontweek. De woede was alweer gezakt. De verwarring was gebleven. Of aangesterkt.

'Misschien kan ik u een kop koffie of zo aanbieden, vanwege de schrik? Hoewel... ik weet eigenlijk niet of je in dit dorp ergens koffie kunt drinken.'

'Nee, niet echt,' zei Astrid. 'Alleen bij mensen thuis.'

'Ik kan je bij mij thuis een kop koffie aanbieden, maar ik ben niet van hier, en ik vrees dat mijn aanbod verkeerd wordt opgevat.'

'Geen probleem. Het is al goed,' verzekerde Astrid hem. Ze hield haar blik gericht op een punt tussen de auto en de man in. Als ze naar hem keek, kreeg ze het warm. Belachelijk. Alsof ze niets belangrijkers aan haar hoofd had.

'Als je dat zeker weet,' zei de man nog wat aarzelend. 'Het spijt me, nogmaals.'

'Het is al goed.' Astrid stapte haastig op haar fiets en maakte dat ze wegkwam.

Op weg naar huis probeerde ze haar gevoelens op een rij te krijgen. De man had indruk op haar gemaakt. Hoe was dat mogelijk onder de huidige omstandigheden? Alsof ze op een vent zat te wachten... En al helemaal nu.

En alsof zo'n vent op haar zat te wachten... Lieve help,

misschien werd ze wel gek.

Ze fietste zo hard ze kon naar huis.

Miemel wachtte al bij de voordeur op haar. Miauwend, uiteraard. Ze liep naar binnen, gaf de kat eten en maakte de haard aan. Ze had behoefte aan warmte. Veel warmte.

Ze haalde haar gsm weer tevoorschijn en toetste het nummer van Alan in. Een stem vertelde dat het gekozen nummer niet bereikbaar was. De batterij van Alans telefoon was inmiddels ongetwijfeld leeg.

HOOFDSTUK 5

De telefoon ging. Astrid pakte het toestel op en staarde minstens een paar tellen nerveus naar het ding, voordat ze het telefoontje aannam.

'Met Astrid Reynberg.' De hand waarmee ze de telefoon vasthield, trilde.

'We hebben hem nog niet gevonden,' zei Sven Löf meteen.

Het was acht uur 's avonds. Het was onwaarschijnlijk dat de politiemensen hier de belachelijk lange diensten draaiden zoals je in films en series zag, en dus was Sven ongetwijfeld thuis, bij zijn vrouw en kinderen. Als hij die tenminste had. Ze kon zich hem eigenlijk nauwelijks met een gezin voorstellen.

'We hebben het hele bos uitgekamd, maar geen spoor van Alan aangetroffen. Niets wat erop wees dat hij werkelijk in het bos is, zoals u suggereert. Bovendien ligt zijn fototoestel in die hut,' ging Sven verder.

'Het is een huis. Geen hut.'

'Trekt hij normaal gesproken niet het bos in om foto's te maken?'

'Ja.' Astrid onderdrukte een rilling.

'Wel, het lijkt erop dat hij dat nu niet heeft gedaan. Het is dus erg waarschijnlijk dat hij is ondergedoken.'

'Nee. Dat is níét erg waarschijnlijk,' wierp Astrid tegen. 'Ik heb erover nagedacht. Het zal u ongetwijfeld verbazen, maar het is absoluut niet waarschijnlijk dat hij is onderge-doken. De laptop stond opengeklapt op tafel. Hij gaat ner-gens heen zonder dat ding. Bovendien is de kat gewoon thuis.'

'Wat?'

'De kat. Willy. Hij laat dat beest niet zomaar achter.'

'Hij weet heus wel dat mensen naar hem zoeken en zich om dat beest bekommeren.'

'Hij laat hem niet achter. Ik ken Alan.'

'Misschien niet zo goed als u denkt.'

'Béter dan u denkt,' kaatste Astrid terug. Het was zo veel gemakkelijker om tegen hem in te gaan, nu ze hem niet in de ogen hoefde te kijken. 'En hij gaat heus niet alleen het bos in om foto's te maken.' Ze wist dat Alan zelden het bos in ging zonder zijn fototoestel. Ook als dat niet zijn pri-maire doel was. Hij liep gewoon niet graag het risico een mooie foto te missen. Maar bevestigden uitzonderingen niet de regel? 'Zoekt u morgen verder?' vroeg ze.

'Er is een opsporingsbericht uitgegaan.'

'En dat is het?'

'Er is niet veel meer wat we kunnen doen.'

'En als hem iets is overkomen?' vroeg ze.

'Daar gaan we niet van uit. Gezien de situatie...'

'U móét doorgaan met zoeken.'

'We doen wat we kunnen.'

Astrid verbrak de verbinding. Zomaar. Zonder een woord van afscheid; zonder een groet. Ze was kwaad. *We doen wat we kunnen.* Een dooddoener. Ze deden niets meer, terwijl Alan misschien hulp nodig had.

Ze keek door het raam naar buiten. Ze zag niets dan duisternis. Ergens daarbuiten was hij. Ongeacht wat ieder-een zei. Ze kende hem beter dan wie ook. Alan was geen crimineel.

Morgen zou ze naar zijn huisje gaan. Morgen ging ze op

zoek naar aanwijzingen en zou ze desnoods zelf het bos uit-kammen. Zodra het licht werd, ging ze aan het werk. In geen geval bleef ze thuiszitten en eindeloos wachten.

Een auto stopte voor het huis en Astrid keek verbaasd naar buiten. Ze herkende de contouren van een sportauto in het licht van de buitenlamp.

Nils.

Hij kwam binnen zonder te kloppen.

'Iets van Alan gehoord?' vroeg hij zonder enige inleiding.

'Nee. Niets. Ik heb net met de politie gesproken. Ze hebben in het bos gezocht, maar niets gevonden.' Ze keek naar Nils, naar zijn ongeschoren gezicht en het warrige haar dat onder de pet uit piepte. Ze voelde een lichte verwarring, die ze haastig wegdrukte.

Nils zuchtte diep. 'Heb je koffie of zo?'

Astrid knikte en liep naar het keukenblok om koffie en thee te maken.

'Ik weet dat je er niets over wilt weten, maar hij kan wer-kelijk ondergedoken zijn,' zei Nils terwijl hij aan de keu-kentafel ging zitten. Zij keek niet naar hem, maar ze voelde dat hij naar haar keek.

'Hij is niet ondergedoken,' zei ze. 'Dat is niets voor hem. Maar dat buiten beschouwing gelaten, is het gewoon on-waarschijnlijk dat hij zijn laptop opengeklapt op de tafel laat staan en de kat zonder verzorging achterlaat als hij voor langere tijd weggaat.'

'Misschien ging hij ervan uit dat de kat vanzelf zou wor-den gevonden en verzorgd,' opperde Nils.

Astrid draaide zich naar hem om. 'Je lijkt die politieman, die Sven wel,' zei ze pinnig. 'Maar Sven kent Alan niet. Jij wel. Van jou had ik meer verstand verwacht.'

'Alan is veranderd. Dat weet je. Niet alleen in uiterlijk, maar vooral in instelling. Hij bemoeit zich met zaken die hem niet aangaan, stuurt lasterbrieven naar de krant en maakt een heleboel heisa op basis van verdenkingen die nergens op gebaseerd zijn.'

'Hoe weet je zo zeker dat zijn verdenkingen nergens op gebaseerd zijn?' vroeg Astrid.

'Tegenover Sigge Pettersson? Je weet wel beter dan dat.'

'Nee, dat weet ik niet,' zei ze koppig. Hij hoefde niet te weten dat het haar ook niet lekker zat.

'Astrid, kom op... Hij gaat gewoon met de verkeerde mensen om. Hij is toch ook bij zo'n sekte... hoe heet die toestand? *Zeitgeist movement* of zoiets?'

'Dat is geen sekte. Het is opgericht door wetenschappers met een eigen visie op de wereld en de veranderingen die die moet ondergaan, om ervoor te zorgen dat we niet ten onder gaan.'

'Klinkt als een sekte.'

'Lieve help, Nils. Verdiep je eens ergens in voordat je je oordeel klaar hebt.'

'Nee, dank je. Maar je hebt gelijk wat die kat betreft, denk ik. Alan is gek op dat lelijke mormel.'

'Ik heb gelijk?' Astrid kon het niet laten om dat te benadrukken. Een beetje plagend, zoals ze dat vroeger vaak had gedaan. Maar ook een beetje spottend.

Hij keek haar aan en trok een grimas.

Astrid zette een mok koffie voor hem neer en een mok thee voor zichzelf.

Hij proefde voorzichtig. 'Sterk.'

'Ik dacht dat je hem graag sterk had.' Typisch Nils om altijd ergens over te klagen.

'Dat is ook zo. Hij is lekker.'

Nils' telefoon ging over. Hij viste hem uit zijn zak en keek naar de display.

'Bae?' vroeg Astrid.

Hij knikte, leek even te aarzelen en drukte de oproep weg.

'Neem je hem niet aan?' vroeg Astrid. Ze kon de ietwat – oké, misschien iets meer dan ietwat – sarcastische toon niet helemaal uit haar stem weren.

'Niet nu. Later.'

Is de verliefdheid nu al aan het afzwakken, had ze willen vragen. Maar ze deed het niet. Ze knikte alleen.

'Wat ga je doen?' vroeg Nils. Hij nam een nieuwe slok koffie.

'Hoe bedoel je?'

'Kom op, Astrid. Je hebt in je kop gehaald dat er iets is gebeurd en ik weet zeker dat je het er niet bij laat zitten. Je gaat vanavond niet gewoon naar bed om morgen op te staan en aan het werk te gaan, braaf wachtend op een teken van leven.'

'Ik ga vanavond gewoon naar bed, maar dat is inderdaad het enige wat ik zal doen. En alleen omdat ik vanavond niets anders kan doen en afgelopen nacht nauwelijks heb geslapen.'

'En morgen?'

'Zodra het licht is, ben ik bij zijn huis. Dan zoek ik daar eerst naar mogelijke aanwijzingen, verzorg ik de kat en vervolgens ga ik de omgeving uitkammen. Desnoods de hele dag.'

'In je eentje?'

'Ik denk het.' Ze keek hem vragend aan. Zou hij…?

Hij zuchtte diep. 'Hoe laat?'

'Zeven uur.'

'Je weet dat ik het druk heb in de rubberfabriek en dat het nog maar de vraag is of alles op tijd af komt?'

'Ja.'

Hij zuchtte opnieuw diep. 'Ik zal er zijn. Morgen om zeven uur.' Hij dronk zijn mok leeg en zette hem met een klap neer. 'Ik moet gaan.'

'Ik neem aan dat Bae op je wacht?' Ze had de vraag liever

ingeslikt, maar hij was aan haar lippen ontsnapt, zoals dat zo vaak gebeurde.

Nils keek haar even aan, maar gaf geen antwoord.

Hij stond op, klaar om te gaan. Klaar om haar weer alleen te laten.

Blijf vannacht hier, had ze willen zeggen. Ze wilde niet alleen zijn. Ze wilde haar angst om Alan niet alleen het hoofd bieden.

Maar ze vroeg het natuurlijk niet.

Hij nam met een korte groet afscheid en liep naar buiten, naar zijn rode sportauto. Toen hij wegreed, keek ze door het raam naar de verdwijnende lichten.

Ze was weer alleen. Ze dronk de thee die nog op de keukentafel wachtte en haalde daarna de fles wijn weer tevoorschijn, in de hoop dat die haar nu wel zou helpen met inslapen.

Ze was werkelijk moe toen ze uiteindelijk, veel te laat, naar bed ging. Maar eenmaal in bed wilden haar ogen niet sluiten. Ze dacht aan Alan. Maar ook aan Nils en alles wat er tussen hen was gebeurd.

Ze hadden het niet slecht gehad, Nils en zij. Hoe scherp ze zich ook probeerde te concentreren op zijn minpunten, ze hadden het niet slecht gehad.

Nils had dat ook nooit beweerd. Hij had alleen meer gezocht dan het gezapige leven dat ze leidden. Meer dan het standaard gekibbel, dat bijna een automatisme was geworden. Meer dan de vanzelfsprekendheid van een langdurige relatie, waarin je geen moeite meer deed om de liefde te bewaren.

Had het ook aan haar gelegen?

Ze dacht aan de man die haar bij de ICA bijna had aangereden. Aan het verwarde gevoel dat hij haar had bezorgd, ondanks de situatie waarin ze verkeerde. Was zij, net als Nils, bevattelijk voor de charmes van iemand voor wie ze niet vanzelfsprekend was?

Onzin. Welke charmes? De man was aantrekkelijk geweest, maar slechts beleefd naar haar toe. Niet meer dan dat. Dat was volkomen anders dan bij Nils. Hij had niet alleen iets in Bae gezien, maar zij ook in hem. Het was een wonder dat ze niets met elkaar waren begonnen toen Nils en Astrid nog bij elkaar waren. Maar dat fatsoen had hij in ieder geval nog gehad. Hij had gewacht.

Maar hoe zou het zijn geweest als die man bij de ICA werkelijk iets in haar had gezien? Een andere dag, een andere situatie. Hoe zou zij hebben gereageerd?

Niet zoals Nils, hield ze zich voor. Het knagende gevoel van onzekerheid drukte ze haastig weg.

Alan.

Waar was Alan?

Ze bewoog onrustig en telde de minuten.

Af en toe dommelde ze even in. Niet meer dan dat. En als ze indommelde, dan droomde ze onrustig.

HOOFDSTUK 6

Het liefst was Astrid de volgende ochtend om zes uur al naar het huis van Alan gefietst. Ze kon immers toch niet meer slapen en het wachten maakte haar stukje bij beetje gek. Maar ze had om zeven uur met Nils afgesproken, dus ze moest thuisblijven.

Eigenlijk idioot dat haar leven nu nog steeds door Nils werd gestuurd. Ze speelde met het idee om gewoon te vertrekken, maar deed het niet. Rebels gedrag had vaak door haar hoofd gespookt, maar ze had er nooit iets mee gedaan; nooit iets in praktijk gebracht. Het was niet logisch om dat nu wel te doen. Stom tot en met.

Ze kende Nils: hij zou zich nijdig omdraaien bij haar huis en weggaan. Hij zou haar niet achterna komen. En op dit moment had ze zijn hulp nodig, hoe ellendig ze dat ook vond.

Net voor zeven uur hoorde ze eindelijk Nils' auto voor het huis stoppen. Ze greep haar jas en stapte in haar rubberlaarzen, toen ze nog een auto hoorde stoppen. Ze stopte midden in haar beweging. Wat nu?

Nog een auto. En nog een. Verbijsterd opende ze de deur en keek naar de vier auto's die voor haar huis werden geparkeerd. Twee andere auto's kwamen net aanrijden.

Een paar kerels stapten uit. Astrid kende hen. Ze waren lid van dezelfde jachtclub als Nils. In de achterbakken van twee auto's blaften honden.

Nils was ook uitgestapt. 'Kom je nog?' vroeg hij.

'Wat...'

'Hulp. Deze mannen kennen de weg in de bossen.'

Ze knikte vluchtig, groette de mannen en stapte bij Nils in. 'Lieve help, wat is dat ding laag,' mompelde ze toen ze wat onhandig in de stoel plofte.

'Valt wel mee. Tenzij je natuurlijk een dagje ouder wordt.' Hij grijnsde even.

'Leuk. Ik ben twee jaar jonger dan jij, *gammal gubbe*.'

'In leeftijd misschien. In leeftijd.'

'Hoe heb je in hemelsnaam die club van je zo snel bij elkaar kunnen trommelen? Gezegd dat er een eland te schieten viel?' Ze wilde op haar tong bijten. Waarom hield ze haar mond niet?

'Rotopmerking, Astrid. Ze komen helpen.'

'Weet ik. Dat was inderdaad een rotopmerking.'

'We schieten niet zomaar wat raak. Dat weet je. We houden ons prima aan de regels, er gaat niets verloren en het vlees is beter dan de rommel die jullie bij de ICA verkopen.'

'We verkopen geen rommel bij de ICA, en over het eten van vlees zullen we maar geen discussie aangaan.'

Nils zuchtte geïrriteerd

'Maar het is tof van hen dat ze komen helpen,' zei Astrid haastig. 'Ik neem aan dat ze niet allemaal vrij waren.'

'Nee. Ze moesten allemaal werken. Maar dit ging voor.'

'En die honden? Speuren die niet alleen naar elanden of zo?'

'Niet de honden die ze nu bij zich hebben. Die zijn getraind op het zoeken van mensen. Ze worden regelmatig ingezet als er mensen in het bos zijn verdwaald.'

'O? Dat wist ik niet. Ik dacht dat die mannen alleen jachthonden hadden.'

'Er is wel meer wat je niet weet,' mompelde Nils. 'Het helpt als je je erin verdiept.'

'Ja, ja.'

Nils reed de grindweg op en minderde vaart om zijn vehikel te sparen. Anders reed vlak achter hem met zijn Volvo V70 en Lars meteen achter Anders met zijn Mitsubishi L200. Lars had ongetwijfeld geen moeite met het bospad. Net zomin als Tore, met zijn Suzuki Vitara. Maar zelfs de Mitsubishi's van Anders en Gunnar en de Passat van Ingvar liepen niet zo veel risico de grond te raken als dat rare lage ding van Nils.

'Ik snap nog steeds niet waarom je zo'n onpraktisch mormel hebt gekocht,' zei ze, terwijl ze in elkaar kromp toen de bodem weer iets raakte.

'Het is een Barchetta, geen mormel. En hij is niet bedoeld om in de bossen te rijden.'

'Maar je bent nergens liever dan in de bossen. Wat moet je dan hiermee?' Was het soms een idee van Bae, wilde ze vragen. Maar ze hield zich in.

En dat deed Nils blijkbaar ook. Hij gaf geen antwoord op die laatste vraag.

Het leek een eeuwigheid te duren voordat ze eindelijk Alans huis bereikten, maar toen ze bij het meer kwamen en het huis enigszins zichtbaar werd, kreeg Astrid meteen een naar gevoel in haar buik. Een naar gevoel dat nog net iets dieper in haar lijf sneed dan de misselijkheid die haar al vanaf Alans verdwijning plaagde.

Er was iets anders dan anders.

Ze wist niet meteen wat ze zag, maar toen ze beter keek, zag ze dat de deur een klein stukje openstond en dat de gordijnen scheef hingen. Er zat een barst in een van de ramen. Onder het trapje zag ze de ogen van Willy blinken.

De auto stond nauwelijks stil, toen Astrid er haastig uit klom en naar het huisje liep. Toen ze de deur opende, schrok ze van de ravage. Het leek alsof er een storm in het huis had gewoed. De laptop was verdwenen, het beddengoed kapotgescheurd en op de grond gegooid. De matras en de stoelkussens waren opengesneden. De kastjes stonden open en alles was op de grond gegooid.

Ook de keukenkastjes waren geleegd en de grond was bedekt met scherven, meel, allerlei zaden en kruiden die Alan graag gebruikte en een lodderige massa aan etenswaren uit de koelkast. De deur naar de badkamer stond open en ze ving een glimp op van een soortgelijke chaos aldaar. Astrid stapte verbijsterd over de rommel heen en wierp een blik naar binnen. Hier kon ze niet eens meer lopen.

'Wat is hier gebeurd?' vroeg Nils. Hij was in de deuropening blijven staan.

Astrid draaide zich naar hem om. 'Dit kan de politie toch niet hebben gedaan?' Ze wachtte niet op een antwoord, maar pakte haar gsm en zocht het nummer dat ze de vorige avond had gebeld. Ze koos dat nummer opnieuw en wachtte gespannen.

Ze liet Sven Löf niet eens zijn naam uitspreken. 'Met Astrid,' zei ze. 'Wat hebben jullie in hemelsnaam in Alans huis uitgespookt? Zijn jullie gek geworden?' Haar verbijstering, ellende en angst bundelden zich samen in een kolk van woede. 'Alan is onschuldig tot het tegendeel is bewezen. Wat bezielt jullie in hemelsnaam om alles te vernielen? Wie denken jullie dat jullie zijn?' Ze voelde tranen opwellen. Ook dat nog.

'Ho, ho,' reageerde Sven. 'Kalmeer eens even. Waar heb je het over?'

'Jullie zijn in zijn huis geweest. Dat zei je zelf gisteren. Maar je bent vergeten te zeggen dat jullie zijn bezittingen hebben meegenomen en een ravage hebben achtergelaten.'

'Maar dat hebben we niet gedaan,' ging Sven ertegen in. 'We hebben in de kasten gekeken, op zoek naar aanwijzingen, maar we hebben geen rommel gemaakt en niets meegenomen.'

'Ja hoor, dat zie ik. De laptop is weg. Alles is kapot. Alles...' Haar stem haperde.

'We komen eraan,' zei Sven. Hij verbrak de verbinding.

Astrid bleef in de rommel staan, met de telefoon in haar handen.

'Wat zei hij?' vroeg Nils. Hij stond nog steeds in de deuropening.

'Dat zij het niet hebben gedaan,' zei Astrid. Ze draaide zich naar hem om. 'Löf is onderweg hierheen.'

'Goed. Kan hij meteen helpen bij de zoektocht,' zei Nils.

'Maar als de politie die rommel hier niet heeft gemaakt, wie dan wel?' Ze keek Nils vragend aan.

Hij haalde zijn schouders op. 'Vandalen of inbrekers of zo?'

Anders keek over Nils' schouder het huisje in. '*Fan!*' tierde hij.

Astrid zocht haar weg door de rommel heen, naar de deur. 'Waarom zou iemand dit doen?'

De andere mannen wierpen, nieuwsgierig geworden, ook een blik in het huisje. 'Polen,' meende Tore. 'Ze dachten natuurlijk dat het een vakantiehuis was. Ze hebben vast het een en ander gepikt.'

'Alsof alleen Polen dat doen,' zei Lars.

'Het zijn meestal Polen,' hield Tore vol. 'Die hebben laatst bij Johan de diesel uit de tank gejat.'

'Zegt hij...'

'Ik zweer je dat het waar is. En hier vast ook. Polen, let op mijn woorden.'

'Zullen we het aan de politie overlaten om conclusies te trekken?' zei Nils.

'Alsof die iets weten,' mompelde Tore toch nog maar.

Astrid liep het huis uit, de mannen voorbij, en ging op haar knieën bij het trapje zitten. Ze probeerde Willy naar haar toe te lokken, maar de kat kroop verder weg en keek haar alleen met grote ogen aan. 'Er is hier in ieder geval iets gebeurd,' zei ze tegen niemand in het bijzonder. 'De kat is doodsbang.'

Nils gaf geen antwoord, maar liep om het huisje heen. Lars en Anders haalden vast hun honden uit de auto, terwijl Gunnar, Tore en Ingvar de discussie over de mogelijke daders aangingen, onder het genot van een fluim *snus*, pruimtabak.

'Astrid,' riep Nils.

Astrid kwam haastig overeind en liep naar de achterkant van het huisje. Iedere vezel in haar lijf was gespannen. Haar hoofd bonkte. Nog even en ze zou exploderen. Wat nu weer?

Hij stond bij de berg hout en plastic achter het huis. 'Blijkbaar hebben ze hier ook huisgehouden,' zei hij.

Astrid liet haar schouders zakken. 'Nee, dit was al zo. Alan werkte aan een kas.'

Nils trok zijn wenkbrauwen op. 'Zelfgemaakt? Alan? En dan van plastic?'

'Goedkoop, en het schijnt te werken.'

'Hm.'

Astrid wilde daar nog iets op zeggen, maar ze hoorde een auto naderen. Haastig liep ze weer naar de voorkant van het huis. Heel even flakkerde zowaar de hoop op dat iemand Alan terugbracht, maar ze wist dat het absurd was. Ze wachtten immers op de politie. Ze had hen alleen niet zo snel verwacht.

Dat het ook werkelijk Sven en Hasse waren, zag ze meteen. Waren ze per toeval in de buurt geweest? Of hadden ze het zoeken toch nooit helemaal opgegeven?

'Groepstreffen?' vroeg Sven zonder groet, meteen toen hij was uitgestapt. Hij bekeek de mannen met het nodige wantrouwen.

'We gaan Alan zoeken,' zei Astrid. Heel even kwam dat

eeuwige onzekere gevoel weer naar boven, maar ze drukte het weg en probeerde iets van uitdaging in haar stem te leggen.

Sven trok zijn wenkbrauwen op en haar zelfvertrouwen smolt weer een beetje weg.

'Ergens moet hij toch zijn,' mompelde ze.

'Het kan geen kwaad om hem te zoeken,' bemoeide Hasse zich ermee. 'We waren zelf om die reden in de buurt.'

Sven gromde iets onverstaanbaars, liep langs haar heen en keek Alans huis binnen. Een fluittoon ontsnapte hem als een diepe zucht. 'Hij is zelf niet hier geweest?' Sven draaide zich naar Astrid om en keek haar aan.

'Nee, natuurlijk niet,' reageerde ze gepikeerd. 'Hij is zuinig op zijn huis.'

Nils keek haar met opgetrokken wenkbrauwen kort aan.

Ze wierp hem een dodelijke blik toe. Het lukte zomaar om dat te doen, zonder meteen in haar schulp te kruipen. 'Bovendien is de kat doodsbang,' vulde ze aan. 'Iemand heeft hier de boel overhoopgehaald en spullen weggehaald.'

'Weet je wat er is verdwenen?'

'In ieder geval de laptop,' zei Astrid. 'En misschien wel het fototoestel. Ik heb het daarnet in ieder geval niet gezien, maar ik weet ook niet waar het lag. Dat schijnen jullie beter te weten.'

Sven liep het huis binnen, gevolgde door Hasse. Astrid liep achter hen aan, maar bleef in de deuropening staan. 'Hij zou dit nooit zelf doen,' zei ze.

'Nee. Ik neem aan van niet,' zei Hasse.

'Misschien zochten ze iets,' zei Astrid.

'Wie zijn "ze"?' vroeg Sven, terwijl hij weer naar haar omkeek.

'Weet ik veel wie "ze" zijn,' reageerde ze nijdig. 'Maar misschien steekt er veel meer achter zijn verdwijning? Misschien heeft iemand hem iets aangedaan en zochten ze nu naar bewijsmateriaal?'

'Wat voor bewijsmateriaal?' vroeg Sven.

Zelfs Hasse keek nu sceptisch.

'Nou, gewoon... Wat als zijn beschuldigingen nu eens waar blijken en hij dat kon bewijzen?' Haar stem trilde. Ze was zich bewust van Nils' bedenkelijke blik.

Sven trok ook zijn wenkbrauwen op en de twee politiemannen keken elkaar een tel aan. 'De beschuldigingen aan het adres van Sigge Pettersson?' vroeg Sven.

'Bijvoorbeeld,' zei Astrid. Haar stem haperde een beetje.

'Ah. Pettersson bedriegt grondeigenaars en dumpt illegaal afval, en Alan kan dat bewijzen. Daarom heeft Sigge Alan vermoord en zoeken zijn handlangers nu naar het bewijsmateriaal. Misschien wel een memorystick of een microchip met geheim materiaal.'

Het ontging Astrid niet dat Sven de spot met haar dreef. 'Wie zegt dat het niet zo is,' reageerde ze zwaar gepikeerd. Tegelijkertijd besefte ze maar al te goed dat het wel erg vergezocht was.

'Het bedrijf van Pettersson heeft een contract met een bedrijf dat afval ruimt en de fabriek voldoet aan alle eisen,' wist Hasse. 'Bovendien investeert Pettersson in onderzoek dat milieuvriendelijker produceren mogelijk moet maken en draagt hij op diverse manieren zijn steentje bij in de gemeenschap. Ik weet als geen ander dat een moordenaar en crimineel niet als zodanig te herkennen valt, maar ik vind het erg moeilijk om in Sigge Pettersson de man te zien die jij schetst. Bovendien pakt Sigge de problemen met je zoon via de wet aan en is het onwaarschijnlijk dat hij aan het kortste eind zal trekken, gezien de bewijslast tot dusver. Dus waarom zou hij overgaan tot criminaliteit?'

Astrid haatte het dat het logisch klonk. 'Je weet het niet,' zei ze daarom maar.

'Nee, dat is waar. Je weet het niet,' zei Hasse. Een beleefdheidsfrase, dat wisten ze allebei.

'Inbrekers of vandalen. Beide, vermoed ik,' zei Sven. 'Ik roep een technisch team op voor onderzoek. Mogelijk hebben de daders sporen achtergelaten.'

Astrid had natuurlijk nog kunnen noemen dat het wel heel erg toevallig was dat uitgerekend nu vandalen en/of inbrekers hier de boel overhoop hadden gehaald, maar ze hield zich in. Alan was immers niet thuis, en inbrekers kozen uiteraard de huizen waarvan de eigenaars afwezig waren. Dus misschien niet helemaal toevallig. En toch... toch bezorgde het haar een gevoel van onheil.

'Ik neem aan dat jullie nu meteen naar Alan gaan zoeken?' zei Sven.

'Ja. Natuurlijk.'

'Wij hadden gisteren geen succes, maar als jullie dat willen, kunnen we vandaag nog wat mensen inzetten.'

Die opmerking verbaasde Astrid. Hulpvaardigheid? Zomaar? Of zat er meer achter? 'We redden ons prima,' zei ze tegen beter weten in.

'Hulp is welkom,' zei Nils echter. Hij wierp haar een korte geïrriteerde blik toe.

'Ik stuur een paar mannen,' zei Sven. 'Blijf ondertussen alsjeblieft uit het huis.'

De agenten stapten in hun auto en Astrid zag dat Hasse een oproep deed.

'Je beweert dat Alan hulpeloos ergens in het bos ligt, maar wimpelt hulp af?' siste Nils Astrid toe.

Ze gaf geen antwoord. Wat moest ze zeggen? Dat hij gelijk had? Dat het inderdaad niet logisch was? Nooit.

Nils schudde zijn hoofd en ging met de mannen in overleg. Hij nam het over, zoals hij altijd had gedaan als er iets geregeld moest worden. Astrid haatte het dat hij dat deed, maar ze liet het niet merken. Hij was praktischer in zijn aanpak. Ook als ze dat liever niet toegaf.

Bezwaar maken zou tot een discussie leiden, die ze per definitie zou verliezen. Dat was nog erger dan hem de touwtjes in handen geven. Op deze manier kon ze hem tenminste nog de schuld geven als het niet liep zoals gepland.

Bovendien wilde ze gewoon haar zoon terug. En als ze daarvoor offers moest brengen, dan was dat maar zo.

HOOFDSTUK 7

Nils en Astrid zeiden nauwelijks iets tegen elkaar toen hij haar weer naar huis bracht. Het was inmiddels al donker. Ze hadden de hele dag gezocht met slechts zo nu en dan een verplichte *fika*-pauze, voor koffie en wat lekkers. Ze hadden Alan niet gevonden.

Heel even, aan het begin van de dag, hadden de honden opgewonden gereageerd nadat ze aan Alans haarborstel hadden geroken. Ze hadden druk op en neer gerend op de grond rondom het huisje. Maar ze waren niet het bos in gelopen en hadden niets gevonden.

Net zomin als de mannen. Net zomin als de politieagenten die door Sven waren gestuurd. Net zomin als Astrid en Nils.

Astrid was teleurgesteld. Ze wist eigenlijk niet hoe Nils het ervoer; die liet zelden merken wat er in hem omging. Zij was normaal gesproken heel anders, strooide altijd gul haar gevoelens rond, maar niet nu. Wat moest ze zeggen? Dat ze zich ellendig voelde? Dat ze ongerust was over Alan, dat ze er steeds meer van overtuigd raakte dat hem iets was overkomen? Dat ze haar zoon gewoon terug wilde?

Nils wist dat ongetwijfeld allemaal.

Meer dan een halfjaar geleden zou het niet hebben uitgemaakt; dan zou ze haar gevoelens evengoed hebben geuit. Maar alles was nu anders. Nils was nog steeds Alans vader, maar niet meer haar partner.

Toen hij voor haar deur stopte, vroeg ze niet of hij nog een kop koffie wilde. Ze stapte uit, groette hem stug en kort en liep naar het huis. Ze was teleurgesteld en boos. Boos op Nils, omdat Alan niet was gevonden. Het was niet Nils' schuld, maar ze moest gewoon op iemand boos zijn, en Nils was het meest voor de hand liggende object.

Ze wist niet of Nils de groet had beantwoord, maar hoorde hoe hij weer wegreed.

Naar Bae?

Deed het ertoe?

Toen Astrid de sleutel in het sleutelgat van haar voordeur stak, trad opeens een tengere gestalte uit de donkere schaduw tevoorschijn. Ze schrok, slaakte een kreet en liet de sleutel uit haar handen vallen.

'Sorry,' klonk het meteen. De stem van een meisje.

Ze stond nu in het schijnsel van de buitenlamp. Astrid schatte haar ergens rond de twintig, misschien nog wat jonger. Ze was iets kleiner dan Astrid en tenger. Haar zwarte haar was in een staart bijeengebonden, maar een paar weerbarstige plukken hingen half voor haar ogen. Astrid kon haar trekken niet goed onderscheiden, maar zover ze kon zien was het een knappe meid.

'Ik wilde je niet laten schrikken,' zei het meisje. 'Ik stond hier op je te wachten, maar...' Ze aarzelde. 'Ik wilde jou alleen spreken.'

'Waarom?' vroeg Astrid. Ze voelde een licht wantrouwen.

'Het betreft Alan,' zei het meisje.

Astrid verstarde en staarde haar aan. 'Weet je waar hij is?'

Het meisje schudde haar hoofd.

Astrid slikte een brok weg. Ze besefte dat een fractie van een seconde haar hoop weer was opgeflakkerd.

'Kan ik met je praten?' vroeg het meisje.

Astrid aarzelde even en knikte toen.

Het meisje bukte zich om de sleutel op te rapen en gaf hem aan Astrid. Die opende de deur en liet het meisje binnen, voordat ze zelf ook naar binnen ging.

Miemel schoot haastig tussen hen door en liet maar meteen luid miauwend weten dat ze nog niets te eten had gehad.

'Sorry, de kat...' zei Astrid. 'Ga maar ergens zitten.'

Ze merkte dat ze wat treuzelde toen ze voer van de kat op een bordje schepte. Ze wist niet precies waarom. Opnieuw dat nare voorgevoel? En waarom was het zo koud in huis?

'Koffie of thee?' vroeg ze, zonder om te kijken.

'Thee graag.'

Astrid zette water op voor de thee en maakte bij de zithoek de haard aan. Ze moest eigenlijk buiten meer hout halen. Het hout in de mand was bijna op. Misschien straks? Maar het was koud en donker, en straks bracht ze daar de energie misschien niet voor op. Maar ze wilde niet dat die mand leeg raakte.

Werd ze gek of zo? Waarom spookte dit door haar hoofd? Uitgerekend nu? Ze had een gast. Ze had geen flauw idee wie die gast was of wat ze van haar wilde; ze wist niet eens of ze wel met haar wilde praten of waar haar eigen onwil vandaan kwam, maar ze had haar nu eenmaal binnengelaten.

Het meisje zat in een van de oude fauteuils en staarde naar de haard. Ze had haar jas over de stoelleuning gehangen. Haar truitje had een strepenpatroon in de breedte. Roze strepen, dwars over haar lijf. En toch zag ze er tenger uit, breekbaar bijna.

Ze had iets Aziatisch, meende Astrid toen ze eindelijk de thee op de salontafel zette en tegenover haar ging zitten. Ze had het buiten niet gezien, maar het viel haar nu op.

'Ik ben Luna,' stelde het meisje zich voor. 'Een vriendin van Alan.'

Astrid staarde haar aan. Ze herinnerde zich dat die kennis van Nils Alan met een meisje had gezien en dat Nils had gezegd dat Alan wellicht een vriendin had – iets wat Astrid meteen terzijde had geschoven. Als Alan een vriendin had, dan had ze het immers geweten. Of toch niet?

Ze schraapte haar keel. 'Zomaar een vriendin, of zijn jij en Alan... nou ja, hebben jullie een relatie? Ik bedoel anders dan vriendschap.' Astrid struikelde over haar woorden.

Luna pakte haar mok op. Ze hield haar handen eromheen gevouwen, alsof ze het koud had. Ze keek naar de vlammen in de haard; niet naar Astrid. 'We... Nou ja, ik weet het niet.'

'Je weet het niet?' vroeg Astrid verbaasd.

'We mogen elkaar graag. Misschien meer dan dat. Maar ik ga nog naar school en... Nou ja, het is gecompliceerd.'

Astrid knikte. Typisch iets voor Alan om een gecompliceerd meisje te zoeken in plaats van een onbevangen vriendin. 'Weet je dat hij is verdwenen?' vroeg ze.

'Ik hoorde het.'

'Heb je enig idee waar hij kan zijn?'

'Ik hoopte dat jullie hem vandaag zouden vinden, maar toen ik jullie terug zag komen, wist ik meteen dat het niet was gelukt.'

'Je wist dat we hem vandaag zochten?'

'Ja.'

'Hoe?'

'Gehoord.' Het kwam er nogal haastig uit, maar Luna wendde zich eindelijk tot Astrid. 'Ik ben bang,' zei ze. 'Bang dat er iets is gebeurd.'

Astrid huiverde. Iemand die haar gedachten uitsprak; hardop... Ze schraapte haar keel. Waarom was die zo verdraaid droog? Ze nam voorzichtig een slokje thee. 'De politie denkt dat hij is ondergedoken,' zei ze, 'omdat Sigge Pettersson aangifte tegen hem heeft gedaan wegens laster, inbraak en vandalisme.'

Luna schudde meteen haar hoofd. 'Hij is niet ondergedoken,' zei ze beslist. 'Dat zou hij nooit doen.'

'Nee. Dat denk ik ook niet,' gaf Astrid toe. 'Hij zou niet zomaar vertrekken en alles achterlaten zoals hij het heeft achtergelaten. En hij zou Willy al helemaal niet onverzorgd achterlaten.'

'Willy... Wie zorgt er voor hem?'

'Ik heb voer neergezet en de deur van het huisje opengelaten. Het technische team van de politie was al klaar en er valt in dat huis toch niets meer te halen, gezien die inbraak...'

'Inbraak?' reageerde Luna. Ze keek Astrid gechoqueerd aan.

'Er is afgelopen nacht ingebroken in zijn huis. De laptop en het fototoestel zijn verdwenen. Misschien nog wel meer dingen. Dat weet ik niet. Alles is vernield. Een ravage.' Astrid werd misselijk als ze daaraan dacht.

'Op welke manier had hij alles achtergelaten?' vroeg Luna.

Astrid begreep de vraag niet meteen.

'Je zei dat hij niet alles zou achterlaten zoals hij het heeft achtergelaten. Hoe heeft hij het dan achtergelaten?'

'O, dat... er stonden een mok en bord op het aanrecht, de laptop stond opengeklapt op tafel en het bed was niet opgemaakt. Zijn telefoon lag tussen het beddengoed. Nu weet ik dat hij heus wel vaker zijn bed niet opmaakt en rommel op het aanrecht laat staan, maar dit keer was het anders. Ik weet niet hoe ik het moet uitleggen. Het is... het is alsof hij van het ene moment op het andere zomaar is verdwenen; opgelost in het niets. En dan heb je Willy natuurlijk nog.' Astrid haalde diep adem. De angst, die steeds op de achtergrond aanwezig was gebleven, dook nu weer in volle hevigheid op. Haar keel kneep dicht.

'Je bent ook bang,' zei Luna.

Astrid knikte. 'Doodsbang. Maar iedereen beweert dat het met die aangifte te maken heeft, en misschien mag ik het niet uitsluiten.' Wie probeerde ze eigenlijk te overtuigen?

'Hij is niet gevlucht vanwege die aangifte,' zei Luna. Zij twijfelde niet. Ze deed zelfs niet alsof ze twijfelde. 'Alan wist dat hij een groot risico nam.'

'Wat bedoel je?'

'Sigge Pettersson.'

'Zit hij hierachter? Is dat wat je wilt zeggen, dat Sigge Pettersson hierachter zit?'

Dus toch.

'Alan zei dat Sigge een aanklacht tegen hem zou indienen; waarschijnlijk zou zorgen dat hij opgepakt werd, hoe dan ook.'

'Dat is ook gebeurd,' zei Astrid. 'Sigge heeft een aanklacht tegen hem ingediend.'

'Geloof je Petterssons verhaal?' vroeg Luna. Ze keek Astrid onderzoekend aan.

'Nee,' gaf Astrid toe.

'Alan is niet gewelddadig. Hij breekt niet in en vernielt geen eigendommen. Zelfs niet als het Pettersson betreft,' zei Luna.

'Dus Sigge liegt. Waarom?'

'Is dat niet duidelijk?' vroeg Luna. 'Hij is bang voor Alan.'

Astrid staarde verbijsterd naar het jonge meisje tegenover haar. 'Sigge, bang voor Alan?' Ze nam haastig een slok thee. Haar keel leek wel gevuld met schuurpapier.

'Volgens Alan wel. Hij heeft metingen gedaan, zie je. Ik weet niet precies hoe en wat, maar ik weet dat hij die metingen heeft uitgevoerd en met grondproeven in de weer is geweest. Vorige week heeft hij ook nog met Ingemar Hjälte gesproken vanwege die overeenkomst over kavelruil met Sigge. Hij zei niet precies wat er aan de hand was; alleen dat de puzzelstukjes op hun plaats vielen en dat het einde van Sigges imperium in zicht was.'

'Hij had bewijs voor zijn beweringen?' vroeg Astrid.

Luna knikte. 'Dat zei hij tenminste.' Ze aarzelde. 'Ik weet niet hoe sterk dat bewijs was. Hij mocht Pettersson niet, zie je. Pettersson is een typisch voorbeeld van de man achter een groot bedrijf, wiens invloed veel verder gaat dan alleen dat bedrijf zelf. En ik neem aan dat je wel weet hoe Alan tegenover de macht van grote bedrijven staat.'

'Ja. Dat weet ik. Soms...' Astrid aarzelde.

'Soms vraag je je af of hij niet te ver gaat,' vulde het meisje in.

Ze knikte. 'Wat als hij uitgerekend bij Sigge toch te ver is gegaan? Alan is niet gewelddadig, maar een meningsverschil kan uit de hand lopen. Er kunnen dingen worden gezegd waar je later spijt van krijgt.' Astrid dacht even aan de ruzies met Nils, vlak voor zijn vertrek. Een gedachte die ze haastig wegduwde. 'Wat als Sigge het als een bedreiging heeft ervaren en als Alan misschien toch...' Ze maakte de zin niet af. Het was een gedachte waar ze zich vanaf het begin tegen had verzet.

Luna schudde haar hoofd. 'Hij gaat ver in zijn beweringen en overtuigingen en zegt soms dingen die hij misschien beter niet kan zeggen, maar hij vormt geen gewelddadige bedreiging. Hij breekt niet in; vernielt geen eigendommen. Je zei het net zelf.'

'Maar ik ben zijn moeder,' zei Astrid. 'Andere mensen geloven het wel.'

'Dat weet ik. Mijn moeder...' Luna brak zichzelf af.

'Je moeder?' vroeg Astrid. 'Kent je moeder hem?'

'Maar ik geloof het niet,' zei Luna, zonder antwoord te

geven op Astrids vraag. 'Ik weet zeker dat het niet zo is.'

Het was een paar minuten stil. Ze dronken thee en keken naar het vuur.

'Maar als Alan niet is ondergedoken... wat is er dan gebeurd?' vroeg Astrid toen toch maar.

'Ik weet het niet,' zei Luna. 'Ik weet het echt niet.'

'Misschien moet ik met Sigge gaan praten,' zei Astrid. 'En met Ingemar Hjälte. Alan moet toch ergens zijn; iemand moet iets weten.' Ze wendde zich weer tot Luna. 'Ken je zijn vrienden?'

'Een paar. Ik ken ze niet zo heel goed, maar heb er wel een paar getroffen.'

'Kun je met hen praten? Vragen of zij iets weten?'

Luna knikte. 'Ja. Dat kan ik doen.'

'Als je hier wilt overnachten...'

Het meisje schudde haar hoofd. 'Ik heb mijn scooter achter het huis staan. Ik slaap vannacht bij mijn moeder.'

'Zoals je wilt.'

'Ik kan morgen contact opnemen,' zei Luna. 'Als ik met die vrienden heb gepraat en jij met Sigge en Ingemar.'

'Graag,' zei Astrid. 'Heel graag.'

'Maar als je Pettersson beschuldigt...' zei Luna aarzelend.

'Ik beschuldig hem niet. Ik ga alleen maar met hem praten. Iets moet hij toch weten, lijkt mij. En Sigge is geen onredelijke man. Niet voor zover ik weet.'

'Bijna iedereen mag hem,' zei Luna. Haar stem klonk hol. Astrid vermoedde dat Luna een van de uitzonderingen op die regel was.

Maar Sigge was een gerespecteerd man. Dat maakte het juist zo moeilijk. Hij was uiterst correct. Té correct? Werd ze nu ook nog paranoïde?

Astrid dacht weer aan de ravage in Alans huisje en de bevindingen van het technische team. Er waren geen sporen aangetroffen, maar het was wel duidelijk geworden dat de laptop, het fototoestel en de telefoon waren verdwenen. Zelfs die verouderde telefoon was verdwenen... Vreemd eigenlijk.

'Is er iets?' vroeg Luna. Ze keek Astrid onderzoekend aan.

'Ik dacht net aan het gesprek dat ik met de technische recherche had over de gestolen goederen. Ik weet dat er een laptop en telefoon waren, toen ik de laatste keer in het huis rondliep. Ik weet van de politie dat er ook een fototoestel in het huis lag, voor de inbraak. Die dingen zijn gestolen. En op zich is dat niet onlogisch, hoewel je je bij die telefoon kunt afvragen of die nog enige waarde had. En dat is dan zo vreemd.'

'Wat bedoel je?'

'De gps is niet gestolen,' zei ze. 'Hij lag ergens tussen de rommel. En die dingen zijn toch behoorlijk populair. Als ze een laptop, fototoestel en een gsm stelen voor de verkoop – want daar gaat het toch altijd om bij een inbraak – waarom dan niet de gps? Hij gaf nergens geld aan uit, behalve aan dat ding. Het was een nieuw, modern apparaat. Duur ook, voor zover ik weet. Hij zei dat hij het geocachen vooral deed om nieuwe plekken te ontdekken, waar hij anders niet kwam. En hij was vroeger al gek op schatzoeken.'

'O ja, hij vond het zeker leuk,' beaamde Luna. 'Ik ben een paar keer met hem mee geweest. Hij vond het geweldig.'

'Dat apparaatje is het enige waar hij de laatste tijd veel geld aan heeft uitgegeven. Het was veel meer waard dan zijn mobieltje. Waarschijnlijk zelfs meer dan die oude laptop. Waarom hebben ze die gps dan niet meegenomen?'

'Misschien hebben ze het niet gezien.'

'Onwaarschijnlijk. Ze hebben alles overhoopgehaald, alle kasten leeggehaald, zelfs matrassen en kussen opengesneden. De gps lag gewoon tussen de rommel.'

'Op een laptop, gsm en fototoestel vind je persoonlijke zaken,' zei Luna langzaam. 'Dingen die hij heeft opgezocht en vastgelegd; mensen met wie hij contact had...'

Astrid zag dat Luna's handen licht trilden.

'Het opensnijden van de kussens...' ging Luna verder. 'De politie houdt het op vandalisme, zei je. Maar wat nu als de daders iets specifieks zochten? Gegevens in de laptop of de gsm; bepaalde digitale foto's op het fototoestel of iets wat ergens verborgen was?'

De twee vrouwen keken elkaar aan. De impact van die stelling was verlammend.

Luna was de eerste die haar stem terugvond. 'Ik praat met die vrienden, jij met Sigge en Ingemar. We moeten Alan vinden.'

'Ja. Dat moeten we doen,' stemde Astrid in. Voordat het te laat is, had ze erachteraan kunnen zeggen. Maar dat deed ze niet. Want als ze dat zei, betekende het dat het ook al te laat kon zijn. En dat wilde ze in geen geval accepteren.

HOOFDSTUK 8

Astrid fietste het rommelige erf van Ingemar Hjälte op. Ze vroeg zich af of Ingemar gewoon een sloddervos was, of dat hij zich voorbereidde op de verhuizing. Beide waren mogelijk, want dat hij ging verhuizen, dat wist Astrid.

Hij had zijn grond verkocht aan Sigge Pettersson, die met het aannemen van Ingemars grond de boer hoge onkosten bespaarde. Ingemars grond was namelijk vervuild. Astrid wist niet precies waardoor, maar ze had iets opgevangen over een lekkende olietank.

Waarom Pettersson de grond overnam en zich daarmee de kosten voor sanering op de hals haalde, was haar niet helemaal duidelijk, maar Astrid had opgevangen dat Sigge met een bevriende projectontwikkelaar een vakantiedorp wilde opzetten of iets dergelijks. Exact wist ze het dus niet. Ongetwijfeld kon Hjälte haar meer vertellen.

Dat niet alleen de grond aan sanering toe was, zag ze toen ze de veranda op stapte en bij de achterdeur aanklopte. De deur was smerig en had al eeuwen geen verf meer gezien. Net zomin als de rest van de woning. Links van haar zat zelfs een groot gat in de houten gevel, alsof een of ander beest zich een weg naar buiten had gevreten. De kozijnen waren bijna volledig gestript van de laatste verflaag.

Niet zo vreemd dat Ingemar het aanbod zijn boerderij met grond te ruilen voor een nieuw huis met nieuwe grond met twee handen had aangegrepen. Want ook dat wist ze inmiddels. Ingemar kreeg niet alleen een nieuw stuk grond, maar ook een nieuw huis. Bijna te mooi om waar te zijn.

Astrid wachtte een poosje bij de achterdeur terwijl ze haar jas wat steviger dichttrok. Er stond een frisse wind en ze had ook nu weer nauwelijks geslapen. Ze was niet meer zo goed bestand tegen de kou, die tot in haar botten doordrong.

Ingemar verscheen niet aan de achterdeur en Astrid draaide zich om en liep naar de koeienstal. Geklop op de scheve houten deur leverde – uiteraard – geen reactie op, en Astrid liep de ruimte binnen waar de melk in een grote melktank werd verzameld. Die ruimte was opvallend schoon... en leeg. Via opnieuw een deur die aan vervanging toe was, liep ze de koeienstal in. De geur van koeien en mest kwam haar tegemoet.

Het was een ouderwetse stal, waar de koeien in rijen stonden opgesteld en hooi kauwden. Achter in de stal meende Astrid iemand te zien en ze liep meteen achter de koeienkonten langs naar de plek waar ze een menselijke gedaante had waargenomen. Het was Ingemar, die een koe aansloot op een ouderwetse melkmachine. Ingemar, die al tegen de zeventig liep, werkte waarschijnlijk al vele jaren op deze manier. De luxe van moderne stallen voor zowel boer als koe was nog aan hem voorbijgegaan.

Ingemar keek verbaasd op toen hij Astrid zag. Hij kneep zijn ogen tot spleetjes, waarbij zijn borstelige wenkbrauwen een soort afdakje vormden. 'Ben jij niet de moeder van die langharige?'

'Van Alan, ja,' zei ze. 'Ik ben Astrid Reynberg.' Ze keek hoe de boer de machine in werking zette.

'Is hij er echt tussenuit?' vroeg Ingemar.

'Hij is verdwenen. Ik weet niet waarom,' zei Astrid. 'Daar probeer ik nu achter te komen.'

'Hij is vast de hort op vanwege De Sig.'

'Alan heeft onlangs met u gesproken,' zei Astrid, de laatste opmerking negerend.

'Klopt. Dacht eerst dat er een griet op de stoep stond.' Ingemar grinnikte.

'Waar hebben jullie over gesproken?' wilde Astrid weten.

'Hij wilde weten waarom ik mijn grond aan De Sig heb verkocht. Heb hem gezegd dat die verrotte tank blijkbaar al jaren lekt en dat de hele zooi is vervuild. De Sig wilde het overnemen en saneren. Wat moet je dan? Als ik het zelf niet doe, heb ik de gemeente op mijn dak, en als ik het wel doe, kan ik de tent hier opdoeken. Het kost nogal wat, zo'n sanering. Ik snap trouwens niet waarom de gemeente daar zo moeilijk over doet. Ik leef al jaren op deze grond en de koeien vreten hier al net zo lang het gras en drinken het blijkbaar vervuilde water, en er is er nog nooit eentje dood omgevallen.' Hij schudde zijn hoofd en controleerde de melkmachine.

'Wat gaat Sigge met de grond doen?' wilde Astrid weten.

'Saneren en een of ander vakantiedorp bouwen.'

Die informatie klopte dus.

'Hij had het over recreatie voor toeristen of iets dergelijks. Zit ik ook niet om te springen, maar de gemeente blijkbaar wel, en de plek waar De Sig zijn eigen grond heeft, is niet geschikt. Die grond ligt aan die oude weg van Torskinge naar Liljenäs en ergens in de buurt van Gösbo, meen ik. Hij heeft van die losse lappen grond die geen hond wil. Kun je niets mee. Geen meer in de buurt, geen verharde wegen te bekennen, en dat moeten die toeristen natuurlijk wel hebben. Ze willen de natuur in, maar ze moeten er niet moe van worden.' Hij schudde nog maar eens zijn hoofd en zette de melkmachine weer uit.

'Is het waar dat je een nieuw huis van Sigge Pettersson krijgt?' vroeg Astrid.

'Ja. Een van de maatjes van De Sig zit in de bouw. Hij

regelt het. Zal niet veel zijn, maar goed... Komt ook een stal bij. Een kleintje. Modern en zo. Voor een paar koeien. Niet meer zo veel als nu.' Hij keek om zich heen in de stal. 'Dit was nog van mijn pa, weet je,' zei hij toen. 'Als het niet vanwege die verrotte tank was...' Zijn stem haperde even.

'Hoe weet je eigenlijk dat de grond door die olietank vervuild is?' vroeg Astrid.

'Ze namen een proef. De gemeente zei dat het zo was. Snap er geen barst van. Je ziet die bureaupakjes nooit, en opeens moeten ze een proef nemen. Grondproef en waterproef. Toe maar. Ik mocht geen water meer drinken, zeiden ze. Aanstellers. Ik drink dat water al jaren en mij mankeert niets.'

'Wat zei Alan erover?' vroeg Astrid.

'Hij vroeg of hij ook wat proeven mocht nemen. Ik heb gezegd dat hij maar moest doen wat hij niet laten kon. Alles is toch al geregeld, maar goed... vreemde knaap, die zoon van je.'

'Heeft hij nog iets over die proeven gezegd?' wilde Astrid weten.

'Nee. Niets. Ik weet ook niet wat hij ermee moet. Onderzoek, zei hij. Ik zeg al tegen hem: dat hebben de hoge pieten al gedaan. Dat zal wel, zei hij alleen maar.'

'Heeft hij niets meer gezegd over de reden van die proef of wat hij verder wilde doen?'

'Nee, niets.' Ingemar zuchtte en keek nog maar een keer om zich heen. 'En toch is het jammer,' zei hij. 'Als ik het nog een keer moest doen... Maar het ging snel, hè. En ik snap die regeltjes niet allemaal.'

'Misschien had u niet meteen moeten verkopen,' ontglipte Astrid. 'Misschien had u tijd moeten vragen om erover na te denken.' Eigenlijk vond ze het niet erg dat de oude stal met de koeien op een rij zijn beste tijd had gehad, want ze vond het geen prettige manier van koeien houden. Maar het speet haar voor Ingemar.

Ingemar keek haar aan en tuitte zijn lippen even, alsof hij wilde fluiten. Er kwam echter geen geluid. 'Die Alan van je zei hetzelfde,' zei Ingemar. 'Misschien had hij wel gelijk. Maar het is te laat, hè. Twee weken nog maar.' Hij zuchtte diep. 'En toch is het jammer.'

Astrid knikte, nam afscheid en liep de stal weer uit.

Op het erf bleef ze staan. Ze keek om zich heen, naar de drie oude tractoren, het landbouwmateriaal – soms slechts delen ervan – het rondslingerende plastic en andere rommel. Haar blik ging naar de oude boerderij. Zelf zou ze hier nog niet voor niets willen wonen, maar voor Ingemar lag het anders. Het was allemaal heel snel gegaan. Er was hem geen tijd gegund om erover na te denken.

Waarom had Alan nieuwe proeven genomen? En wat was de uitkomst daarvan? Als de grond nu eens niet vervuild was?

Ze verwierp die gedachte weer. Het was onwaarschijnlijk dat de gemeente zich daarin vergiste, en aangezien bij veel oude huizen en boerderijen op het land nog altijd een olietank in de grond lag en vaak zelfs nog in gebruik was, was het niet denkbeeldig dat bij een lekkage de olie langzaam in de grond druppelde en uiteindelijk voor problemen zorgde.

Maar waarom die haast van Sigge om de grond over te nemen? Sigge was een zakenman. Waarom kocht een zakenman vervuilde grond en haalde hij zich daarbij de kosten op de hals van het saneren en het opzetten van een vakantiepark? Die kosten, nog aangevuld met het aanbieden van een nieuwe woning met grond aan Ingemar Hjälte, waren ongetwijfeld hoog. Dat Sigge een dergelijke beslissing uit grootmoedigheid nam, was onwaarschijnlijk. Hij had veel voor de gemeente gedaan, maar hij was evengoed een zakenman.

Zou hij werkelijk de kosten van het hele gebeuren eruit

halen, als hij op deze grond een vakantiedorp bouwde? De locatie was goed te bereiken via de verharde weg en lag aan het Bolmen-meer, net als andere stukken grond waar Sigge met succes over had onderhandeld. Nu was het Bolmen erg populair bij zowel buitenlandse als Zweedse toeristen, maar of het voldoende was om een dergelijke investering te rechtvaardigen?

Ze besefte dat er maar één persoon was die een antwoord op die vragen kon geven. Sigge Pettersson.

Ze was blij dat ze hem niet als eerste had opgezocht. Haar bezoek aan Ingemar bracht nieuwe vragen voor Sigge met zich mee.

HOOFDSTUK 9

Ze was nerveus toen ze Chemtek binnenliep. Ze was nooit eerder in het bedrijf geweest en de ingang leek wel de entree van een luxe hotel. Ze voelde zich bijna misplaatst, zoals ze hier in haar oude kloffie naar de receptie liep, waar een hoogblonde, zorgvuldig gepolijste dame op haar troon zat.

'Is Sigge Pettersson aanwezig?' vroeg ze aan de blondine.

Die keek Astrid taxerend aan. 'Meneer Pettersson is in zijn kantoor. Hebt u een afspraak?'

'Nee. Maar ik zou hem erg graag spreken.'

De blondine trok even haar keurig geëpileerde wenkbrauwen op. Astrid verwachtte een botte weigering, maar de receptioniste vroeg beleefd: 'Wie kan ik zeggen dat het is?'

'Astrid Reynberg. De moeder van Alan Höglund.'

De ogen van de receptioniste werden een tikje groter en haar mondhoeken bewogen heel even naar beneden. 'Alan Höglund?'

Astrid knikte.

'U weet dat uw zoon...'

Astrid liet haar niet uitspreken. 'Ik ben op de hoogte van de beschuldigingen.'

'Is het dan niet een zaak van de politie?'

'Het betreft iets anders,' zei Astrid.

De uitdrukking op het gezicht van de receptioniste maakte duidelijk dat ze het niet helemaal geloofde, maar ze pakte toch de telefoon op en toetste het nummer in dat haar blijkbaar rechtstreeks met haar baas verbond.

'Mevrouw Astrid Reynberg staat hier aan de balie. De moeder van Alan Höglund. Ze wil u graag spreken.'

Ze luisterde naar haar baas, sloot af met een 'ja natuurlijk' en verbrak de verbinding. Ze richtte zich weer tot Astrid. 'Als u even plaats wilt nemen... meneer Pettersson komt zo naar u toe.'

Astrid knikte en liep naar de comfortabele zithoek bij het raam. Pettersson wilde dus met haar praten. Eigenlijk verbaasde haar dat. Ze had verwacht dat hij geen tijd voor haar zou hebben en geen enkele behoefte zou voelen om met Alans moeder te praten, maar ze had zich blijkbaar in hem vergist. Zou hij even welwillend blijven als ze haar vragen op hem afvuurde? Of was van welwillendheid geen sprake en wilde hij dat hier en nu duidelijk maken?

Het leek opeens zo idioot; al die vragen die ze wilde stellen. De insinuaties die ze met Luna de vorige avond had gedaan, leken oneindig vergezocht. Wat als Alan toch was ondergedoken?

Ze schudde haar hoofd. Nee. Onmogelijk. Niet Alan.

Hoewel... hoeveel ouders zouden zo reageren als hun kind iets deed wat niet door de beugel kon?

Ze greep een van de tijdschriften op de tafel voor haar en begon erin te bladeren, op zoek naar afleiding. Afleiding die ze niet vond.

Er verstreek ruim een kwartier, minuut voor minuut, totdat Sigge Pettersson eindelijk opdook.

Hij was een lange man met keurig gekapt grijs haar, casual en toch stijlvol gekleed in een lichtblauwe blouse met een bijna onzichtbaar wit streepje en een broek die ongetwijfeld onderdeel was van een maatpak. Het was geen bijzonder knappe man om te zien, maar ook niet lelijk. En het viel absoluut niet te ontkennen dat hij uitstraling had.

'Astrid?' vroeg Sigge terwijl hij zijn hand uitnodigend naar haar uitstak.

Ze gaf hem een hand en knikte. De vastberadenheid van de vorige avond had nu definitief plaatsgemaakt voor nervositeit. 'U hebt het vast erg druk en ik wil niet vervelend zijn, maar zoals u wellicht weet, is mijn zoon verdwenen en blijf ik met vragen achter. Vragen die u misschien kunt beantwoorden.' Astrid hekelde de verontschuldigende toon waarop ze sprak en vroeg zich af waarom ze zo verschrikkelijk ratelde.

'Natuurlijk,' zei Sigge. 'Misschien kun je beter meekomen naar mijn kantoor. Daar kunnen we ongestoord praten.' Hij maakte een uitnodigend gebaar.

Astrid volgde Sigge naar zijn domein. Ze voelde zich een schoolkind dat bij de rector op het matje moest komen. Een vreemde vergelijking, aangezien zij degene was met de kritische vragen.

Het kantoor was modern ingericht. Meubels van Mattsons, meende Astrid. Comfortabel en kostbaar.

Sigge ging achter zijn bureau zitten en bood haar de stoel tegenover zich aan. Hij vouwde zijn handen voor zich op het bureau en keek Astrid vragend aan.

'Mijn zoon is verdwenen, zoals je wellicht hebt gehoord,' zei ze. Haar stem trilde een beetje. 'Ik probeer erachter te komen waar hij is.'

'Mag ik eerlijk zijn, Astrid?' vroeg Sigge. Hij neeg een weinig naar haar toe, alsof hij vertrouwelijke informatie wilde delen.

Ze knikte.

'Ik neem aan dat je weet dat ik hem heb aangeklaagd.'

Astrid knikte opnieuw.

'Het is niet mijn stijl om iets dergelijks te doen, maar hij liet mij werkelijk geen andere keuze. Jouw zoon heeft niet alleen een aantal leugens over mij verspreid, maar zich ook toegang verschaft tot mijn bedrijf en een aantal dure machines vernield, waardoor de productie een tijd stil kwam te liggen. Een kostbaar grapje. Bovendien heeft hij de gevel van mijn woonhuis besmeurd.'

'Voor zover ik weet is dat niet bewezen,' zei Astrid. Haar stem trilde nog steeds. 'Behalve dan de laster.'

'Een van mijn buren heeft hem zien wegrennen toen mijn huis was besmeurd,' zei Sigge. 'En in het bedrijf is zijn ketting gevonden. Dat bewijst dat hij hier was.'

'Is het niet een beetje vreemd dat hij uitgerekend in dit bedrijf, tijdens een inbraak, een ketting verliest die hij al jaren draagt?' vroeg Astrid.

'Luister eens, Astrid... Reynberg? Het is toch Reynberg, tegenwoordig? Ik begrijp dat je gescheiden bent?'

Wat een rotopmerking. 'Ja,' bevestigde ze.

'Ik begrijp dat het voor een moeder, zeker in jouw situatie, moeilijk te accepteren is dat een zoon een verkeerde weg kiest. Maar het heeft geen zin om de ogen daarvoor te sluiten. Je zoon trekt met extremisten op. Dat is algemeen bekend. En je weet waar dat uiteindelijk toe leidt. Kijk naar het dierenbevrijdingsfront en dat soort organisaties, waarbij het doel blijkbaar de middelen heiligt. Zulke mensen raken hun realiteitszin kwijt. Ze verliezen zich in spookverhalen over samenzweringen en complottheorieën en gaan eenvoudigweg te ver. Je zoon is te ver gegaan en ik heb hem aangeklaagd. Daarop is hij verdwenen. Blijkbaar voelt hij zich wel groot genoeg om allerlei beschuldigingen te uiten en persoonlijke eigendommen te vernielen, maar niet om een aanklacht het hoofd te bieden. En laten we eerlijk zijn: als hij werkelijk onschuldig was, dan was hij niet verdwenen. Dan was er niets om bang voor te zijn.'

'Ik geloof niet dat hij is ondergedoken,' bracht Astrid ertegen in. Ze klonk zwakker dan ze wilde.

'Nee, natuurlijk niet,' zei Pettersson. De toon waarop hij dat zei, bracht Astrids bloed aan het koken. Ze wilde hem achter zijn dure bureau vandaan trekken en hem slaan, als ze dat had gekund. Maar ze kon het niet.

Net zomin als ze kon zeggen wat ze werkelijk van die beschuldiging dacht. In ieder geval niet als ze serieus genomen wilde worden. Als de kans serieus te worden genomen er al in zat, wat niet erg waarschijnlijk was.

'Waarom koop je eigenlijk de grond van Kalle, Tobias en Ingemar op?' veranderde ze van onderwerp. De verontschuldiging was uit haar stem verdwenen. Goed. Misschien klonk ze nu iets te scherp. Ook goed.

Er gleed een lichte verbazing over Sigges gezicht, maar hij herstelde zich meteen. 'Ik dacht dat dat een algemeen bekend gegeven was?'

'Er wordt gezegd dat je daar een vakantiepark wilt aanleggen.'

'Wel wat meer dan dat. Een vakantiepark en avonturenland. Zweden heeft meer toerisme nodig. Het komt de economie ten goede. Een vakantiepark met alles erop en eraan, gecombineerd met dagvermaak, kan het toerisme in belangrijke mate bevorderen.'

'Maar waarom uitgerekend daar? Je bent een zakenman en die grond schijnt vervuild te zijn.'

'Dat schijnt niet zo te zijn, dat ís zo.'

'Opmerkelijk dat de grond uitgerekend bij drie vlak bij elkaar gelegen boerderijen vervuild is,' zei ze, refererend aan de andere twee stukken grond die hij ook al had opgekocht.

'Niet zo opmerkelijk als je denkt. Als je de geschiedenis een beetje nagaat, begrijp je dat op dezelfde plek onder andere een bedrijf heeft gestaan en dat ze het vroeger niet zo nauw namen met het milieu. Bovendien heb je natuurlijk die olietanks in de grond, zoals bij Ingemar. Er zit een houdbaarheidsdatum aan die dingen, maar daar is nooit naar gekeken. Bij Kalle is overigens asbest het grootste probleem. Het lijkt daar wel een stortplaats.'

'En die vervuiling heeft zich uitgestrekt over ieder stukje grond dat de drie boeren bezitten?' Ja, haar stem klonk beslist scherp nu.

'Uiteraard niet. De grootste problemen bevinden zich rondom de huizen en op een paar locaties binnen de grenzen van hun grondgebied. Het is onvoldoende onderzocht om exact het probleem in kaart te brengen, maar het is zeker een substantieel probleem.'

'En jij, als zakenman, koopt dergelijke grond op en geeft de boeren in ruil daarvoor een nieuw huis en nieuwe grond?'

Sigge keek Astrid aan en glimlachte een beetje. Astrid glimlachte niet terug. 'Mijn eigen grond bestaat uit verschillende, ver uit elkaar gelegen percelen en is vanwege de locatie en die verspreiding totaal ongeschikt voor de opzet van een vakantiepark met avonturenpark. Maar niet ongeschikt om op hobbyniveau te boeren. Ingemar wordt volgende maand zeventig, en je hoeft maar een keer op zijn erf rond te kijken om te begrijpen dat hij het allemaal niet meer redt. Een stap terug is voor veel boeren een onmogelijke zaak, maar een nieuw begin in een nieuw, praktisch ingedeeld huis met kleine stal en wat grond om hobbymatig te boeren, is veel gemakkelijker. Zeker gezien de ellende en kosten die hem wachten als hij in de huidige boerderij blijft wonen. Tobias is ook al drieënzestig, kampt met gezondheidsproblemen en heeft al meerdere aanmerkingen gehad van Länstyrelse over de gebreken in zijn dierhouderij. Zijn zonen helpen hem wel, maar die hebben eigenlijk genoeg aan hun eigen levens. Voor hen is het alleen maar een zegen dat pa straks een comfortabel huis heeft. En dan Kalle... Hij doet het op zich wel goed, maar het is geen vetpot, en zijn vrouw wilde mijn aanbod absoluut aannemen. Hoewel de grond die ik hem kan aanbieden minder is dan wat hij momenteel bezit, is het toch een aardige lap grond om te boeren en hoeft hij zich niet druk te maken over huis en stallen, die dringend aan renovatie toe zijn. Zijn vrouw kijkt vooral uit naar een nieuw huis. Maar uiteraard heb ik er zelf ook baat bij. Ik krijg er meer grond voor terug en de locatie is veel beter. Dat het gepaard gaat met de kosten van de afbraak van huizen en stallen, het opruimen en het saneren van de grond, is absoluut waar. Maar daar heb ik allemaal rekening mee gehouden. Een vriend van mij is aannemer en is mij nog een dienst schuldig. Ik betaal voor de huizen en stallen die ik op mijn eigen grond laat bouwen niet meer dan de kostprijs, zodat de extra kosten binnen de perken blijven. Of het uiteindelijk een goede investering is, moet over een paar jaar blijken.'

Hij keek haar geringschattend aan. 'En voor de duidelijkheid: het is niet zo dat ik interesse toonde in de grond en dat diezelfde grond daarna opeens zomaar vervuild bleek. Het is andersom. Ik speelde al langere tijd met de gedachte om samen met een bevriende projectontwikkelaar een vakantiepark op te zetten, maar het is algemeen bekend dat niemand hier graag grond verkoopt. Al helemaal niet in de buurt van een meer. Toen ik over de vervuilde grond bij Kalle, Tobias en Ingemar hoorde en de problemen voor die mannen aan de oppervlakte kwamen, begon ik na te denken over de mogelijkheden. Dat is namelijk wat ik doe: ik zie geen problemen, maar mogelijkheden. Dat heeft mij op het punt gebracht waar ik nu sta; succesvol in zaken en privé.'

Wat een patser. Astrid geloofde hem niet, maar kon zelfs met koortsachtig nadenken geen goede argumenten op tafel brengen. Dus zweeg ze.

'Jouw zoon verdacht mij van oplichting en misdaden tegen het milieu,' zei Sigge toen. 'Hij heeft een heleboel leugens verspreid ten koste van mijn zorgvuldig opgebouwde reputatie, en alsof dat nog niet genoeg was, heeft hij persoonlijke eigendommen vernield. Dat ik hem daarvoor heb aangeklaagd, is niet meer dan logisch. Zijn verdwijning als gevolg daarvan maakt duidelijk dat hij minder ruggengraat heeft dan jij lijkt te denken.'

De trekken in zijn gezicht, die heel even opvallend strak waren geweest, verzachtten. 'Luister eens, ik begrijp dat het je zoon is en dat je van hem houdt. Maar het is tijd om je ogen te openen voor de waarheid. Alan is altijd een buitenbeentje geweest en zijn huidige vrienden hebben hem in de donkere hoek van verzonnen complottheorieën en dergelijke getrokken. Hij heeft daarop gereageerd zonder de consequenties in overweging te nemen. En dat heeft tot zijn vlucht geleid. Hij is ondergedoken, Astrid, en ik vermoed dat hij ondergedoken blijft totdat de rust volledig is weergekeerd. Op een dag staat hij weer gewoon bij je op de stoep.'

Astrid snoof woedend. 'Alan is niet gek geworden.' Ze keek hem aan. 'Ik wéét dat hij niet heeft ingebroken, geen machines heeft vernield en geen gevels heeft beklad.' De scherpte in haar stem nam verder toe. Haar indruk van Sigge was heel algemeen geweest; gebaseerd op vluchtige ontmoetingen. Nu ze hem beter leerde kennen, stelde ze haar opvatting over hem bij. Ze mocht Sigge niet.

'Je bent niet de eerste moeder die zich niet kan voorstellen dat haar kind zoiets doet. Maar de bewijzen spreken klare taal.'

'De bewijzen? Een kettinkje dat in de fabriek is gevonden en iemand die hem zou hebben gezien. Bewijzen?' Ze trok haar wenkbrauwen kritisch op.

'Het feit dat hij is ondergedoken,' zei Sigge. 'Sterker bewijs is nauwelijks mogelijk.'

'Hij is niet ondergedoken.'

'Goed. Hij is niet ondergedoken. Ik heb hem in een hinderlaag gelokt, bewijzen tegen hem verzonnen en hem vermoord. Nou goed?' Het sarcasme was duidelijk.

Astrid stond op, draaide zich om en liep weg, het kantoor uit, het gebouw uit. Ze rilde over haar hele lijf. Waarom was ze niet nuchter gebleven en had ze niet meer kritische vragen gesteld?

Sigge Pettersson. Bijna een heilige in de gemeente. Totdat je hem beter leerde kennen. Er was iets smerigs aan de hand. Iets heel smerigs.

Ze stapte op haar fiets en duwde de pedalen in. De eerste tien minuten trapte ze vooral haar woede weg, maar nog eens tien minuten later dook de twijfel op. Kende ze Alan werkelijk zo goed als ze zelf graag wilde geloven? Nog maar een paar dagen geleden zou ze vol overtuiging bevestigend hebben geantwoord, maar opeens wist ze het niet meer zo zeker. Alan had vreemde vrienden. Wat als hij was doorgeslagen?

Ze moest denken aan die rechtszaak van de jongen die zijn vriendin had vermoord. Hij kan het nooit hebben gedaan, had zijn moeder geroepen. Maar de bewijzen waren kristalhelder geweest.

Was het werkelijk zoals Sigge beweerde; dat een moeder nu eenmaal niet kon bevatten dat haar kind iets deed wat ver van de normen en waarden af lag waarmee iemand was opgevoed? Ze wist het niet meer. Ze wist het werkelijk niet meer.

Ze vroeg zich af of ze met Nils daarover moest praten, maar wierp die gedachte weer van zich af. Nils bellen betekende dat ze wellicht Bae weer aan de lijn kreeg, en ze wilde op dit moment beslist niet met Miss Perfect spreken. Bovendien zou Nils haar bezoek aan Sigge afkeuren. Erger nog, hij zou vinden dat Sigge een punt had.

Nee. Ze zou hem niet bellen.

Dat hij haar vandaag nog niet had gebeld, zei trouwens genoeg over hem. Blijkbaar had hij al zijn eigen conclusie getrokken. Blijkbaar gaf hij mannen als Sigge gelijk.

De enige met wie ze kon praten, was Luna. Maar wat wist ze eigenlijk van dit meisje af?

Niets. Helemaal niets.

HOOFDSTUK 10

Luna belde toen Astrid net thuis was.

'Komt het uit als ik even aankom?' vroeg ze.

'Ja. Natuurlijk. Als je wilt mee-eten...'

'Nee, dank je. Ik ben er over een halfuur.' Na die mededeling verbrak Luna de verbinding.

Astrid bleef een paar tellen met de telefoon in haar handen staan. Luna had niet verteld of ze met iemand had gesproken. Ze had niet laten blijken dat ze meer wist. Toch wilde ze komen praten.

Wie was Luna in hemelsnaam? Een vriendin van Alan. Een beetje meer dan dat misschien, had ze laten doorschemeren. Maar Astrid had alleen haar woord. Misschien zou het voldoende zijn geweest, als ze niet het gevoel had dat Luna iets verborg. Alan kon niets bevestigen of ontkennen. Waar was hij?

Astrid kreeg weer de inmiddels bijna vertrouwde brok in haar keel. Ze haalde diep adem en keek in de koelkast of er nog iets te eten was. Veel bijzonders vond ze niet. Een paar wortelen, een halve kan havermelk... Had ze niet nog wat bessen in de vriezer? En brood? Het was maar goed dat Luna de uitnodiging om mee te eten had afgeslagen.

Ze haalde brood en bessen uit de vriezer, gooide de bessen met wat honing en havermelk in een maatbeker en gebruikte de staafmixer om er een smoothie van te maken. Een smoothie die eigenlijk beter zou smaken met een banaan erdoor, maar die had ze nu eenmaal niet. Het brood at ze droog en ze kauwde een wortel weg. Niet bepaald een vorstelijke maaltijd en niet echt lekker, maar ze at tenminste iets. Dat was voor nu voldoende.

Al zou een keer goed slapen ook geen kwaad kunnen.

Toen Luna aanklopte, had Astrid de kat verzorgd, hout gehaald, de haard aangemaakt en water opgezet voor thee. Ze was een beetje nerveus toen ze de deur voor Luna opendeed. Misschien had het te maken met allerlei vergezochte theorieën die ze in haar hoofd had gehaald over Luna. Misschien was ze ook gewoon bang dat Luna nieuws bracht dat ze niet wilde horen. Waarom kwam het meisje anders naar haar toe?

Of had Luna het gevoel dat zij, Astrid, de enige was met wie ze over Alan kon praten, zoals Astrid eerder die dag ook had beseft dat ze alleen met Luna op één lijn zat?

'Thee?' vroeg ze meteen.

Luna knikte. Ze liep meteen door naar de fauteuil waar ze de vorige avond ook had gezeten, trok haar jas uit, legde hem over de leuning en ging met opgetrokken benen zitten. Ze had haar haar dit keer los: lange zwarte haren, die als een waaier over haar schouders hingen. Ze leek zo uit een plaatje weggelopen.

Viel Alan werkelijk op zo'n meisje? En dit keurige meisje op hem? Op de een of andere manier had Astrid altijd verwacht dat hij met zo'n alternatief typetje met tattoos, piercings en dreadlocks zou kiezen. Dit was een frisse, jonge meid, aantrekkelijk voor veel mannen. Type serieuze student.

Astrid zette de thee op de salontafel en ging tegenover Luna zitten. 'Heb je nog mensen gesproken?' vroeg ze, voordat Luna iets kon zeggen.

'Twee vrienden van Alan. Ze weten niet waar hij is.'

'Allebei niet?' Ze had geprobeerd rekening te houden

met de mogelijkheid dat niemand iets wist. Waarom voelde ze nu dan evengoed die hevige teleurstelling? Had ze er toch meer van verwacht, zonder dat voor zichzelf toe te geven?

'Ze hadden met hem gepraat over dat stuk in de krant; vroegen of hij niet te ver was gegaan daarmee. Maar Alan zei alleen dat Sigges imperium op instorten stond. Ongeveer hetzelfde als hij tegen mij zei, dus. Hij wilde er verder niets over kwijt. Alleen dat hij bijna alles rond had. Wat dat "alles" dan ook mocht zijn.'

'Wisten ze iets over die inbraak bij Pettersson?' vroeg Astrid.

'Nee, niets. Ze geloven niet dat Alan daarachter zat. Dat is niet zijn manier van doen, zeiden ze. Alan is gepassioneerd wat het milieu en de toekomst betreft, maar hij is geen idioot.'

'Nee,' zei Astrid. 'Hij is geen idioot.'

'Heb je met Sigge en Ingemar gepraat?' wilde Luna weten.

Astrid knikte en vertelde over de gesprekken die ze had gevoerd. Luna luisterde aandachtig.

'Hij zal toch niet echt zijn ondergedoken, hè?' besloot Astrid toch wat onzeker. 'Stel dat zijn vrienden weten waar hij is, maar het niet zeggen. Gewoon voor de zekerheid of uit angst dat Sigge wint. Of misschien omdat hij nog niet alles heeft wat hij nodig heeft. Ik bedoel...'

'Bewijzen,' vulde Luna in. 'Je bedoelt dat hij tijd rekt om bewijzen te verzamelen. Iets wat hij wellicht niet kan doen als de rechtszaak op gang wordt gebracht. Bijvoorbeeld omdat hij dan niet meer in de buurt van de fabriek of Sigges grond mag komen?'

'Iets dergelijks,' zei Astrid. Eigenlijk wist ze zelf niet precies wat ze had willen zeggen, maar Luna's stelling klonk aannemelijk.

'Ik neem aan dat het mogelijk is,' zei Luna langzaam.

Astrid zocht naar een vleugje opluchting. Ze wilde het zo graag geloven.

'Maar dan begrijp ik niet dat hij Willy heeft achtergelaten,' zei Luna toen. 'Dat is niets voor hem.'

'Misschien wilde hij de illusie wekken dat hem iets was overkomen,' zei Astrid. 'Hij wist immers dat ik naar hem toe zou komen en de kat niet aan zijn lot over zou laten.'

'Niet onmogelijk, maar...' Luna zuchtte diep. 'Ik weet het werkelijk niet.' Ze speelde met haar inmiddels lege mok. 'Het is allemaal zo... onlogisch.' Ze zette de mok op tafel en keek naar Astrid. 'Ik was vandaag bij het huis om de kat te verzorgen. Hoe het eruitziet...' Ze schudde haar hoofd. 'Alan heeft het zeker niet zelf gedaan.'

'Inbrekers of vandalen, meende de politie. Er wordt regelmatig in zomerhuisjes ingebroken.' Astrid herhaalde de inmiddels vaak gehoorde stelling, zonder zichzelf daarvan te overtuigen.

'Ik weet het niet. Waarom zou hij zijn laptop en fototoestel achterlaten, als hij meer materiaal wilde verzamelen?'

'Misschien stond alles al op een memorystick?' opperde Astrid.

'Misschien.' Luna haalde haar schouders op. 'Blijft de vraag waarom de gps niet is gestolen, zoals je zelf al zei.'

Astrid had die laatste opmerking liever niet gehoord. Ook al had ze het inderdaad een dag eerder zelf al genoemd. Ze wilde werkelijk graag geloven dat Alan was ondergedoken om tijd te winnen. Ze wilde zich daar zo graag aan vasthouden.

'Willy was trouwens nog steeds bang,' zei Luna. 'Maar hij heeft toch gegeten.' Ze streek een lok uit haar gezicht. 'Toch is het vreemd.'

Astrid wachtte af. Alles wat er momenteel gebeurde was

vreemd. Maar ze wist niet waar Luna nu op doelde.

'Die proeven,' zei Luna. 'Waarom zijn die uitgerekend nu genomen, en dan bij alle drie die boeren? Of zijn er in de omgeving meer proeven genomen? Ging het om een actie van de gemeente of zo?'

'Geen idee,' zei Astrid. 'Misschien wel. Sigge kan daar nauwelijks invloed op hebben gehad. Hij kon immers niet weten dat de grond vervuild was, toch?'

Ze zwegen allebei.

Een auto stopte voor de deur en Astrid zag hoe Luna verstijfde.

'Volgens mij is dat Nils maar. Mijn ex,' zei Astrid terwijl ze opstond en naar de deur liep.

'Ik moet gaan,' zei Luna haastig. Ze sprong overeind en trok haar jas aan, terwijl haar blik haastig door de kleine woning schoot, als een kat in het nauw, zoekend naar een uitweg. Haar blik bleef hangen bij de deur naast de keukenblok, die naar de bijkeuken met douche en toilet leidde en naar de achterdeur.

Luna schoot net naar die deur toen Nils binnenkwam. Hij had niet aangeklopt; niet gewacht totdat Astrid de deur voor hem openmaakte. Hij was eenvoudigweg naar binnen gelopen alsof hij daar ieder recht toe had.

Het irriteerde Astrid, maar ze kreeg geen kans om er een opmerking over te maken.

'Luna?' zei Nils verbaasd terwijl hij naar het meisje keek.

Luna bleef in haar beweging hangen, liet haar schouders zakken en draaide zich naar hem om. 'Dag Nils.'

'Jullie kennen elkaar?' vroeg Astrid verbijsterd.

'Natuurlijk ken ik haar,' antwoordde Nils meteen terwijl hij het huis binnenliep. 'Ik dacht al dat ik haar scooter zag staan.'

Luna bleef aarzelend bij de deur staan.

'Wat doe je hier?' vroeg Nils aan haar.

Luna leek zich te herpakken. 'Dat kan ik ook aan jou vragen.'

'Wat is hier aan de hand?' kwam Astrid tussenbeide. Haar stem sloeg zowaar over.

'Dat kan ik beter aan jou vragen,' zei Nils. 'Je hebt nooit gezegd dat je Luna kende.'

'Ik kende haar tot voor gisteravond niet. Maar blijkbaar ken jij haar al langer.'

'Natuurlijk ken ik haar al langer.' Hij zuchtte geïrriteerd.

'Hoezo "natuurlijk"?'

'Aangezien ik al langer met Bae omga?'

'Wat heeft Bae ermee te maken?' Astrid kreeg een ongemakkelijk gevoel. Ze keek naar Luna. Naar haar haar, haar ogen, de vorm van haar gezicht, de tengere gestalte, de Aziatische invloed. Het besef drong langzaam tot haar door.

Ze schudde haar hoofd in ongeloof.

'Ik ben haar dochter,' bevestigde Luna. Ze keek niet naar Astrid. Ze keek Nils uitdagend aan.

'Lieve help,' mompelde Astrid. Ze liet zich weer in de fauteuil zakken. 'Lieve help.'

'Wist je dat dan niet?' vroeg Nils. Hij liep verder het huis in en keek beurtelings naar Luna en Astrid.

'Nee, dat wist ik niet,' beet Astrid hem toe, veel feller dan nodig.

Nils wendde zich weer tot Luna. 'Waarom ben je hierheen gekomen?'

'Dat kan ik ook aan jou vragen,' kaatste Luna terug.

'Ik ben hier vanwege Alan,' maakte Nils duidelijk. 'Nogal logisch, nietwaar? Alan is tenslotte mijn zoon, en hij is vermist.'

'En als ik nu eens zeg dat ik hier ook ben vanwege Alan,' zei Luna. Ze had haar ontsnappingspoging opgegeven en liep naar Nils toe, totdat ze tegenover hem stond.

'Je kent hem niet eens,' zei Nils. Maar er klonk een vraag

in die opmerking.

'Ik ken hem wel,' zei Luna. 'Ik ken hem al een hele tijd. Ik trof hem bij een milieudebat op de universiteit. Mijn naam werd genoemd en hij wilde weten of ik familie van Bae Björt uit Värnamo was. Zo raakten we aan de praat.'

'Alan heeft daar nooit iets over gezegd. Net zomin als je moeder.'

'Omdat mijn moeder van niks weet. Je weet hoe ze over Alan denkt.'

'Ja, dat weet ik,' mompelde Nils.

'Hoe denkt Bae dan over Alan?' vroeg Astrid scherp.

Luna keek naar haar. 'Wat denk je? Mam hecht waarde aan alles wat Alan verwerpt.'

'Je hebt dus nooit gezegd dat je hem kende,' zei Nils. 'Tegen niemand.'

'Nee. Daar kun je donder op zeggen. Denk je werkelijk dat ik behoefte heb aan discussies daarover? Niet dat zij enig recht heeft om te oordelen, gezien haar eigen keuze.' Ze keek uitdagend naar Nils.

Nils gromde een onverstaanbaar antwoord. 'Ik neem aan dat jullie dan nog niets over hem hebben gehoord?' vroeg hij toen.

'Nee,' zei Astrid. 'En als jullie het niet erg vinden, ben ik nu liever alleen.' Ze keek hen aan. Een felle hoofdpijn was plots opgekomen en ging gepaard met onophoudelijk gebonk.

'Je moet eens proberen te slapen,' zei Nils, 'je ziet eruit als een vaatdoek.'

'Bedankt,' sneerde ze. 'Als je nu zo vriendelijk wilt zijn om te vertrekken.'

Nils draaide zich met een ruk om en liep naar buiten. Luna leek nog even te twijfelen, maar ging vervolgens achter hem aan. Bij de deur draaide ze zich nog even om. 'Sorry,' mompelde ze.

Daarna vertrok ze.

De stilte die de twee achterlieten, viel als een verstikkende deken over Astrid heen. Ze begon te huilen. Zomaar. Harder en harder, alsof er geen einde meer aan zou komen, totdat het haar volledig uitputte.

Uiteindelijk bleef slechts een kater over. Een kater die gepaard ging met nog meer hoofdpijn en een intense kou. Ze sloeg een deken om en liep naar de badkamer om een paracetamol te nemen.

Ze voelde zich eenzaam. Ze kon zich niet herinneren dat ze zich eerder zo eenzaam had gevoeld.

Toen ze later naar bed ging, duurde het evengoed nog lang voordat ze uiteindelijk de slaap kon vatten. Tot die tijd passeerden allerlei theorieën de revue in haar brein. Theorieën die al waren genoemd en theorieën die ze ter plekke verzon. Toen ze zelfs nadacht over de mogelijkheid dat Bae achter Alans verdwijning zat, omdat ze had ontdekt dat haar dochter zich met hem ophield en misschien zelfs om Astrid een hak te zitten, besloot Astrid dat ze definitief gek werd.

Het beeld van zichzelf in de kalmerende omgeving van een kliniek, met geduldige verplegers die haar van pilletjes voorzagen waardoor ze niet meer zo veel voelde en die haar pamperden als een baby, was opeens aantrekkelijk. Geen complicaties, geen dilemma's. Gewoon wegzinken in zalige onwetendheid.

Een idiote gedachte. Maar het hielp haar in ieder geval met het vinden van de rust die ze nodig had voor een paar uurtjes slaap.

HOOFDSTUK 11

'Is het een probleem als ik nog een paar dagen thuisblijf?' vroeg Astrid aan Bengt. Ze was al om zes uur opgestaan, maar had tot acht uur gewacht om haar baas te bellen. Twee lange uren. Oneindig lange uren.

Hoewel ze zichzelf voortdurend voorhield dat ze alle reden had om thuis te blijven, speelde haar schuldgevoel jegens haar collega's en baas een steeds grotere rol. Dat betekende voor haar een extra portie stress, die ze op dit moment werkelijk niet kon gebruiken.

'Geen probleem,' verzekerde Bengt haar. 'Nog geen nieuws over Alan?'

'Nee. Nog niet. Maar ik zoek wat zaken uit en heb gewoon meer tijd nodig.'

'Ik begrijp het volkomen,' zei Bengt meteen. 'Neem de tijd die je nodig hebt. Ik heb geprobeerd me voor te stellen hoe het zou zijn als een van mijn kinderen opeens zou verdwijnen. Eerlijk gezegd kan ik dat niet eens. Ik begrijp alleen dat je kind voor alles gaat.'

'Ja. Dat is zo. Ik vond het alleen… Nou ja, het voelde niet goed. Tegenover jullie en zo.'

'Concentreer je nu maar op Alan. Je zegt dat je met wat dingen bezig bent? Heb je al een vermoeden waar hij kan zijn?'

'Ik kan er verder nog niets over zeggen. Maar als ik meer weet, ben je de eerste die het hoort.'

'Dat is goed.'

'Ik neem aan dat Brigitta ook niets meer heeft gehoord?' vroeg Astrid. 'Ze zou met de mensen praten...'

'Nee, helaas. Brigitta is ook niets wijzer genomen. Er worden veel aannames gedaan, maar niemand heeft hem gezien.'

'O. Tja. Ik was er al bang voor. Nou ja... In dat geval...'

Bengt leek te aarzelen. 'Zorg goed voor jezelf, Astrid,' zei hij toen.

'Ja, dat zal ik doen.' Het was een sociaal wenselijk antwoord. Ze wisten allebei dat de zorg voor haarzelf geen enkele prioriteit had.

Ze had twee uur geleden, meteen bij het wakker worden, besloten terug te gaan naar Alans huis. Ze wilde opnieuw daar rondkijken, hopend op een nieuwe ingeving. Ze wilde naar nieuwe aanwijzingen zoeken; leidraden zoeken. Alles wat haar verder kon brengen, hoe onwaarschijnlijk het ook was dat ze iets zou vinden.

En ze zou naar de gemeente gaan. Zelfs al was het maar de vraag of ze daar iemand kon spreken die haar verder kon helpen. Veel ambtenaren werkten niet op vrijdag. Het zou weer typisch iets voor haar zijn als ze daar verscheen terwijl de ambtenaren die zich met bodemonderzoek bezighielden, van een lang weekend genoten. Maar het was een poging waard.

Misschien zou ze zelfs met Kalle en Tobias praten. Als het vandaag niet lukte, kon ze het naar het weekend verschuiven. Maar ze moest iets doen. Ze kon niet gewoon in haar huis blijven zitten en afwachten. Als ze dat deed, werd ze gek.

Ze nam afscheid van haar kat, kleedde zich warm en comfortabel, liep naar buiten, pakte de fiets en fietste naar het bos waar Alans huis stond. Ze zag ertegen op om opnieuw met de chaos in zijn huis te worden geconfronteerd en ze was zelfs een beetje bang dat Luna er was – haar wilde ze op dit moment werkelijk niet zien – maar ze trapte toch stevig door.

Het weer werkte in ieder geval mee; geen regen en wind. Het fietsen was daardoor een stuk aangenamer en onder andere omstandigheden had ze er wellicht zelfs van genoten. Nu vond ze het alleen prettig omdat ze haar energie in andere dingen kon steken.

Ze voelde hoe haar maag omdraaide toen ze bij het meertje kwam en Alans huis zichtbaar werd. Natuurlijk was er niets veranderd sinds de laatste keer dat ze hier was, maar ze merkte dat het nare gevoel, dat haar al dagenlang plaagde, hier het sterkst was.

Ze slikte haar ellende weg en fietste tot aan het huis. Willy zat op het trapje, alsof hij huis en haard wilde beschermen. Hij dook dit keer niet weg. Blijkbaar was hij over zijn grootste angst heen.

De deur stond nog steeds op een kier. Precies zoals Astrid hem eergisteren had gesteld met behulp van het haakje aan die deur. Blijkbaar had Luna na het verzorgen van de kat – en rondkijken in het huis? – alles weer exact hetzelfde achtergelaten.

Luna. De dochter van Bae. Hoe was het mogelijk?

En hoe was het mogelijk dat Alan, precies als Nils, viel voor een dergelijke vrouw? Zo vader, zo zoon? Hadden ze meer met elkaar gemeen dan ze wilden toegeven?

Maar Luna was niet als Bae. Niet voor zover Astrid kon beoordelen.

Maar hoe goed kon ze dat eigenlijk beoordelen? Zo goed kende ze Bae immers niet. En Luna net zomin.

Ze opende de deur van Alans huis helemaal en liep naar binnen. De chaos bezorgde haar ook nu weer een enorme brok in de keel. Ze voelde de neiging om zich tussen de rommel op haar knieën te laten zakken en een potje te huilen. Maar ze had gisteren meer dan genoeg gehuild.

Ze haalde diep adem, drie keer. Ze probeerde de brok in haar keel weg te slikken en telde. Een, twee, drie... Een, twee, drie. Zoals ze dat ook had gedaan op die momenten van paniek vlak na de scheiding.

Luna had een pak kattenbrokken op het aanrecht laten staan. Opruimen had ook niet echt veel zin, en het vlees uit de koelkast was waarschijnlijk op.

Astrid vulde het eetbakje van de kat met de brokken. Het beest had nog niet eens alles op, maar Astrid wist niet wanneer ze weer kon komen. Ze verschoonde het drinkwater ook maar meteen.

Eigenlijk voelde het verkeerd om de kat hier straks weer alleen achter te laten, maar ze geloofde niet dat het veel beter was om het beestje mee naar huis te nemen. Nog afgezien van het feit dat ze niet eens een tas of iets dergelijks bij zich had om het beest in te vervoeren, geloofde ze niet dat Miemel het nieuwe gezelschap zou kunnen waarderen. Bovendien voelde Willy zich ongetwijfeld prettiger op zijn eigen plek.

Zelfs als Alan er niet was.

Bovendien was het alsof ze Alans verdwijning accepteerde als ze zijn kat hier weghaalde. Alsof ze een boek dichtklapte dat ze niet eens had uitgelezen. En dat was het laatste wat ze wilde doen.

Na het verzorgen van de kat zocht ze tussen de rommel, zonder te weten waarnaar eigenlijk. De politie had niets gevonden dat hen verder bracht en het was eigenlijk absurd om te denken dat zij meer succes zou hebben, maar ze deed het toch maar.

Toen ze de gps zag liggen, pakte ze hem toch even op. Vreemd eigenlijk, dat de politie het ding hier zo open en bloot had laten liggen. Hadden ze geen idee van de waarde van het apparaat, of mochten ze niet zomaar bezittingen meenemen? Zelfs niet als het diende om een nieuwe diefstal te voorkomen? Of was het onwaarschijnlijk dat een inbreker nog de moeite nam om op zoek te gaan in een huis dat zo overduidelijk al ondersteboven was gehaald door eerdere inbrekers?

Als het tenminste werkelijk inbrekers waren geweest.

Astrid staarde naar de gps en zag Alan weer voor zich, zoals hij het ding enthousiast aan haar had laten zien. Hij had de vele mogelijkheden uitgelegd, maar een groot deel daarvan was ze meteen weer vergeten. Te veel informatie; te ingewikkeld. Ze had alleen begrepen dat het om een soort schatzoeken voor volwassenen ging en dat het mensen op plaatsen bracht waar ze anders wellicht nooit waren gekomen.

Op dat moment hoorde ze een auto. Ze voelde een plotse verlammende angst. Wat had iemand hier nog te zoeken?

Het is vast Nils, hield ze zichzelf toen voor. Nils of de politie. Misschien zelfs een van de mannen van het jachtteam.

Ze liet de gps in haar jaszak glijden en strompelde over de rommel naar de openstaande deur. Verbijsterd zag ze de zwarte Range Rover naderen die haar nog maar een paar dagen geleden bijna had aangereden. Haar angst wilde niet echt wijken toen ze naar buiten liep en naar de auto staarde, die nu tot stilstand kwam.

De deur ging open en de man met zijn donkere haar, die bij de ICA zo veel indruk op haar had gemaakt, stapte uit. Hij liep naar haar toe terwijl hij haar onderzoekend aankeek. 'Jij?' vroeg hij verbaasd.

Waarom was uitgerekend hij verbaasd?

'Ik had geen idee dat jij...' stamelde hij. 'Ken je Alan Höglund? Ben je... Nee, dat kan niet.' Hij schudde zijn hoofd.

'Ik ben zijn moeder,' zei Astrid. Ze bleef de man aankijken. Wat deed hij in hemelsnaam hier en waarom had hij het over Alan? Háár Alan?

'Ik had niet gedacht... Nooit verwacht... Het spijt me. Geen manieren.' Hij stak zijn hand naar haar uit. 'Per Erik Ericsson.'

Astrid aarzelde, maar nam de hand toch aan. 'Je kent Alan?' vroeg ze. Haar achterdocht was zo sterk dat ze mogelijk op de rand van paranoia balanceerde. Wat deed hij hier?

'Niet persoonlijk,' zei Per Erik. 'Ik heb hem een keer in de fabriek gezien.'

'Chemtek?'

Hij knikte en liet zijn blik even afdwalen. 'Ik werkte daar, toen Alan binnenkwam en ruzie met Sigge maakte.'

'Ben jíj de getuige van die ruzie?'

'Niet alleen ik. De halve fabriek.'

'Sigge beweert dat Alan hem bedreigde.'

'Er was een heftige woordenwisseling. Meer weet ik niet.'

'Wat doe je hier, Per Erik?' vroeg Astrid. Onwillekeurig zette ze een stap achteruit. Ze keek naar Per Erik, met zijn aantrekkelijke gezicht en zijn atletische lijf. Wat deed hij hier?

Per Erik aarzelde. 'Ik zoek antwoorden,' zei hij toen.

Astrid keek hem vragend aan. 'Antwoorden?'

'Er zijn veel geruchten over Sigge en ik wil weten of ze ergens op gebaseerd zijn. Waar kan ik dan beter zoeken dan juist bij de persoon die alles in gang heeft gezet?'

'Waarom? Waarom wil je dat weten?'

'Persoonlijke redenen.'

'Je werkt voor Sigge, toch?'

'Werkte voor Sigge.'

'Je bent daar weggegaan?'

'Min of meer.' Zijn blik gleed van haar af.

'Ben je daar nou weggegaan of niet?'

Per Erik keek Astrid weer aan. 'Hij heeft mij ontslagen.'

'Waarom?'

'Ik stelde vragen.'

'Kritische vragen?'

'Soort van...'

'Dus toch,' mompelde Astrid.

'Ik wéét nog niets,' maakte Per Erik duidelijk. 'Ik ken alleen de geruchten, op gang gebracht door Alan. Niet meer dan dat.'

'Ik vrees dat een zoektocht hier je niet verder gaat helpen,' zei Astrid. 'De politie heeft al alles onderzocht en ik ook. En nog iemand.' Ze keek even om, naar de nog openstaande deur. 'Inbrekers of vandalen, denkt de politie.' Ze keek weer naar Per Erik. Ze ontspande nu een klein beetje. 'Niemand heeft iets gevonden.'

'Er is ingebroken?' Per Erik keek over haar schouder.

'Ingebroken, alles vernield, kussens en matrassen opengesneden en waardevolle spullen meegenomen.'

'Verdorie. Het is ook altijd hetzelfde. Zodra een huis zonder bewoner of toezicht staat, is het prijs. Alsof ze het ruiken.'

'Zo erg is het gelukkig nog niet in ons land, maar ik moet toegeven dat het wel geregeld voorkomt. Ik vraag me alleen af of...' Ze aarzelde en keek weer om naar het huis. 'Ik vraag me af of dit een gewone inbraak was.'

'Waarom twijfel je daaraan?' vroeg Per Erik.

Astrid voelde het gewicht van de gps in haar jaszak. Ze haalde haar schouders op. 'Gewoon een gevoel.'

'Ik begrijp het,' zei Per Erik. Hij draalde. 'Je hebt natuurlijk gelijk. Het heeft geen zin om hier verder te zoeken.'

'Nee. Ik ben bang van niet.'

'Kan ik je op z'n minst een kop koffie aanbieden?' vroeg Per Erik. 'Ik heb je een paar dagen geleden bijna aangereden en nu waarschijnlijk de stuipen op het lijf gejaagd. Een kop koffie is wel het minste wat ik kan doen. Bovendien heb ik niks anders te doen.' Het laatste kwam er ietwat bitter achteraan.

'Ik vrees dat Forsheda niet echt een gelegenheid tot een kop koffie biedt, om over Torskinge maar te zwijgen, en naar Värnamo gaan lijkt mij geen goede optie,' zei Astrid. Ze kon hem natuurlijk bij haar thuis uitnodigen, maar dat vond ze toch te ver gaan. Haar achterdocht was wat afgenomen, maar ze kende Per Erik niet.

'Ik kan je bij mij thuis uitnodigen, maar ik vrees dat ik dan een verkeerd signaal afgeef,' zei Per Erik. 'Bovendien woon ik niet op fietsafstand, en ik kan me voorstellen dat je niet bij een vreemde vent in de auto stapt.'

Astrid glimlachte een beetje. 'Nee, liever niet.'

'Maar Forsheda heeft een tankstation,' zei Per Erik toen. 'Dat kleine tankstation bij de 27. Daar hebben ze ook koffie en kaneelbroodjes.'

Astrids lach werd onwillekeurig breder. Het tankstation van Makke waar chauffeurs en vrienden van Makke bij elkaar kwamen, koffie uit plastic bekertjes dronken en kaneelbroodjes naar binnen werkten.

'Mag ik je uitnodigen voor een bekertje koffie met een kaneelbroodje?' vroeg Per Erik. 'Of iets anders, natuurlijk.'

Ze kreeg het opnieuw warm. 'Goed,' besloot ze. 'Ik ga op je uitnodiging in. Over ongeveer vijfentwintig minuten. Die tijd heb ik nodig om erheen te fietsen.'

'Ik kan je een lift aanbieden, maar dat doe ik maar niet, aangezien je al aangaf dat je niet bij enge kerels in de auto stapt.'

'Eng heb ik niet gezegd.'

'Niet hardop. Maar gezien het feit ik je eerder bijna aanreed en hier weer onverwacht opdook, zou je dat zomaar kunnen denken.' Hij grijnsde breed, draaide zich om en liep naar zijn auto. 'Tot over vijfentwintig minuten,' zei hij. Hij stapte in en reed weg.

Astrid bleef nog even staan en keek hem na. Ze besefte nu pas dat haar wangen gloeiden. Ze voelde zich gevleid door zijn aandacht. En niet alleen dat. Ze mocht hem; ze mocht zijn lach.

'Idioot die je bent,' mompelde ze tegen zichzelf terwijl ze op de fiets stapte. 'Hij wil alleen zijn verontschuldigingen aanbieden met die kop koffie. Misschien zelfs meer informatie loskrijgen over Sigge. En datzelfde kun je bij hem doen. Hij ziet heus niets in jou.'

Ze trapte de pedalen van haar fiets stevig in en hobbelde in hoog tempo over het pad en de grindweg naar de verharde weg. Eenmaal daar koerste ze regelrecht naar Forsheda, naar het tankstation, waar de Range Rover van Per Erik reeds was geparkeerd.

Per Erik rekende binnen juist twee bekertjes koffie en twee kaneelbroodjes af, toen Astrid binnenkwam.

'Astrid,' reageerde Makke meteen toen hij haar zag. 'Hoe gaat het met je?'

'Goed, Makke. Dank je.'

'Nog geen auto?'

'Nee. Die gaat er ook niet komen. Geen geld.'

'Het is toch wat, het is toch wat,' zei Makke hoofdschuddend. 'Wat kan ik voor je doen?'

'Ik ben met hem,' zei ze, met een hoofdknikje naar Per Erik, die haar met een glimlach een bekertje koffie en een kaneelbroodje aanreikte.

Ze kon haar tong wel afbijten. Wat een rare opmerking. *Ik ben met hem*. Alsof er meer achter zat dan een stom bekertje koffie. Wat moest Per Erik wel niet denken?

Makke dacht er in ieder geval het zijne van. 'Zo, zo,' zei hij terwijl hij naar Per Erik keek en daarna weer naar Astrid. 'Zit dat zo.'

'Nou, we drinken gewoon samen koffie,' zei Astrid

haastig, in de hoop het ontstane misverstand te herstellen.

'Hm.' Makke keek weer naar Per Erik. 'Je bent niet van hier, volgens mij? Ik weet dat je hier weleens hebt getankt, maar je bent niet van hier.'

'Ik kom uit Göteborg, maar woon nu in Värnamo.'

'Waarom ben je uit Göteborg vertrokken?'

'Werk.'

'Ah zo.'

'Zullen we even aan een tafeltje gaan zitten?' stelde Astrid voor. Ze wist dat Makke zou doorgaan met zijn vragen totdat hij de allerlaatste details eruit had geperst, en dat wilde ze Per Erik liever besparen.

Per Erik glimlachte en knikte.

Er was op dit moment niemand anders in het tankstation dan zij en Per Erik. En Makke natuurlijk, die ongetwijfeld in de winkel ging rommelen – zelfs als er niets te doen was – om vooral niets te missen.

'Gered,' fluisterde Per Erik, toen ze bij de tafel stonden.

'Ah, je begreep het al?'

'Hm, ja.' Hij nipte aan de koffie. 'Maar koffie maken kan hij,' zei hij goedkeurend.

'En zijn kaneelbroodjes zijn werkelijk de beste in het dorp,' zei Astrid. 'Niet dat je ze verder ergens kunt krijgen, maar deze zijn gewoon goed.'

'De ICA heeft ook kaneelbroodjes,' wist Per Erik.

'O ja. Maar daar schenken we geen koffie.'

'Nee. Dat is waar.'

Ze dronken een paar minuten zwijgend hun koffie.

'Ik ben niet helemaal eerlijk geweest,' zei Per Erik toen.

Astrid keek hem vragend aan. Hij zat tamelijk dicht bij haar en ze merkte dat ze bloosde toen hij haar blik beantwoordde. 'Ik mag je, Astrid, en ik wil gewoon open kaart spelen.'

'Waarover?'

'Ik zei dat ik de waarheid over de geruchten wilde achterhalen. Dat is wel zo, maar er is meer.' Zijn blik boorde zich in die van haar. Astrid wilde zich van hem afwenden, maar ze kon het niet opbrengen. 'Ik wil hem onderuithalen,' bekende Per Erik. 'En ja, ik weet dat zoiets niet erg constructief is, maar eerlijk gezegd ben ik zo woedend op de man dat ik hoop dat de geruchten waar zijn. Ik ben nota bene voor hem naar Värnamo verhuisd. Ik heb meer dan zestig uur per week in dat bedrijf gestoken, en nu schopt hij me eruit. Zomaar. Ja. Ik ben woest op hem. Meer dan woest. En eigenlijk wil ik hem gewoon op de knieën zien.'

Astrid zag dat Per Erik zo hard in zijn bekertje kneep, dat de inhoud bijna over de rand vloeide.

'Misschien moeten we dan maar samenwerken,' flapte ze eruit. Een opmerking waar ze meteen spijt van had. Waarom dacht ze niet na voordat ze iets zei?

Zijn blik bleef op haar gericht. 'Zou je dat kunnen en willen doen?'

Er was geen weg terug. Astrid schraapte haar keel. 'Ik weet wellicht dingen die jij niet weet en andersom.'

'Je hebt gelijk. Het zou zomaar kunnen dat we elkaar veel te bieden hebben.'

Het kwam in Astrid op dat die opmerking voor meerderlei uitleg vatbaar was, maar ze riep zichzelf meteen tot orde. Hij had haar nodig in zijn kruistocht tegen Sigge en zij had hem nodig om Alan te vinden. Ze had iedere hulp nodig die zich aandiende.

'Misschien moeten we eens op ons gemak met elkaar praten,' stelde Per Erik voor. 'Onder vier ogen.' Zijn ogen maakten een kort signaal richting Makke, die met wat tijdschriften rommelde en duidelijk zijn oren gespitst hield.

'Misschien wel,' stemde Astrid in.

'Kan ik je uitnodigen voor een etentje?'

Astrid kreeg het weer warm. Ze knikte. Bloosde ze weer?

'Ik kan natuurlijk ook zelf heerlijke spaghetti bolognese voor je maken.'

'Ik ben vegetariër.'

'Bolognese zonder vlees? Vleesvervangers, champignons... mogelijkheden genoeg.'

'Eh, tja.' Kon ze het doen? Kon ze naar hem toe gaan, naar zijn huis?

'Maar misschien vind je een neutrale plaats prettiger,' zei Per Erik snel. 'Restaurant Bambu in Bredaryd bijvoorbeeld? Als we voor het buffet kiezen, kun je zelf je menu samenstellen zonder vlees. Heb je toch nog een beetje keuze.'

'Bambu is prima,' zei Astrid. 'Dat is een fijn restaurant.'

'Mag ik je op z'n minst komen ophalen?' vroeg hij. 'Het lijkt mij toch een behoorlijk eind fietsen, en dan ook nog door het donker... geen prettig idee. Het openbaar vervoer lijkt mij geen optie. Niet op zaterdagavond.'

'Nee, niet echt. Bovendien woon ik landelijk, en daar gaan geen bussen. Je mag me dus komen ophalen,' zei Astrid met een wat nerveus lachje.

'Morgenavond, zes uur?'

'Morgenavond zes uur is prima.' Ze legde hem uit waar hij moest zijn, dronk haar koffie en at haar kaneelbroodje, en maakte zich daarna haastig uit de voeten. Weg uit de benauwende ruimte van het tankstation.

Of lag het aan haar dat ze het zo warm had?

HOOFDSTUK 12

Astrid zat in haar woonkamer en staarde naar de vlammen in de haard. Ze had niet meer met Tobias en Kalle gepraat, maar ze was in ieder geval nog naar de gemeente geweest. Uiteraard had niemand haar kunnen helpen. De medewerkers die betrokken waren geweest bij het bodemonderzoek rondom de boerderijen van Kalle, Tobias en Ingemar hadden natuurlijk een vrije dag, en de ene medewerkster van die afdeling die wel aan het werk was geweest, had al aangegeven dat het niet erg waarschijnlijk was dat Astrid via haar collega's meer informatie over die onderzoeken kreeg. Het had te maken met privacy, had ze gezegd.

Astrid vroeg zich af wat het met privacy te maken had als je je afvroeg waarom een gemeente besloot om op een bepaalde plek onderzoek uit te voeren, maar ze had zich de moeite van een discussie bespaard.

Ze was onverrichter zake weer naar huis gegaan en had onderweg wat boodschappen gedaan omdat ze toch moest eten en haar koelkast allang niets meer te bieden had. Ze had uiteindelijk een eenvoudige omelet gegeten en zat nu in de woonkamer te staren naar de vlammen, terwijl de kat tegen haar aan lag te slapen.

Ze dacht aan haar ontmoeting met Per Erik en voelde spontaan de hitte weer opwellen. Overgang of verliefdheid. Dat was de vraag.

Idioot, mompelde ze tegen zichzelf.

Per Erik wilde Sigge op de knieën zien, zoals hij zelf had uitgedrukt. Het had niets met haar persoonlijk te maken. Wat zij graag als een afspraakje zag, was niet meer dan een zakelijke bespreking. Maar toch... Hij had haar op die manier aangekeken...

Ze sloot haar ogen en zag hem voor zich. In haar fantasie boog hij zich naar haar toe; bracht hij zijn lippen naar de hare.

Ze sperde haar ogen open. 'Idioot,' zei ze, nu hardop. Hoe was het mogelijk dat ze dit soort gevoelens koesterde terwijl Alan was verdwenen? Ze voelde zich ontaard, ongevoelig.

Ze stond met een ruk op, tot grote ergernis van de kat, en liep naar de kapstok. Ze viste Alans gps uit haar jaszak en liep weer terug naar stoel, waar ze de kat aan de kant moest schuiven om weer een plekje te veroveren.

Ze zette de gps aan. *Garmin*, verscheen er in grote witte letters op een oplichtend scherm. Daarna niets. Het licht leek weer te doven.

Ze drukte op het scherm, veegde eroverheen, drukte op de streepjes linksonder en zag opeens een aantal icoontjes, zoals ze dat ook van haar telefoon gewend was:

Waarheen
Tripcomputer
Zaklamp
Colornote
Camera
Galerij
Geomaps
Geocaching

Onderaan stonden ook nog enkele icoontjes: een vlaggetje, een vierkantje, een cirkeltje met stippen, een soort kaartje en een schatkistje.

'Tja. Waarheen?' Ze tikte met haar vingertop op het woord *Waarheen* op het scherm. Er verscheen een nieuw rijtje:

Recent gevonden
Via-punten
Foto's en video's
Sporen
Routes
Geocaches
Avonturen
Coördinaten
Alle nuttige punten

Ze drukte op *Recent gevonden*. Daaronder stonden:

Triple, 2,2 KM
Rör, 5,55 KM

Hm. Die geocaches had hij dus het laatst gezocht. Er stond niet bij wanneer hij die dingen had gevonden, maar ze wist dat hij er vaak mee in de weer was geweest. Toen alles nog normaal was...
Ze haalde diep adem en ging weer terug. *Sporen*. Als dat nu eens een hint was.
Ze wilde het zo graag geloven. Ze tikte op *Sporen*. *Huidig spoor*, verscheen er in het scherm. Ze tikte erop. *0 meter, 00:00:00.*
Een nieuw rijtje met afstand, gebied etc. met overal alleen maar nullen. Daar werd ze ook niet wijzer van.
Foto's en video's dan? Een foto van een oude boom, eentje die vanaf een hoge berg was genomen, een foto van een stromende beek... Als ze op een foto drukte, verscheen een kaart met bovenaan cijfers die ze niet begreep en een af-

stand. Waarom had ze niet beter geluisterd toen hij alles had uitgelegd?

Deed het ertoe?

Ze hoorde een auto voor de deur stoppen. Opnieuw bezoek. Ze wilde geen bezoek. Haastig duwde ze de gps tussen de kussens van de stoel, zonder precies te weten waarom, en stond op. Nog voordat ze de deur had bereikt, ging hij open en kwam Nils naar binnen.

'Nils?'

'Verwachtte je iemand anders?'

'Nee, ik verwachtte niemand.'

'Nog nieuws?' vroeg hij.

'Niet echt. Ik ben vanmorgen nog even in zijn huis geweest, maar het is natuurlijk zinloos om daar te gaan zoeken. Iedereen heeft dat immers al gedaan; wij, de politie, inbrekers, Luna...'

'En die vent dan?'

'Welke vent?'

'Je was met een kerel bij het tankstation van Makke.'

'Lieve help, Makke laat er geen gras over groeien, wel?'

'Wie is hij?' vroeg Nils. Het klonk scherp.

'Per Erik. Een ex-werknemer van Sigge Pettersson. Hij kan misschien helpen bij het zoeken naar Alan.'

'Ga je er dan nog steeds van uit dat Sigge daar iets mee te maken heeft?'

'Ik sluit het in ieder geval niet uit. Per Erik heeft ook geruchten gehoord...'

'Ex-werknemer, zeg je?'

'Ja.'

'Zou het kunnen dat hij wrok koestert tegen zijn voormalige baas en dat dat een rol speelt?'

Astrid dacht aan Per Eriks woede toen Sigge ter sprake was gekomen. 'En wat dan nog?'

'Kom op, Astrid. Als je je laat meesleuren in zijn hetze

tegen Sigge, zou je zomaar je doel uit het oog kunnen verliezen; Alan terugvinden.'

'Hangt het niet allemaal samen?'

'Nee, dat geloof ik niet. Niet op die manier in ieder geval. Ik vermoed nog steeds dat Alan is ondergedoken en natuurlijk heeft dat met Sigges aanklacht te maken. Maar je zult via Sigge niet wijzer worden. Sterker nog: hem het vuur aan de schenen leggen kan uiteindelijk tot een nieuwe aanklacht leiden. Tegen jou dit keer.'

'Je lijkt er nogal van overtuigd dat Sigge een onbeschreven blad is.'

'Sigge heeft een goede naam en Alan heeft die door het slijk gehaald. Dat is alles wat ik echt weet.'

'En je gelooft werkelijk dat Alan heeft ingebroken bij Chemtek, machines heeft vernield en de gevels van Sigges huis heeft beklad?' Astrid keek hem met samengeknepen ogen aan; haar handen in haar zij.

Nils perste zijn lippen op elkaar. Hij haalde zijn schouders op.

'Je weet wel beter dan dat,' zei Astrid nijdig.

'Ik wéét niets.'

'Geloof je werkelijk dat Alan, onze Alan...'

'Ik weet het ook niet meer,' zei Nils terwijl hij zich op een keukenstoel liet zakken. Hij zette zijn pet af en wreef door zijn haren.

Het viel Astrid op dat hij er erg moe uitzag. Ze voelde een plots medelijden. Zij en Nils zaten in hetzelfde schuitje. Alan was een zoon van hen allebei, en zelfs als ze zich vaak probeerde voor te houden dat Nils niet erg begaan was met Alan, wist ze diep vanbinnen wel beter. Nils keurde veel dingen niet goed die Alan deed. Hij begreep Alans denkwijze lang niet altijd, maar deed zij dat zelf wel? Haar woede ebde weg. 'Koffie?' vroeg ze.

'Graag.'

Nils' telefoon ging en hij nam hem aan, terwijl Astrid koffiezette.

'Ik ben nog bij een klant. Over een uurtje, goed?' hoorde ze hem zeggen.

'Bae?' vroeg ze, toen hij de verbinding had verbroken. De waterkoker en het koffiezetapparaat stonden nu aan en ze leunde tegen het aanrecht, terwijl ze naar hem keek.

Hij knikte.

'Lieve help, Nils, waarom zeg je niet gewoon dat je hier bent?'

'Geen zin in discussies.'

'Discussies? Het gaat verdorie om je zoon. Het lijkt mij volkomen normaal dat je daar nu mee bezig bent, nietwaar?'

'Dat is niet het punt.'

'Wat dan wel?'

'Kunnen we een discussie daarover achterwege laten?'

Astrid wilde geen discussie achterwege laten. Ze wilde duidelijk maken hoe ze over Bae dacht, maar ze hield zich toch maar in. Zoals ze zich altijd inhield.

'Volgens Makke heb je iets met die Per Erik afgesproken,' zei Nils.

'Hij heeft het wel verdraaid goed in de gaten gehouden.'

'Je weet hoe hij is.'

'Ja.'

'Dus?'

'Wat?'

'Heb je iets met die vent afgesproken?'

'Ja. Ik ga morgenavond met hem uit eten.'

'Is dit werkelijk het moment voor romantische uitjes?' Nils was duidelijk geïrriteerd.

'Het heeft niets met romantische uitjes te maken. Ik heb al gezegd dat hij kan helpen met het vinden van Alan.'

'En ik heb al gezegd dat hij je gebruikt voor zijn eigen hetze.'

'Doe niet zo idioot.'

'Of ben je verliefd op die vent?'

'Nee, Nils, ik ben niet verliefd. Ik laat alleen geen enkele kans liggen om Alan te vinden. Dat is alles.'

Ze zag aan Nils dat hij haar niet geloofde. Zelfs als ze haar eigen gevoelens ontkende, wist hij dat die er waren. Hij kende haar te goed. Het resultaat van ruim vijfentwintig jaar huwelijk.

Ze draaide zich weer naar het aanrecht en maakte koffie en thee. Ze merkte dat haar handen een beetje trilden.

Nils wist kennelijk al precies hoe het zat tussen Per Erik en haar. Hij had er in elk geval zijn beeld over gevormd. En het was duidelijk dat hem dat niet beviel.

Vertrouwde hij Per Erik niet, of vond hij werkelijk dat dit niet het moment was voor een romance? In dat laatste geval had hij beslist gelijk. En een romance zou het ook niet worden. Ongeacht wat ze voelde. Of zat de reden van Nils' reactie dieper dan dat? Was het simpelweg jaloezie?

Maar hij had toch Bae; de perfecte vrouw, het droombeeld dat hij al sinds zijn jeugd had gekoesterd?

Ze stelde de vraag natuurlijk niet. Zelfs als jaloezie het probleem was, zou Nils het niet toegeven. Integendeel.

Astrid schonk koffie en thee in en ging aan tafel zitten, tegenover Nils.

'Weet Bae nu dat Luna bevriend was met Alan?' vroeg ze.

'Geen idee. Ik heb het in ieder geval niet ter sprake gebracht. Ik heb wel wat anders aan mijn hoofd.'

'Ze zal het je niet in dank afnemen als ze weet dat je dingen verzwijgt,' meende Astrid.

'Ze neemt mij wel meer niet in dank af,' mompelde Nils. 'Ah.'

'Zijn Luna en Alan meer dan alleen vrienden?' vroeg hij toen. 'Wat denk jij? Jij hebt tenslotte met haar over Alan gesproken.'

'Jij niet? Ze logeert toch bij jullie.'

'Ze logeert bij Bae, en nee, ik heb daar niet met haar over gepraat. Ik zei toch dat ik die hele kwestie niet ter sprake heb gebracht.'

'Wat denk je zelf?'

'Ik kan me die twee nauwelijks bij elkaar voorstellen.'

'Nee. Misschien niet. Maar wellicht hebben ze meer met elkaar gemeen dan wij denken. Ik geloof niet dat ze al echt een relatie hebben, maar ik denk wel dat ze meer voor elkaar voelen dan ze willen toegeven. Zij in ieder geval voor hem.'

'Hm. Tja. Nou ja, ze studeert wel biologie en ligt nogal eens met Bae overhoop omdat ze vindt dat haar moeder te weinig respect heeft voor de natuur en te materialistisch is. Dus misschien hebben ze inderdaad wel iets met elkaar gemeen.'

'Blijkbaar. En Luna heeft een punt. Bae ís materialistisch.' Ze kon het toch niet laten om dat te zeggen.

'Je kent haar nauwelijks.'

'Goed genoeg,' zei Astrid. Dat was niet helemaal waar, maar aangezien hij haar niet tegensprak, had ze blijkbaar gelijk.

'Kunnen we daarover ophouden?' vroeg Nils. Hij wreef opnieuw door zijn haren en over zijn gezicht. Had hij meer rimpels gekregen?

Astrid knikte. 'Ik wilde dat ik meer kon doen om Alan terug te vinden,' zei ze toen. 'Ik ben zo bang, Nils.' Haar stem trilde even.

Hij keek naar haar. Zijn ogen werden zachter. Ogen waar ze ooit verliefd op was geworden. 'Ik ook, Astrid. Ik ook.' Hij zuchtte. 'De kans is groot dat hij inderdaad is ondergedoken, en ik probeer dat ook voor ogen te houden. Maar soms...'

'Het is niets voor Alan om dat te doen.'

'De vraag is of we dat met zekerheid kunnen zeggen. We

weten lang niet alles over hem. Geen enkele ouder weet alles over zijn kinderen. Soms is dat beter. Soms niet.'

'En toch geloof ik het niet,' hield ze vol.

Nils gaf geen antwoord. Hij dronk zijn koffie op en vertrok kort daarna zonder afspraken of beloftes. Hij leek niets anders te doen dan te vertrekken..

Hij was net de deur uit toen Astrid een sms'je van Luna ontving. *Nils daar?*

Nee, antwoordde ze. Ze vroeg zich af waarom ze niet gewoon zei dat hij net weg was. Mogelijk zou Luna hem dat kwalijk nemen, het tegen haar moeder zeggen, en zou Nils zich moeten verantwoorden over zijn leugentje. Nog maar zo kortgeleden zou ze dat een goede reden hebben gevonden om het te zeggen. Maar nu was ze te moe voor die onzin. 'Nee' was in ieder geval geen leugen.

Heb iemand gesproken. Via via. Ene Carl. Geocacher. Kende Alan nogal goed en zegt dat Alan nogal druk was met eigen cache. Rommelde met coördinaten, maar registreerde hem niet. Moest aan die gps denken. Is niets, denk ik. Maar misschien moeten we hem toch halen?

Astrid staarde naar de tekst.

Heb hem al, schreef ze toen terug. *Zal kijken.*

Ik kom morgenvroeg. Ik weet hoe hij werkt.

Astrid liep naar de stoel en pakte de gps op. Ze keek naar het grijze scherm. Met een druk op de knop kwam ze weer bij de foto's. De boom, de rots... als iets in dat ding nu eens echt een aanwijzing was?

Ze ging weer terug naar het rijtje *Recent gevonden*.

Triple.

Een multicache? Zou het...?

En kon ze Luna vertrouwen?

Lieve help, ze werd werkelijk paranoïde.

HOOFDSTUK 13

Luna stond om acht uur de volgende morgen bij Astrids voordeur. Astrid had onrustig geslapen, maar ze had in ieder geval geslapen. Uitgerust was ze nog lang niet en ze geloofde ook niet dat dat ooit nog zou gebeuren, maar het deed er niet toe. Alleen Alan deed ertoe, en ze wachtte al vanaf zes uur op Luna.

De gps lag op de keukentafel. Luna zag hem meteen toen ze het huis binnenkwam, met een vanzelfsprekendheid alsof ze er woonde. Ze repte niet over haar eerdere ontmoeting met Nils.

Dat vond ze blijkbaar niet nodig.

Strikt gezien maakte het weinig uit, maar toch zat het Astrid een beetje dwars. Ze probeerde Luna met andere ogen te zien, maar ontdekte niets dat een overerving van de feekseigenschappen van haar moeder bevestigde.

Je kent haar nauwelijks, had Nils gezegd toen hem duidelijk was geworden hoe ze over Bae dacht. Alsof ze meer over Bae moest weten, of wilde weten.

Luna leek zich niet bewust van Astrids observatie, pakte de gps op en zette hem aan.

'Denk je dat er een aanwijzing in dat ding zit?' vroeg Astrid toen ze bij het meisje ging staan. 'Er staan wel foto's in, maar die zeggen mij niets.'

'Waarschijnlijk is het de bedoeling dat niets in dit ding erop wijst dat er een aanwijzing is die verband houdt met

Alans verdwijning. Of met zijn ontdekking. Als een dergelijke aanwijzing bestaat, heeft hij ervoor gezorgd dat die niet als zodanig herkenbaar is.'

'Maar jij weet hoe zo'n ding werkt?'

'Ik ken de basis een beetje. Maar misschien is dat voldoende. Je noemde "Triple". Hier staat het. Triple 2,2 kilometer. Dat moet dus in de buurt van zijn huis zijn. Rör ken ik. Die cache heeft hij eerder gevonden. Hij vertelde erover; een lange pijp met een namaakmuis erin. De cache zat in de muis verstopt.'

'Zal Triple dan niet ook gewoon een cache zijn die hij heeft gevonden?' vroeg Astrid. 'Hij staat immers onder "Recent gevonden". Het lijkt mij onwaarschijnlijk dat het dan die multicache is die hij zelf heeft geplaatst. Die zal hij niet zelf zoeken.'

'Dat ligt inderdaad voor de hand. Maar misschien is dat ook de bedoeling.'

Astrid keek Luna aan. 'Denk je dat we moeten zoeken?'

'Het kan geen kwaad,' zei Luna. 'Ik zeg niet dat het werkelijk een aanwijzing is, maar het kan geen kwaad om dat uit te zoeken.'

'Laten we gaan,' zei Astrid meteen. Ze liep al naar de kapstok om haar jas te pakken. Ze was opgewonden. De hoop die weer opflakkerde, probeerde ze te temperen, maar helemaal lukte dat niet. Net zomin als ze haar opwinding kon onderdrukken.

Ze had werkelijk het gevoel dat ze weer iets kon doen.

Luna had haar jas nog aan en hield de gps stevig in haar hand toen ze naar buiten liepen. Luna pakte haar scooter, Astrid haar fiets.

De richting die de gps aangaf, was duidelijk. Hij stuurde hen regelrecht naar Alans huis. Luna en Astrid keken elkaar even aan, toen daar geen twijfel meer over bestond. Maar geen van hen benoemde het feit dat dit wel heel erg opmerkelijk was.

Willy zat op het trapje van het huis en bekeek met onverholen nieuwsgierigheid zijn nieuwe bezoekers, toen Astrid en Luna daar aankwamen. Maar Astrid en Luna hadden heel even geen oog voor de kat, die meteen blijk gaf van zijn verbolgenheid over dat feit.

Ze waren ervan overtuigd geweest dat de gps hen de weg naar het huis wees, maar zagen nu dat dit niet helemaal klopte. De locatie die het apparaat aangaf, was verderop, ergens tussen de bomen.

Heel even keek Astrid op. Ze meende een auto te horen. Ze hield haar adem in en luisterde. Maar het geluid verdween weer. Vast iemand die naar Gösbo reed of naar een van de boerderijen verderop.

Astrid en Luna parkeerden fiets en scooter en concentreerden zich weer op de gps. Het huis was dus niet de eindlocatie, maar de cache lag er niet ver vandaan. Meer dan opmerkelijk. Maar geen reden voor opwinding, hield Astrid zichzelf streng voor toen ze voelde dat haar lichaam op hol sloeg. Het kon nog steeds een gewone cache zijn. Niet meer dan dat.

Ze zag dat Luna de gps zo strak vasthield dat haar knokkels wit kleurden. Ze knipperde veelvuldig met haar ogen en haar mond trilde een beetje. 'Die kant op.' Ze liep voor Astrid uit, schuin naar rechts.

Astrid volgde haar op de voet, regelrecht het bos in. Het terrein was moeilijk begaanbaar, zeker na de regen van de laatste dagen. Paden genoeg in het bos, maar Alan had ervoor gekozen om uitgerekend hier de cache te verbergen. Met reden? *Hoeft niet. Hoeft niet. Rustig blijven.*

'Hier.' Luna bleef opeens staan. 'Hier moet het ergens zijn.' Ze keek zoekend om zich heen.

Astrid bleef ook staan en speurde de omgeving af. 'Wat zoeken we precies?' wilde ze weten.

'Geen idee. Er staat een vraagteken bij.'

'En dat wil zeggen?'

'Dat de afmeting niet bekend is. Even kijken... Nee, geen hint.'

'Deze cache is dus geen hint? Hoe weet je nu al...'

Luna liet haar niet uitspreken. 'Er is geen hint gegeven om de cache makkelijker te vinden. We zullen dus gewoon moeten zoeken. Kijk zowel in de bomen als tussen boomwortels of stenen of zo. Zoek naar iets wat anders is dan anders, maar hou er rekening mee dat caches aardig in hun omgeving op kunnen gaan. Ze kunnen verstopt zijn in een elfenbank, stuk hout, steen of boomschors.'

'Lieve help.'

Luna begon te zoeken, intensief en nauwkeurig. Plek voor plek. Astrid volgde haar voorbeeld. Het was raar om te zoeken naar iets zonder te weten wat dat 'iets' precies was, maar ze deed haar best.

Ze kamden het terrein uit binnen een cirkel van ongeveer tien meter, met de opgegeven coördinaten als middelpunt. In eerste instantie zonder resultaat. Astrid was geneigd om op te geven, maar ze weigerde dat hardop te zeggen. Dit was het enige mogelijke aanknopingspunt dat ze konden verwachten. Wat was ze voor moeder als ze opgaf?

Ze zocht dapper door, negeerde de krassen en blauwe plekken die ze opliep, deels door haar vermoeidheid en deels omdat ze nu eenmaal onhandig was. Luna zocht zwijgend, groef tussen bladeren, kroop tussen struiken door, voelde aan boomschors, draaide stukken hout om, klungelde met stenen.

'Daar,' zei ze opeens.

Astrid zat op dat moment op haar knieën en woelde in de grond rondom twee stenen. Ze keek op.

Luna stond bij een groepje bomen. Ze liet een knap gecamoufleerd buisje zien. Astrid liep naar haar toe en bekeek het vreemde buisje. Luna gaf Astrid de gps en draaide de dop van het buisje. Ze haalde er een smal, opgerold logboekje en een potloodje uit. *Triple X*, stond er op het boekje.

'Wat betekent dat?' vroeg Astrid.

'Het is de naam van de cache. Ik zie alleen geen verband. Normaal gesproken slaat de naam op de vindplek of op een verhaal dat erachter steekt, maar in dit geval zie ik geen verband.'

'Nooit van Triple X gehoord?'

'Ik geloof dat er een film is die zo heet. Met Vin Diesel. En een kledingmerk. Maar dat heeft nauwelijks iets met deze plek te maken.' Ze rolde het boekje uit en opende het.

'En?' vroeg Astrid.

'We zijn de "second to find",' constateerde ze wat droog. 'Emil i Lönneberga heeft als eerste gelogd.'

'Emil i Lönneberga?' vroeg Astrid verbijsterd. 'Maar dat zijn... kinderboeken.'

'Van Astrid Lindgren, ja. Het kan gewoon de naam van een geocacher zijn. Je wilt niet weten wat ze allemaal verzinnen.'

'Het is dus echt gewoon een cache?' Ze voelde hoe de teleurstelling haar besloop.

Achter haar kraakte iets. Ze keek geschrokken om. Niets. Misschien een haas, ree of eland. Waarom was ze zo nerveus? Ze richtte haar aandacht weer op Luna. 'Laat zien.'

Luna liet haar het logboek zien. Emil i Lönneberga.

'Ik weet niet wat ik ervan moet denken,' zei Luna. Haar mond trilde weer een beetje. Ze was teleurgesteld. Net als Astrid.

'Alan was vroeger fan van Emil i Lönneberga,' zei Astrid. 'Ik weet nog goed hoe hij in zijn zelfgemaakte hut al die boeken van Emil bewaarde. Ik weet niet hoe vaak hij ze heeft gelezen. Hij kreeg er geen genoeg van. Misschien is het zijn geocachenaam? Het lijkt zijn handschrift.'

'We hebben samen wat caches gezocht en toen noemde hij zich "Freewheeler".'

'Misschien is hij van naam veranderd?'

Luna haalde haar schouders op. 'Misschien.' Ze draalde. 'Het handschrift lijkt inderdaad hetzelfde. In dat geval is de cache per toeval hier verstopt en heeft hij hem als eerste gevonden. Dan heeft het dus niets met die multicache te maken waar zijn geocachevriend het over had.'

'Nee. Dan niet,' gaf Astrid toe. 'Maar toch is het vreemd.'

Luna knikte.

'Waarom "Triple X"?' vroeg Astrid, terwijl ze hun weg terug naar het huis zochten. 'Zo veel interesse in tv had hij niet. Of was die serie een uitzondering?'

'Niet voor zover ik weet, maar ik weet toch al weinig over dat soort tv-series,' zei Luna. 'Ik begrijp het ook niet. De naam van een cache heeft vaak te maken met de vindplaats of de geschiedenis ervan. Bij "Triple X" kan ik mij niets voorstellen.'

'Nee. Ik ook niet,' zei Astrid. De teleurstelling vouwde zich als een deken om haar heen. En toch bleef er iets in haar hoofd hangen. *Emil i Lönneberga. Triple X.* Het was alsof ze zich ergens bewust was van een verband, maar er geen vat op kreeg. Iets wat uit haar brein ontsnapte als een zeepbel, maar uit elkaar spatte als ze het probeerde te grijpen.

Ze zei het niet tegen Luna.

Astrid voelde een enorme weerstand om het huis van Alan weer binnen te gaan, maar ze deed het toch. Ze moest voor Willy zorgen.

De aanblik van de rommel en de vernielde spullen sneed echter in haar ziel. Iedere keer als ze dit zag, voelde ze intense pijn en woede. Ze kon zich nauwelijks voorstellen dat de chaos door willekeurige inbrekers en vandalen was veroorzaakt.

Kwade opzet. Dat kwam in haar op als ze de vernielde eigendommen van Alan zag. Geen vandalisme, maar kwade opzet.

Maar er was haar wel vaker gezegd dat ze te veel fantasie had.

Vooral door Nils.

'Misschien moeten we het even laten bezinken,' zei Luna aarzelend. Ze stond tussen de rommel terwijl Astrid de kat eten gaf en speelde een beetje met de gps, toetste verschillende knoppen in, maar besteedde nergens veel aandacht aan.

'Misschien wel,' gaf Astrid toe.

'Ga je nog met mensen praten?' wilde Luna weten.

'Misschien met Kalle en Tobias.'

'Ik betwijfel of je daar meer informatie krijgt dan van Ingemar, aangezien we niet eens weten of Alan hen ook heeft opgezocht, maar het kan geen kwaad.'

'Ik móét iets doen,' zei Astrid.

'Dat weet ik,' zei Luna. 'Dat weet ik.'

'En jij?'

'Kijken of ik nog meer vrienden van Alan kan vinden. Misschien via het gps-forum of zo.' Ze aarzelde. 'Ik neem aan dat je liever niet hebt dat ik de gps meeneem?'

'Nee. Liever niet,' zei Astrid. Het antwoord rolde eruit, zonder dat ze erover nadacht. Ze had zelf geen verstand van het apparaat, maar het voelde gewoon niet goed om het uit handen te geven. Alsof ze Alan zelf losliet.

Luna knikte.

'Als je nog thee of zo wilt…' zei Astrid terwijl ze op de fiets stapte.

Luna schudde haar hoofd. 'Nee.'

'We houden contact.'

Luna knikte. Ze stapte op haar scooter en reed weg.

Astrid keek haar na. En toch is het niet Alans type, dacht

ze. Hoewel... je kon niet uitsluiten dat ze passies deelden, zoals Nils al had aangehaald. Maar toch. Ze had alleen het woord van het meisje.

Astrid stapte op haar fiets, drukte de trappers stevig in en reed het bospad op. Ze werd werkelijk paranoïde.

Ze had Luna niet verteld over haar afspraak met Per Erik. En dat was niet omdat ze het vergeten was. Een dergelijke afspraak kon ze niet vergeten.

HOOFDSTUK 14

Astrid besefte dat ze maar weinig kleding had die geschikt was voor een etentje. Nils had al vaker geklaagd dat ze nooit eens een leuke jurk droeg of zo, maar Nils had zo vaak over zo veel zaken gezeurd de laatste maanden van hun huwelijk dat ze hem nauwelijks serieus had genomen.

Maar misschien had hij toch wel een punt gehad. Ze had zich graag leuk gekleed voor haar afspraak met Per Erik. Zelfs als ze zichzelf daarvoor veroordeelde.

We helpen elkaar, Per Erik en ik, hield ze zichzelf voor. Niets meer dan dat. Daar hoef je geen mooie jurk voor te dragen.

Eigenbelang, meende Nils. Per Erik handelde uit eigenbelang. Eigenlijk kon het Astrid niks schelen wat Per Eriks motieven waren. Als hij haar kon helpen, was dat genoeg. Daarom ging ze ook met hem eten.

En als ze zichzelf dat vaak genoeg voorhield, geloofde ze uiteindelijk misschien zelf dat dat de enige reden was.

Ze keek toch nog een laatste keer in de badkamer in haar handspiegel, die ze op verschillende hoogtes hield in een poging een totaalbeeld van haar uiterlijk te krijgen. Geen chic jurkje dus, maar een spijkerbroek die nog niet helemaal versleten was en een aardige trui, zo goed als nieuw, gekocht bij een tweedehandsboetiek. Haar laarzen zagen er ook prima uit, want die droeg ze bijna nooit.

Ze hoorde een auto voor de deur stoppen en liet van

schrik de spiegel op de grond vallen.

Ze wierp nog een snelle blik in de spiegel boven de wastafel om te kijken of haar mascara inmiddels niet over haar hele gezicht was gelopen en liep vlug de badkamer uit.

Ze was al bij de deur, toen Per Erik bescheiden aanklopte. Haastig opende ze de deur en ze begroette hem met een nerveuze lach. Hij zag er uiteraard stijlvol uit. Zwarte jeans, overhemd met een streepje, colbertje.

Hij glimlachte naar haar. Een warme, hartelijke glimlach. 'Klaar?'

Ze knikte, greep haar jas en liep naar buiten, naar de luxe Range Rover.

'Leuk huis,' meende Per Erik, toen hij de autodeur voor haar openhield. Nils had nooit de deur voor haar open gehouden. Ze bloosde weer.

'Klein huis, vooral. Maar ik vind het wel lekker zo,' zei ze terwijl ze instapte. Een heerlijke auto, vond ze. Veel plaats en ze zat zo lekker hoog. Als een koningin.

'Kleine huizen zijn praktisch,' meende Per Erik terwijl hij zelf instapte.

'Heb je zelf een klein huis?' vroeg Astrid.

'Een appartement. Weinig tijd voor onderhoud van huis en tuin, dus een appartement is praktischer.'

'Hm, ja, ik neem aan van wel. Al zou ik zelf mijn tuin niet willen missen.' Ze grinnikte. Ze leek wel een tiener. Hoe kon ze? Juist nu?

De auto kwam bijna geruisloos in beweging en Astrid keek naar de voorbij glijdende huizen, bomen, weides en akkers. Ze praatten een beetje over algemene onderwerpen zoals muziek – hij hield van blues en was dus geen overjarige rockliefhebber zoals Nils – en over de huizen die ze zagen.

Ze praatten niet over Alan en niet over Sigge. Beiden leken ze die onderwerpen uit te stellen. Misschien omdat het moeilijk was om zulke gevoelige zaken te bespreken als je naast elkaar in de auto zat, in plaats van tegenover elkaar.

Pas later, toen ze in het restaurant beiden hun bord hadden gevuld met gerechten van het buffet en de wok, kwamen Sigge en Alan ter sprake. Per Erik begon erover, bijna aarzelend. 'Heb je nog iets van Alan gehoord?'

'Nee.'

'Nog geen aanwijzingen? Helemaal niets?'

'Nee. Ik had vandaag met een paar mensen willen praten, maar er is niets van terechtgekomen. Ik geloof dat de vermoeidheid me parten speelt. Alles bij mij gaat traag. Ik kan zelfs nauwelijks helder nadenken.' Dat was in ieder geval een absolute waarheid. Als ze helder had kunnen nadenken, had ze niet naar zijn ogen en lippen gestaard.

'Ik kan het me voorstellen. Ik denk dat het advies om maar eens goed te slapen weinig gaat uithalen,' zei Per Erik.

'Nee, dat denk ik ook niet,' gaf Astrid toe. Het was maar goed dat hij geen gedachten kon lezen. Ze prikte met haar vork in haar groentemix. 'Weet je... er gaat bijna geen moment voorbij zonder dat ik me afvraag waar hij is.'

'Ik zou je zo graag helpen,' zei Per Erik.

'Jij nog nieuws over Sigge?'

'Ik werk eraan. Ik heb me via de computer toegang kunnen verschaffen tot zijn persoonlijke gegevens dankzij een bevriende computerexpert en hacker, en het valt mij op dat bepaalde zaken niet kloppen.' Hij staarde voor zich uit.

'Wat heb je dan ontdekt?' wilde Astrid weten. Ze klemde haar vork veel te stevig vast.

'Het betreft de afvoer van afvalstoffen en de aankoop van die nieuwe grond.' Hij aarzelde. 'Het is nog te vroeg om er echt iets over te zeggen. Tot nu toe zijn het vage aanwijzingen; ik zal heel wat dieper moeten graven om alles boven water te krijgen. Waarschijnlijk met de hulp van die vriend. Sigge weet hoe hij gegevens moet laten verdwijnen.'

'Weet hij ook hoe hij mensen moet laten verdwijnen?' ontschoot Astrid. Ze keek Per Erik aan en zag de aarzeling.

'Ik wéét helemaal niets, maar Sigge heeft contacten met mensen die inderdaad weten hoe ze mensen moeten laten verdwijnen. Als Alan werkelijk kon bewijzen dat Sigge illegaal afval dumpte en dat er met de overname van die grond iets niet in de haak was, dan zou dat voor Sigge weleens een goede reden kunnen zijn om die mensen in te schakelen.'

Astrids mond werd droog. 'Bedoel je...' Ze durfde het niet eens uit te spreken.

'Ik bedoel dat ze hem laten verdwijnen. Niet vermoorden. Het is voor Sigge voldoende als hij Alans geloofwaardigheid in twijfel kan brengen; hem desnoods het materiaal afhandig kan maken. Maar ik geloof niet dat hij verder gaat dan dat.'

'Kan hij dan ook achter de inbraak en vernieling in Alans huis zitten?' vroeg Astrid.

'Ja. Dat zou kunnen.'

'Lieve help.'

'Maar ik weet nog te weinig,' zei Per Erik. 'Veel te weinig.'

Astrid knikte.

'Als je zelf nog iets weet, hoe onbelangrijk het ook lijkt...'

Astrid schudde haar hoofd. 'Nee, niets.'

Hij knikte, langzaam. 'Het spijt me dat je er alleen voorstaat,' zei hij toen.

Astrid vroeg zich af of ze Luna moest noemen. Ze deed het niet. Luna speelde immers maar een beperkte rol in haar zoektocht. Net als Nils.

'Hoe zit het eigenlijk met Alans vader?' vroeg Per Erik, alsof hij haar gedachten had gelezen.

'Met Nils?'

'Ik ken hem niet, maar ik neem aan dat hij zijn zoon ook zoekt?'

'Voor zover hij tijd heeft.' Het klonk bitter en Astrid wist het.

Per Erik trok zijn wenkbrauwen op. 'Hoe bedoel je?'

'Hij heeft een vriendin. Oude schoolliefde. Hij kwam haar volgens mij een jaar geleden al tegen, maar beweert dat hij pas meer contact met haar heeft gezocht na de scheiding. Nou ja, het doet er niet toe. Maar hij heeft het er erg druk mee. Met Miss Perfect.'

'Volgens mij mag je haar niet,' zei Per Erik met een klein lachje.

'Nee. Op school zag ze hem niet staan, zover ik begrijp, maar nu haar man is overleden, zoekt ze blijkbaar iemand anders die voor haar levensonderhoud opdraait. En Nils trapt daar dus in. Midlifecrisis.'

'Midlifecrisis?' Hij leek een tikje geamuseerd.

'Echt wel,' reageerde Astrid een beetje gepikeerd.

'Nou ja, ik neem aan dat sommige mannen zo zijn,' zei Per Erik. Hij klonk wat verontschuldigend. 'En ik weet dat bepaalde vrouwen om praktische redenen iets met een man beginnen. Sigges echtgenote is er een schoolvoorbeeld van. Madeleine. Schoonheid zonder inhoud. Maar daar is hij zelf onderhand ook wel achter.'

'Zo'n blonde, geloof ik?'

'Blond, lange benen, goed figuur, dure smaak.'

'Hm, ja, typisch. Maar ik neem aan dat hij vanaf het begin wist dat het om een lege huls ging?'

'Misschien wel. Het lijkt erop dat hij desondanks behoefte heeft aan meer inhoud, want hij gaat geregeld met een andere vrouw op stap. En zij is een ander type. Klein en slank, stijlvol, intelligent.'

'Zal Madeleine wel leuk vinden.'

'Het is de vraag of ze het weet. En dan nog… Sigge is onder huwelijkse voorwaarden getrouwd. Madeleine krijgt niets als het spaak loopt. Het lijkt mij niet onwaarschijnlijk

dat ze zich daarom tolerant opstelt.'
'Afschuwelijk, als je jezelf zo verkoopt,' meende Astrid.
'Maar Bae is niet beter. Klein en slank, stijlvol en intelligent. Zelfde type als de nieuwe vlam van Sigge, neem ik aan. Koreaans, geloof ik. Ik ben er vrij zeker van dat ze een partner zoekt die voor haar zorgt.'
Per Eriks gezichtsuitdrukking veranderde. 'Bae?'
Astrid knikte, beetje vragend.
'Bae Björt?'
'Ken je haar?'
'Oppervlakkig. Zij is de vrouw met wie Sigge zo nu en dan op stap gaat.'
Astrid liet de vork uit haar handen vallen. 'Wat?'
'Zij en Sigge zijn op z'n minst goed bevriend. Mogelijk meer.'
'Lieve help.' Astrid werd opeens misselijk. Bae mocht Alan niet. Ze was ervan uitgegaan dat Bae een eigen conclusie had getrokken, gebaseerd op haar bekrompen referentiekader, maar misschien lag de reden voor dat oordeel elders. Bij Sigge bijvoorbeeld. Astrid nam vlug een slok water.
'Voel je je niet goed?' vroeg Per Erik bezorgd. 'Je bent opeens zo wit als een laken.'
'Ik heb het gevoel in een orkaan te zijn beland.'
Per Erik perste zijn smalle lippen op elkaar. 'Het spijt me. Ik had het misschien niet moeten zeggen en wellicht zijn Bae en Sigge niets meer dan vrienden. Dat is mogelijk, want Baes man, Uve, was ondernemer en kende Sigge goed. Misschien komen ze alleen om die reden bij elkaar; om te praten over Uve of iets dergelijks.'
'Denk je dat echt?' vroeg Astrid.
Per Erik keek haar recht aan. 'Het is mogelijk,' zei hij alleen maar.
'Mogelijk, maar onwaarschijnlijk.' Ze haalde diep adem.

'Wat moet ze dan in hemelsnaam met Nils?'

'Het kan natuurlijk zijn dat ze echt om Nils geeft en dat Sigge slechts een vriend is.' Per Eriks blik dreef even weg. 'Maar het kan ook zijn dat Nils de schakel naar Alan is.'

'Bedoel je dat Nils iets te maken heeft met de verdwijning van Alan?'

'Niet bewust. Daar ga ik niet van uit, hoewel de invloed van een vrouw als Bae groter kan zijn dan gezond is. Maar het is mogelijk dat ze hem gebruikt.'

'Maar de problemen tussen Sigge en Alan zijn pas een paar weken geleden ontstaan.'

'Alan is er pas een paar weken geleden mee naar buiten getreden. Maar het is niet uitgesloten dat hij er al veel langer mee bezig was.'

Astrid liet zich tegen de rugleuning van haar stoel zakken en keek hem aan. 'Ik geloof dat ik het allemaal niet meer kan bevatten. Het wordt steeds gecompliceerder.'

'Misschien zit er veel meer achter Alans verdwijning dan wij denken,' zei Per Erik. 'Weet je... misschien is het beter om geen vertrouwelijke informatie meer aan Nils te verstrekken. Voor de zekerheid.'

Astrid knikte. In haar hoofd tolden duizend fragmenten van gebeurtenissen en gesprekken rond.

'En Astrid...?

'Ja?'

'Het lijkt me beter als je niet meer alleen naar Alans huis gaat. Niet voordat we weten wat er precies aan de hand is.' Hij strekte zijn hand naar haar uit en legde hem op de hare. 'Ik wil niet dat je iets overkomt.'

'Denk je echt...?'

'Ik weet het niet. Ik weet het allemaal niet meer.'

Astrid staarde hem aan. 'Het heeft echt met Sigge te maken, nietwaar? Alles... Alans verdwijning, de chaos in zijn woning...' Ze zweeg een paar tellen. 'En iedereen is erbij betrokken. Op de een of andere manier.'

'Het is nog te vroeg om daar echt iets over te zeggen,' zei Per Erik. Zijn hand rustte nog steeds op de hare. 'Zoals ik al zei, moet ik dieper graven. En ja, ik wijs met mijn vinger naar Sigge. En naar iedereen die direct met hem te maken heeft. Maar vergeet niet dat ik niet objectief ben. Ik heb persoonlijke redenen om woedend op hem te zijn.'

'Maar Alan ís verdwenen nadat hij aangaf bewijzen tegen Sigge te hebben. Zijn woning ís overhoopgehaald, en ja, ik geloof zeker dat er is gezocht naar iets. Inbrekers beperken zich tot zaken van waarde en hebben weinig te winnen bij het vernielen van matrassen en kussens.'

'Er zijn inbrekers die dat doen. Je hoort het vaker,' meende Per Erik.

'Ja. Ik neem aan dat dat waar is. Maar dan nog... inbrekers zijn vooral uit op zaken die geld opbrengen, en je zou dan zeggen...' Ze zweeg abrupt.

'Wat?'

'Niets.'

'Als er iets is wat je is opgevallen... iets wat in de richting van Sigge wijst of onlogisch is in de verklaring van de politie...'

Astrid schudde haar hoofd.

Per Eriks hand rustte warm op de hare. Ze kon haar hand terugtrekken, maar wilde dat eigenlijk niet doen. Het was alsof ze zich volledig in de warmte van zijn hand kon koesteren; er de troost in kon vinden die ze zo wanhopig zocht.

'Let in ieder geval goed op jezelf en wees voorzichtig met...' Per Erik haperde.

'Ja?'

Hij schraapte voorzichtig zijn keel. 'Het klinkt nogal dramatisch en ik overdrijf waarschijnlijk.'

'Wat?'

'Vertrouw niemand.'

Astrid keek hem aan. Ze schudde langzaam haar hoofd.

'En blijf dus weg uit dat bos en bij Alans huis, zoals ik eerder zei. Voor de zekerheid.'

Astrid knikte. Ze had het opeens koud en huiverde.

'Ik mag je, Astrid. Veel meer dan je denkt.' Hij kneep zacht in haar hand en liet hem weer los.

Ze aten zwijgend verder. Astrid kon achteraf nauwelijks meer vertellen hoe het smaakte.

Meteen na het eten kreeg ze een lift terug naar haar huis.

'Astrid.' Per Erik hield haar tegen toen ze wilde uitstappen. Ze keek hem vragend aan.

'Ik wil met je mee naar binnen. Niet omdat ik iets van je wil, maar omdat ik zeker wil zijn dat je veilig bent.'

'Je bedoelt dat je mijn huis wilt controleren?'

'Noem het maar zo, als je wilt.'

'Gaat dat niet erg ver?'

'Veel te ver, waarschijnlijk. Maar aangezien we nog niet weten wat er aan de hand is en in welk wespennest we zitten, neem ik liever geen risico.'

Het voelde verkeerd om hem binnen te laten. Astrid wist niet waarom, want ze mocht Per Erik. Onder andere omstandigheden zou ze hem zelf hebben uitgenodigd voor een drankje en wellicht nog veel meer dan dat. Maar de omstandigheden waren er nu niet naar om onbezorgd een afzakkertje te nemen.

Toch knikte ze.

Ze zag de bezorgdheid op zijn gezicht en het voelde net zo verkeerd om hem buiten te sluiten. Dat deed ze al meer dan genoeg. Met hem en met iedereen.

Ze stapten uit en Astrid liet hem en de kat binnen.

Per Erik tilde Miemel op. 'Arm beest. Honger?' Hij keek naar Astrid. 'Hoe heet hij?'

'Zij. Miemel.'

'Sorry?'

Astrid lachte even. 'Ze miauwt altijd.'

'Ah.' Per Erik zette de kat weer op de grond en keek om zich heen. 'Gezellig huisje.'

'Het is niet meer dan een blokhut, maar ik hou van het uiterlijk, de geur en de structuur van de dikke balken. Daarom wil ik geen gipsplaten, behang of verf.'

Per Erik liet zijn hand over de ruwe balken glijden. 'Het zou jammer zijn om vakmanschap te verbergen.'

Astrid knikte.

'Slaap je hier ook?'

'In de zithoek. Slaapbank. Ik heb geen aparte slaapkamer. Alleen een douche en toilet als je door die deur gaat.' Ze wees op de deur naast het keukenblok. 'Je kunt daar ook naar buiten.'

'Is het goed als ik daar even kijk?' Hij stelde de vraag bijna verlegen.

'Ga je gang,' zei Astrid.

Terwijl Per Erik door de deur liep, maakte Astrid de haard aan. De kou die haar in het restaurant had overvallen, wist van geen wijken.

Per Erik kwam na enkele minuten weer de keuken in. 'Ik lijk wel paranoïde,' merkte hij bijna beschaamd op. Hij liep naar haar toe. 'Hulp nodig?'

'Het vuur brandt al.' Ze ging recht staan. Haar blik viel op de gps, die nog op de salontafel lag.

Hij volgde haar blik, liep naar de tafel en pakte het apparaat op. 'Dit is toch een gps?'

Astrid knikte.

'Heb jij zo'n ding?' Hij klonk verwonderd.

'Overgenomen. Een collega vertelde over geocachen en het leek me wel leuk. Ik heb hem een paar dagen geleden gekregen en er een beetje mee gerommeld, maar de laatste dagen... Ik heb niet meer aan dat ding gedacht.'

'Dat begrijp ik.' Hij keek er nog even naar en legde hem toen weer op tafel.

Astrid huiverde. 'Koffie?'

'Heb je het koud?' vroeg Per Erik.

Ze knikte.

'Misschien kunnen we beter iets sterkers nemen, als je het in huis hebt? Ik denk dat we dat allebei wel kunnen gebruiken.'

'Ik heb nog wat likeur staan.' Astrid liep naar het keukenblok, haalde een fles likeur uit de kast en schonk twee glaasjes in.

Per Erik stond bij de haard. Ze keek naar hem. Lang, slank, stijlvol. En profil zag je dat zijn neus een lichte kromming had en dat smalle lijntjes naar zijn mond zijn gezicht tot leven brachten. Zijn kaaklijn was misschien net iets te scherp, maar paste in het geheel.

Ze vroeg zich opeens af hoe hij er zonder kleren uit zou zien.

Ze liet bijna de glaasjes uit haar handen vallen bij zo'n absurde gedachte. Was ze gek geworden of zo?

Haar hand trilde een beetje toen ze hem een glaasje aanreikte. Ze bleef bij hem staan; voor de brandende haard. De vlammen deden nu hun best en verspreidden een aangename warmte, die helaas niet verder dan tot aan haar huid doordrong.

Ze huiverde opnieuw en nam een flinke slok likeur.

Hij dronk zijn glas in één teug leeg, zette het weg en strekte zijn hand naar haar uit. Zijn hand gleed over haar haar. Zijn vingertoppen streelden haar gezicht. Warm en aangenaam.

Hij zette een stap dichterbij. Zijn warmte had een grotere intensiteit dan het haardvuur. Zijn hand rustte op de zijkant van haar gezicht. Voorzichtig boog hij naar haar toe en kuste haar zacht op de lippen.

Astrid huiverde opnieuw. Ze wilde zijn armen om haar heen voelen; zich koesteren in zijn warmte, troost zoeken in zijn omarming.

Zijn hand gleed naar de achterkant van haar hoofd, zijn andere arm vouwde zich om haar schouders, terwijl hij haar opnieuw kuste. Dit keer warmer, hartstochtelijker.

Astrid hunkerde naar zijn aanraking; zijn liefkozing. Ze beantwoordde de kus.

Maar opeens zag ze Alan voor zich. Het was niet meer dan een flits; een fragment. Hij zat voorovergebogen, half weggedoken in zijn legergroene jas. Zijn haar hing in vette pieken half voor zijn gezicht. Zijn schouders waren gebogen en er was dat kleine rimpeltje tussen zijn ogen, dat hij als kind al had als hij verdriet of pijn voelde.

Astrid maakte zich los uit Per Eriks omhelzing en deed een stap achteruit. Ze keek naar de wat verwonderde man en schudde haar hoofd. 'Ik kan het niet,' zei ze. 'Niet nu.'

Hij perste kort zijn lippen op elkaar. Astrid wist niet of het lichte irritatie was of bezorgdheid. 'Dat weet ik,' zei hij. 'Het spijt me. Ik had het niet mogen doen. Niet onder deze omstandigheden. Ik weet niet wat me bezielde.' Hij deed zelf ook een stap achteruit alsof hij het wilde benadrukken. 'Het is beter als ik meteen naar huis ga,' zei hij.

Astrid knikte.

Hij raakte haar nog even aan voordat hij naar de deur liep. 'Ik mag je werkelijk, Astrid. Veel meer dan dat, eigenlijk. En als dit alles achter de rug is...' Hij maakte zijn zin niet af, maar liep weg, naar de deur, naar buiten.

Astrid stond nog steeds bij de haard toen ze Per Erik de auto hoorde starten en weg hoorde rijden. De leegte overviel haar en ze huiverde opnieuw. Ze was weer alleen.

Maar was dat niet haar eigen keuze? Stootte ze niet iedereen af?

Ze keek naar de gps op tafel. Ze had erover gelogen en ze wist niet eens waarom.

Ze dronk haar glaasje leeg, liep naar de keuken en schonk het nog eens vol.

Nils. Welke rol speelde hij in dit alles?

Morgen. Ze zou hem opzoeken en het hem vragen. Zonder omhaal.

HOOFDSTUK 15

Astrids benen deden pijn toen ze voor het appartementen-gebouw aan de Kolonigatan stond, waar Nils tegenwoordig woonde.

Ze had overwogen om in Forsheda de bus naar Värnamo te nemen, maar had uiteindelijk het hele stuk gefietst. Het was tenslotte bijna windstil en droog, en ze had een dringende behoefte gevoeld om te bewegen; haar lijf aan het werk te zetten. Bovendien had ze het geduld niet kunnen opbrengen om op de bus te wachten.

Aangenaam fietsen was het niet, richting Värnamo. Er liep geen fietspad, dus ze moest over de autoweg fietsen. Maar al met al deed het er niet toe. Ze was nu hier en stond voor de blokkendoos waar Nils tegenwoordig zijn appartement had. Eigenlijk verbaasde het haar dat hij nog niet bij Bae was ingetrokken. Bae woonde zo ongeveer om de hoek in een groot appartement, zover ze had begrepen. Evengoed niet meer dan slechts een appartement, maar blijkbaar was Nils' behoefte om landelijk te wonen met ruimte en natuur om zich heen verdwenen toen hij zijn mooie liefde van vroeger opnieuw had ontmoet. Grote jeugdliefde Bae, die zo verschrikkelijk toevallig weer zijn leven binnen was geschreden. Of misschien toch niet zo toevallig als het leek?

Astrid slikte haar bitterheid weg, deed haar fiets op slot en kon dankzij een bewoner, die de deur opende, zo naar binnen lopen.

Het rook muf, vond ze. Een muffe gevangenis. Zelfs met geld toe wilde ze hier nog niet wonen. Een jaar geleden zou Nils die mening hebben gedeeld. Maar dat was vóór Bae geweest. De invloed van een vrouw als Bae was groter dan gezond was. Iets in die richting had Per Erik gezegd.

Ze dacht aan gisteravond. Aan dat moment voor de open haard. Aan zijn kus. Het was alsof ze zijn aanraking nog op haar lippen voelde.

Ze duwde dat beeld haastig weg, alsof ze zich ervoor schaamde, en liep met grote passen de trap op. Voor de deur van Nils bleef ze staan. Hij had nog steeds geen naambordje bij zijn deur hangen. Typisch.

Ze belde aan en hoorde de klank door de woning vloeien. Ze wachtte op het geluid van voetstappen; op het opengaan van de deur.

Maar er gebeurde niets.

Ze drukte opnieuw op de bel. Weer niets.

Nils was niet thuis. Halfnegen, zondagochtend, en Nils was niet thuis.

Natuurlijk niet. Misschien was hij wel nooit thuis. Geen wonder dat hij geen naambordje nodig had.

Nijdig draaide ze zich om, liep de trappen af en weer naar buiten. Een moment lang aarzelde ze toen ze haar fiets van het slot had gedaan. Toen stapte ze vastbesloten op en fietste de hoek om, Sveavägen op.

Ze wist waar Bae woonde. Nils had haar ooit het adres gegeven en hoewel ze had geweigerd om er nog een keer naar te kijken, had zelfs het huisnummer zich in haar hoofd geprent.

Ze zette haar fiets tegen de muur van appartementsgebouw Prästen, drukte op de bel van Bae, noemde kort haar naam en hoorde tot haar verrassing het brommende geluid dat aangaf dat de deur voor haar werd geopend. Hoe was het mogelijk? Ze liep naar binnen en nam haastig de trap naar boven.

Baes deur zag er onberispelijk uit. Natuurlijk. Een fleurig naambordje maakte duidelijk dat zij achter die deur woonde. Zij. Niet Nils. Niet Luna. Alleen Bae Björt.

Astrid haalde diep adem en drukte de bel in, langer en harder dan nodig. Onmiddellijk klonk het geluid van voetstappen in de gang. De deur ging open en Astrid keek in het keurig opgemaakte gezicht – niet te veel en niet te weinig – van Bae Björt.

Bae droeg een eenvoudig grijs jurkje, dat uiteraard perfect zat, en een kleurige, ietwat exotische ketting. Het jurkje was niet te diep gesneden of te strak, haar schouderlange haar was keurig gekapt en niets, maar dan ook niets deed denken aan een femme fatale, die onschuldige mannen verleidde om samen met belangrijke mannen aan de top een smerig spel te spelen. Maar misschien deed ze dat ook niet. Ongeacht hoe graag Astrid dat uitgerekend nu wilde geloven.

Bae keek haar wat geïrriteerd aan. 'Astrid. Wat wil je?'

'Is Nils hier?'

'Hij drinkt koffie in de keuken. We gaan zometeen naar Jönköping.'

'Ik moet hem spreken.'

Baes ogen vernauwden zich. 'Gaat het over Alan?'

'Nils!' riep Astrid langs Bae heen.

'Alsjeblieft zeg,' reageerde Bae geërgerd. 'Niet hier in de gang gaan gillen. Dat is belachelijk.' Ze opende de deur en liet Astrid met zichtbare tegenzin binnen.

Astrid schopte haar schoenen uit bij de deur. Idioot die je bent, dacht ze. Gewoon met schoenen aan doorlopen. Maar geen enkele Zweed liep ergens binnen zonder zijn schoenen uit te doen en die gewoonte was er ook bij haar allang ingesleten.

Ze was gewoon niet brutaal genoeg. Als ze dat was

geweest, had ze eerst door de modder en hondenpoep gelopen, om daarna met haar schoenen aan het brandschone appartement van Bae te betreden.

'Astrid?' Nils verscheen in de deuropening van de keuken.

'Ik heb al bij jou aan de deur gestaan, maar ik had natuurlijk kunnen weten dat je hier was.' Ze liep naar hem toe totdat ze voor hem stond. Ze ving nog net een glimp op van de strakke, smetteloos witte keuken.

'Bae en ik gaan straks naar Jönköping en ze heeft mij gevraagd...' begon Nils

'Ja, ja,' onderbrak Astrid hem. 'Bae en jij.' Ze keek even om naar Bae, die achter haar stond. Ze klonk als een vervelende puber en dat wist ze.

'Nieuws van Alan?' vroeg Nils.

'Nee, geen nieuws van Alan.' Ze keek hem recht aan. 'Maar wel nieuws.'

Neem hem mee naar buiten, praat met hem onder vier ogen, hamerde het in haar hoofd. Maar haar hoofd was een rommeltje en andere gedachten kwamen net zo snel op.

'Weet je dat Bae en Sigge iets met elkaar hebben?' vroeg ze.

'Wat?' Nils was van zijn stuk gebracht. Dat was iets wat ze in elk geval niet vaak zag.

'Och, wat een nonsens,' reageerde Bae achter haar.

'O ja?' vroeg Astrid terwijl ze zich naar haar omdraaide. 'Ga je daarom geregeld met Sigge op stap?'

'Wat is hier aan de hand?' Luna dook op. Ze kwam blijkbaar net uit bed en droeg een nachthemd met het opschrift *Never say never*. Luna merkte nu pas op dat ook Astrid er was. 'Wat doe jij hier?'

'Het leek mij beter dat Nils weet dat jullie blijkbaar innige contacten met Sigge onderhouden,' zei Astrid. De woorden rolden eruit zonder dat ze er controle op kon uitoefenen, als een stel losgeslagen geiten die een gat in de omheining ontdekten.

'Innige contacten?' vroeg Luna. 'Met Sigge?'

'Je moeder gaat vaak genoeg met hem op stap.'

'Ik ben inderdaad een paar keer met Sigge ergens iets gaan eten en o ja, we hebben een concert bezocht,' zei Bae. 'Mijn man heeft namelijk een groot deel van Chemtek gebouwd en verbouwd, waardoor Sigge en hij elkaar heel goed kenden. Na Uves dood heeft Sigge mij geholpen met alles wat geregeld moest worden; Uve had tenslotte een bedrijf en ik miste de kennis en was te veel van streek door Uves dood om alles zelf te regelen. Sigge en ik zijn daardoor met elkaar bevriend geraakt.'

'Ik wist dat Bae en Sigge elkaar goed kenden,' zei Nils nu geïrriteerd. 'Je hebt het recht niet om hier binnen te stormen, alleen omdat ze een keer samen uit eten zijn geweest.'

'Het gaat om heel wat vaker dan een enkele keer, Nils. En als het werkelijk alleen een onschuldige vriendschap is... waarom ging Sigges echtgenote dan nooit mee?'

'Mens, je hebt veel te veel fantasie,' reageerde Bae nu nijdig. 'Sigge is gewoon een vriend van mij. Madeleine niet. Je weet vast hoe ze is.'

'Ze is bovenal Sigges vrouw,' zei Astrid.

'Astrid! Ik weet niet wat je mankeert om hier binnen te vallen en opeens over die vermeende relatie van Bae met Sigge te beginnen, maar...'

Astrid onderbrak hem: 'Zie je het dan niet, Nils? Ben je werkelijk zo dom? Jouw zoon is al veel langer bezig met de onderzoeken over het illegaal storten van rommel. Veel langer!' Astrid begaf zich nu op glad ijs. Ze wist niet of het inderdaad zo was, maar slaagde er niet in om zichzelf af te remmen. 'Is het niet erg toevallig dat je juist de perfecte Bae ontmoet op het moment dat het Sigge te heet onder de voeten wordt? Is het bij je opgekomen dat Bae misschien met een reden iets met jou is begonnen?'

'Insinueer je nu dat ik een soort spion ben of zo?' reageerde Bae.

'Ik ken Bae al van vroeger,' zei Nils. 'En ja, het wás puur toeval dat we elkaar weer ontmoetten. Je speculaties slaan nergens op.'

'Wist je dat ze nog steeds met Sigge alleen op stap gaat?'

'Bae hoeft geen verantwoordelijkheid af te leggen bij mij over haar doen en laten. Dat was nou precies het probleem toen ik nog met jou getrouwd was: ik moest telkens verantwoording afleggen. Ik ga dat niet van een ander vragen.'

'O, ga je nu op die toer,' reageerde Astrid woedend.

'Verdorie, hou alsjeblieft allemaal op,' kwam Luna ertussen. 'Is het waar, mama, dat je nog steeds met Sigge op stap gaat?'

'Sigge en ik zijn vrienden, Luna. Ik geloof niet dat ik me daarvoor hoef te schamen.'

'Vrienden, hè? Is dat de reden waarom je Alan niet kunt uitstaan, terwijl je hem nauwelijks kent?' vroeg Astrid.

'Alan is een nietsnut,' zei Bae nijdig.

'Alan is duizend keer nuttiger dan jij,' reageerde Astrid woedend.

'Wat weet jij nu, mam?' vroeg Luna.

'Alsjeblieft zeg... Iedereen weet het. En denk je dat ik niet weet wat er tussen jou en Alan gaande is?'

'Je weet het?'

'Natuurlijk weet ik het.'

'Waarom heb je niets gezegd?'

'Omdat je net zo verdraaid eigenwijs bent als je vader. Je denkt dat je verliefd bent, maar verliefdheid is een illusie. Een verblindende illusie. Anders zag je wel dat Alan jou niets te bieden heeft.'

'Je hebt geen idee waar je over praat,' snauwde Astrid. Ze

keek Bae woedend aan. 'Je kent hem niet eens.'

'Ik weet genoeg over hem.'

'Ongetwijfeld via je vriendje Sigge. Welke rol heb je in Alans verdwijning gespeeld?'

'Wat?'

'Verdorie, hou toch op,' zei Luna. 'Moeder heeft haar principes en haar vooroordelen, maar ze werkt niet mee aan ontvoeringen en dergelijke.'

'Nee? En jij dan?'

'Wat is er met mij?' vroeg Luna scherp.

'Astrid, we gaan naar buiten,' zei Nils beslist.

Astrid wilde protesteren, maar hij pakte haar arm vast en leidde haar het appartement uit.

'Ben je gek geworden,' zei hij, toen ze in het trappenhuis stonden.

'Dat kan ik beter aan jou vragen,' kaatste Astrid terug. 'Ik...'

'Niet hier.' Hij liep de trap af en Astrid had weinig andere keuze dan hem te volgen, totdat ze buiten stonden.

'We gaan even naar mijn appartement.'

'Ik hoef niet mee naar jouw appartement.'

'Ik ga geen discussie midden op straat voeren,' zei Nils beslist. 'We gaan naar mijn appartement.' Hij liep meteen weg.

Astrid staarde hem een paar tellen na. Daarna greep ze haar fiets en ging achter hem aan. Bij de bocht naar de Kolonigatan haalde ze hem in. Ze ging naast hem lopen, de fiets in de hand, zonder een woord te zeggen.

Ze kookte van woede, maar voelde zich tegelijkertijd verward. Wat was er gebeurd? Wat had ze gedaan?

Zwijgend gingen ze het appartementengebouw van Nils binnen en liepen ze naar zijn woning. Zijn appartement was leeg en kaal. Astrid was hier eerder geweest, vlak na de scheiding. Maar toen had Nils nauwelijks de tijd gehad om er zijn eigen plekje van te maken. Nu stonden nergens meer dozen en had alles eigenlijk al een plaats. Maar het voelde evengoed koud en kaal.

'Koud?' vroeg Nils.

'Huh?'

'Je hebt je mouwen over je handen getrokken en staat erbij als een verkleumde kanarie.'

Astrid keek naar de mouwen van haar jas, waar haar handen in schuilgingen, en werd zich bewust van haar opgetrokken schouders.

'Zou je nu willen vertellen waar die scène daarstraks op sloeg?' vroeg Nils.

Ze stonden midden in de huiskamer en Astrids woede was gezakt. Ze voelde zich vooral verloren. Verloren en klein. 'Alan is nog steeds niet terecht,' zei ze, 'en alles wijst in de richting van Sigge. Alan heeft bewijzen verzameld en bodemproeven genomen bij Ingemar. Er zit gewoon een luchtje aan. Heel bijzonder dat juist de grond die Sigge zo goed kan gebruiken vervuild blijkt. Grond van drie verschillende boeren nota bene. En dan is er die inbraak met kapot gesneden matras en kussens. Waarom? Zochten ze iets? Als het alleen om geld ging, waarom hebben ze dan wel zijn telefoon en computer meegenomen, maar niet zijn gps?'

'Zijn gps?'

Kijk uit wat je tegen Nils zegt. Had Per Erik haar niet daarvoor gewaarschuwd?

'Heeft Alan een gps?' vroeg Nils.

Ze knikte. Wat deed het er ook toe. Er stond niets belangrijks in.

'Misschien hadden de dieven daar gewoon geen interesse in.'

'Het is een nieuwe gps. Duur en populair. Veel duurder dan Alans gsm. Dat was een oud ding, en die hebben ze wel gestolen.'

'Niet zo snuggere dieven, misschien?'

'Dieven weten heus wel wat geld waard is.'

'Niet allemaal. En de vernieling van eigendommen in een vakantiehuis is niet ongebruikelijk.'

'In die mate?'

Nils haalde zijn schouders op. 'En wat die proeven betreft, daarbij kan er inderdaad sprake zijn van toeval. Voor zover ik weet zoekt Sigge al lang naar grond. Ik wed dat hij liever schone grond had gekocht, maar niemand verkoopt graag grond, en dus heeft hij meteen ingespeeld op het gerucht van de vervuiling. Je weet dat de gemeenten overal bezig zijn met betrekking tot het milieu. Overal worden de privérioleringen gecontroleerd, en daarmee zeer waarschijnlijk ook alles wat er mogelijk mee samenhangt. Het is dus goed mogelijk dat de rioleringen van de boerderijen niet meer goed functioneerden en dat daarom die proeven zijn genomen. Dat daarbij meer aan het licht kwam, is dan inderdaad toeval, en daar heeft Sigge op ingespeeld. De ruil heeft voor de boeren geen nadelen. Ze krijgen minder grond, maar hoeven geen saneringskosten te betalen en krijgen nieuwe huizen. De huizen waar ze nu wonen, zijn nauwelijks goed genoeg om af te breken. Ingemar is trouwens te oud om nog echt te boeren en Tobias heeft gezondheidsproblemen.'

'Maar Kalle is pas ergens achter in de veertig, en er is niets mis met zijn huis,' bracht Astrid ertegen in.

'Hij zal zijn redenen wel hebben om met Sigge die overeenkomst te sluiten. Grond saneren is kostbaar. Misschien had hij daar het geld niet voor.'

'Er zit een luchtje aan,' hield Astrid vol. 'Geloof dat nu maar. En blijkbaar kon Alan dat bewijzen.'

'Is dat zo?'

Astrid knikte.

'Heb je die bewijzen gezien?'

'Nee, dat niet. Maar ik weet dat het zo is. Je kent Alan. Hij strooit niet zomaar beschuldigingen in het rond. Bovendien verstopt hij zich niet als er iets aan de hand is. Dat wéét je.'

'Ik wéét helemaal niets meer, Astrid. Daar hebben we het al over gehad.'

'Ja. Daar hebben we het over gehad.' Astrid schraapte haar keel. 'Wist je dat Bae nog met Sigge op stap ging?'

'Bae kan doen en laten wat ze wil.'

'Wíst je het?' Astrid keek hem recht aan.

Nils gaf geen antwoord. Hij wist het dus niet.

'Wat als ze meer weet dan ze laat blijken?' vroeg Astrid.

'Doe niet zo belachelijk. Ik weet niet eens waar Alan zich de laatste maanden mee bezighoudt. We hebben sinds de scheiding bepaald geen intensief contact, gezien de verwijten die hij mij maakte. Wat voor informatie zou Bae dan via mij moeten inwinnen? Nog even afgezien van het feit dat het nergens op slaat.'

Astrid haalde haar schouders op. Waarom moest Nils altijd zo verdraaid logisch redeneren? Soms haatte ze hem daarom.

Ze voelde zich opeens doodmoe.

'Thee?' vroeg Nils. Zijn stem klonk nu mild.

'Moet je niet naar Jönköping?'

'Ik heb geen haast.'

'Ik dacht dat je een hekel had aan winkelen.'

'Thee dus.'

Nils liep weg en Astrid liet zich in een stoel zakken. Losse gedachten dwarrelden rond in haar hoofd. Niets kreeg nog enige houvast. Ze slaagde er niet eens meer in om alle informatie die ze had netjes op een rij te zetten en conclusies te trekken. Alles daarboven was een grote warboel.

Een vervelende hoofdpijn kwam op. Ook dat nog.

Nils kwam na enkele minuten de woonkamer in met thee en ging tegenover haar zitten. 'Luister eens... Ik vind het ook ellendig dat Alan is verdwenen. Maar je zult rekening moeten houden met de mogelijkheid dat hij echt is ondergedoken.'

'En als dat nu eens niet zo is?' zei Astrid. 'Als hem nu eens werkelijk iets is overkomen?' Ze voelde tranen opkomen. Uitgerekend nu. Ze wilde niet huilen. Niet hier.

Ze slikte de tranen weg, haalde diep adem en telde bij iedere ademteug tot drie.

Niet huilen, niet huilen.

De tranen kwamen toch. Uiteraard. Geen bescheiden traantje dat uit haar ooghoek ontsnapte, maar een stortvloed, die gepaard ging met jammerende geluiden waar ze geen controle over had.

Nils kwam niet naar haar toe. Hij sloeg geen arm om haar heen; zei niet dat alles goed kwam. Hij zat daar maar tegenover haar en staarde naar zijn thee.

Uiteindelijk kalmeerde ze toch en nam ze een slok thee. 'Sorry,' mompelde ze. *Waarom bied ik mijn excuses aan?* 'Ik mis hem.'

Nils knikte alleen maar.

Ze speelde wat met haar theekop. 'Eigenlijk niet zo raar dat hij in het bos in een klein huisje ging wonen,' zei ze. Ze keek Nils niet aan. 'Weet je niet dat hij vroeger altijd al hutjes bouwde in het bos?'

'Ja, dat weet ik nog.' Nils leek het met tegenzin toe te geven.

'Hij richtte zijn hutjes ook in; zocht meubeltjes, zorgde voor eten en drinken en verzamelde spulletjes om erin te zetten. Hij kon daar eindeloos zoet mee zijn, samen met zijn boekjes over Emil i Lönneberga.' Ze glimlachte. 'Hij gebruikt die naam nu nog, weet je?'

'Emil? Waarvoor?'

'Met dat geocachen.'
'Geocachen?'
'Een soort schatzoeken.'
'O. Juist ja. De gps.'
'Hij deed dat vroeger al graag. Dat schatzoeken dus. Doet hij dus nog steeds, al heet het nu geocachen. Hij gebruikt Emil als naam. Dat geloof ik tenminste. Eerst noemde hij zich Freewheeler, maar dat heeft hij blijkbaar veranderd.'
'Hoe weet je dat?'
'Gezien. Ik heb die cache gezocht...' Ze zweeg en keek hem aan.
'Welke cache?'
'Het stelde niets voor. We... ik dacht dat het iets te betekenen had. Maar het was niets. Een gewone cache.'
'Via zijn gps?'
Ze knikte.
'Mag ik dat ding een keer zien?'
'Ik heb hem niet bij me.'
'Ik kom hem vanavond wel halen.'
Astrid keek hem aan. 'Waarom? Er staat niets in.'
'Gewoon.' Hij dronk zijn thee. 'Ik moet zometeen gaan.'
Astrid knikte en dronk haar thee op.

Nils had haast toen ze weer naar buiten liepen. Hij nam nauwelijks afscheid. Astrid bleef alleen op de stoep voor zijn appartementengebouw achter. Ze had het weer koud en voelde zich ellendig. Haar hoofdpijn had zich stevig verankerd. Ze wilde in bed kruipen, onder de dekens wegduiken. En als ze dan wakker werd, was de nachtmerrie voorbij.

Ze stapte op haar fiets. Het deuntje 'Du kära lille snickerbo' van Emil i Lönneberga kwam opeens in haar op. Een vrolijk deuntje dat totaal niet bij haar stemming paste.

Du kära lille snickerbo. Lief klein timmerhuisje. *Triple X.*

Ze zag opeens de schatkaarten voor zich waarmee Alan vroeger had rond gesleept. De grote X in het midden. Daar lag de schat. *Lille snickerbo...* lief klein timmerhuisje van Emil. *X.*

Was het mogelijk?

Een auto toeterde en geschrokken keek ze op. Ze was zonder uitkijken een kruispunt op gereden. Ze maakte een verontschuldigend gebaar naar de automobilist en fietste haastig door.

Kon het werkelijk zo zijn...?

HOOFDSTUK 16

Ze geloofde niet dat de afstand tussen Värnamo en Torskinge ooit eerder zo lang had geleken. Terwijl haar benen pijn deden van het harde fietsen, probeerde ze dankbaar te zijn voor het feit dat ze niet de bus vanaf Forsheda had genomen. Dan had ze immers moeten wachten. En niets was erger dan wachten.

Toen ze eindelijk Forsheda door fietste en Rannäs passeerde, fietste ze niet in de richting van haar eigen huis, maar regelrecht naar het bos in Torskinge waar Alan woonde. Het deuntje 'Du kära lille snickerbo' speelde doorlopend in haar hoofd.

Ze fietste het grindpad op, zonder er verder over na te denken. Maar toen ze meende dat ze een auto achter zich hoorde, verschrikt omkeek en niets zag, dacht ze aan Per Eriks waarschuwing.

Hij had haar dringend afgeraden om naar Alans huis te gaan, omdat nog niet duidelijk was wat er precies aan de hand was. En nu deed ze precies dat; ze ging naar Alans huis.

Ze remde, stapte af en bleef een tijd staan, terwijl ze gespannen luisterde. Ze merkte nu pas dat ze volledig buiten adem was en het kostte haar moeite om zich op iets anders te concentreren dat haar eigen gejaagde ademhaling.

Ze voelde zich opeens alleen. Alleen en bang. Nooit eerder was ze bang geweest in een bos, maar tegenwoordig was alles anders.

Doe niet zo raar, dacht ze. Hier rijden wel meer auto's. Mensen die naar Gösbo of een van de boerderijen gaan... Maar ze slaagde er niet in om zichzelf gerust te stellen.

Ze overwoog zich om te draaien en terug te fietsen.

Ze kon iemand vragen met haar mee naar Alans huis te gaan, maar wie? Per Erik? Ze kende hem nauwelijks. Ze mocht hem. Misschien meer dan dat. Maar had hij niet zelf gezegd dat ze beter niemand kon vertrouwen?

Nils? Nils had het te druk met Bae. En Bae was niet te vertrouwen. Dat wist ze zeker. En trouwens, wie zei dat Nils wel te vertrouwen was?

Luna? Luna was nog altijd een dochter van Bae.

Ze aarzelde, concentreerde zich op haar omgeving zonder iets te zien of horen, en stapte uiteindelijk toch op haar fiets om verder te gaan.

Ze was bang. Het had geen zin om dat te ontkennen. Maar ze móést weten of haar ingeving juist was.

Juist nu, na die korte pauze, deden haar benen nog meer pijn dan voorheen. Ze leken tegen een kramp aan te hikken. Toch maakte Astrid weer vaart. Het was voor haar de enige manier om haar angst aan de kant te schuiven. En op een vreemde manier voelde de pijn in haar benen bijna goed. Tastbaar. Zo anders dan de pijn die ze al dagen diep vanbinnen voelde.

Toen ze het zandpad op fietste en het meer bereikte, waar Alans huis lag, meende ze opnieuw een auto te horen. Ver weg. Ze keek om, hoewel ze eigenlijk wel wist dat ze niets zou zien. Het pad achter haar was leeg.

De bossen benauwden haar opeens.

Gewoon iemand die naar Gösbo of een van de boerderijen gaat, hield ze zichzelf voor. Verder niets.

Ze hoorde niets meer.

Ze zette haar fiets tegen het huis van Alan en liep naar

binnen, waar Willy op een van de kapot gesneden kussens lag te slapen.

'Hoi Willy,' zei ze. 'Heb je nog eten?' Het voelde prettig om te praten. Het verdreef de drukkende stilte. Zelfs als ze zelf degene was die het woord deed.

Ze vulde het bakje van de kat bij, hoewel het nog niet leeg was, en bleef toen midden in de rommel staan en keek om zich heen.

Du kära lille snickerbo. Lief klein timmerhuisje. In Emils geval het huisje waar hij zijn poppetjes uit hout sneed. In Alans geval was het vroeger de hut in het bos die hij bouwde en nu misschien dit huis?

Triple X. X kon voor de juiste plek staan. Maar triple? Ze keek om zich heen. Drie van iets? Ze zag niets.

Wat als het toch gewoon toeval was? Als Triple X gewoon de naam van die cache was en Alan hem onder de naam Emil had gezocht omdat hij vroeger fan van hem was?

Ze schudde haar hoofd. Nee. Al was de kans nog zo klein dat ze daadwerkelijk een aanknopingspunt had, ze mocht die niet zomaar door haar vingers laten glippen.

Ze keek weer om zich heen. Als het maar niet zo'n chaos was... Misschien hadden ergens drie voorwerpen gestaan en waren ze nu omvergegooid of kapot gevallen.

Ze probeerde zich de details van vorige bezoeken te herinneren, toen alles nog in oorspronkelijke staat was geweest, maar het hielp haar niet verder.

Klakkeloos zoeken had ook geen zin.

Ze strompelde tussen de rommel door, terwijl ze her en der wat voorwerpen met haar voet aan de kant schoof. De kat had zijn comfortabele plek verlaten en draalde nu om haar benen, in de hoop op extra aandacht.

Planken kraakten een beetje onder haar voeten, toen ze bij het tafeltje stond.

Planken!

In het keukendeel had Alan de vloer voorzien van oude tegels, vanwege de rocket stove en het fornuis dat op hout brandde. Maar in dit deel, waar de tafel, twee stoeltjes en de bedbank zich bevonden, was de vloer van hout.

Astrid begon met het wegtrekken van de rommel die er lag. Ze legde de matras, die half op de grond lag, weer op het bed, en raapte de boeken, kussens, potjes – deels in scherven – klappers, papieren mandjes en alle kleine rommel op, om op de matras te leggen. Zelfs de stoelen legde ze boven op de rommel op het bed, zodat een wankele toren ontstond.

Ze klapte het tafeltje op en haalde het deels omgevouwen vloerkleed weg, totdat alleen de brede planken zichtbaar waren.

Heel even meende ze iemand bij het raam te zien. Haar hart sloeg over en geschrokken keek ze naar buiten. Ze zag niemand.

Haar handen waren klam en haar keel droog toen ze naar de deur liep, hem opende en de omgeving afspeurde met haar blik. Niets. Ze ging naar buiten en liep om het huis heen.

Het hout en plastic waar Alan een kas van had willen maken, lagen er nog precies hetzelfde bij. Alsof Alan plots was opgehouden te bestaan.

Een angstaanjagende gedachte.

De bomen aan de rand van Alans tuin rezen hoog en dreigend op. Daarachter struiken en de donkere, grillige vormen van de onderkant van de wortels van omgevallen bomen.

Maar er was geen mens te bekennen.

Astrid was bijna blij toen ze weer het huis binnenliep, ook al wist ze dat dit huis slechts een denkbeeldige vorm van veiligheid bood. Het voelde gewoon prettiger.

Ze keek weer naar de opvallend brede planken. Veertig

centimeter breed. Misschien zelfs vijftig. Officieel misschien niet eens echt planken.

En geen X op een van de planken. Zeven planken. *Triple X*. Drie links, drie rechts. Zou het kunnen? Ze liet zich op haar knieën zakken. Haar vingers gleden over de ruwe planken. Ze waren vastgespijkerd. Op de middelste plank na. De middelste plank was vastgeschroefd. Het viel niet op, maar als je goed keek, zag je het verschil tussen de gladde spijkerkopjes van de planken links en rechts en de kopjes met het kruisje van de plank in het midden.

Dit kon geen toeval zijn. Onmogelijk.

Astrid haastte zich terug naar de keuken, vond een dunschiller en ging daarmee terug naar de plank met de schroefjes.

Haar aanvankelijke angst dat de schroeven te stevig waren vastgedraaid om met een dunschiller los te frotten, bleek onterecht. De schroeven lieten opvallend gemakkelijk los en het duurde niet lang voordat Astrid de plank eruit kon halen.

Verbijsterd haalde ze er een ketting onder vandaan. Het was geen kostbare ketting, maar een kinderketting, gemaakt van fleurige kraaltjes. Er zaten twee hangertjes aan: een lieveheersbeestje en een eekhoorntje. Hier en daar werden de kleurige kraaltjes afgewisseld met een zilveren kraaltje; typisch iets voor een meisje.

Astrid had geen idee wat de ketting te betekenen had. Óf hij iets te betekenen had.

Ze zocht nog een keer op de plek waar de plank had gelegen, tastte alles af met haar vingers, maar vond verder niets.

Opnieuw kreeg ze het gevoel dat iemand naar haar keek. Haar blik ging haastig van raam naar raam, zonder iets te zien.

Ze liet de ketting in haar zak glijden, legde de plank weer

op zijn plaats, schroefde hem haastig vast en gooide de mat er weer overheen. De rest liet ze liggen zoals het lag.

'Ik vind je baasje wel weer,' zei ze zacht tegen de kat.

Daarna verliet ze het huisje, waarbij ze de deur maar weer op een kier liet staan, zodat de kat in ieder geval naar buiten en weer terug naar binnen kon.

Eenmaal buiten keek ze nog een keer om zich heen, maar de hele omgeving was verlaten.

Ze stapte op haar fiets en fietste zo snel ze kon het pad af, over de zandweg en de grindweg, richting verharde weg. Ze betrapte zich erop dat ze alle zijpaden in keek en bijna verwachtte om ergens, verdekt opgesteld, een auto te zien. Maar ze zag niets. Natuurlijk niet.

Ze was opgelucht toen ze de weg bereikte en het laatste stuk naar huis fietste. Haar benen protesteerden hevig tegen de inspanning en ze was opnieuw buiten adem. Maar ze had in ieder geval iets gevonden. Al wist ze niet wat het te betekenen had.

HOOFDSTUK 17

Ben je thuis?

Een berichtje van Luna.

Astrid overwoog een ontkenning, maar typte toch: *Ja*. Ze zat aan de keukentafel. Voor haar stond een mok thee en lag de ketting.

Ze had kraaltje voor kraaltje nagekeken, zonder iets opvallends te zien. Ze had aan de hangertjes gepeuterd om te zien of ze open konden, terwijl ze zich niet kon voorstellen dat er meer dan een paperclip in paste, maar had ook daarmee geen succes gehad.

Ze wist niet wat ze ermee moest doen.

Die scène van vanmorgen was nogal overdreven, stuurde Luna.

Misschien.

Nog nieuws over Alan?

Nee, niets.

Ze kon Luna om raad vragen, maar deed het niet. Ze pakte de ketting weer op en liet hem door haar handen glijden.

'Verdorie, Alan, wat heeft het te betekenen?' zei ze.

Wist ze maar iets meer over geocachen. Misschien begreep ze het dan. Misschien was dat het... misschien begreep ze het niet omdat ze er niets van wist.

Ze stond met een ruk op, pakte haar laptop en zocht op geocachen.

Ze kwam op de site geocaching.com en liet de cursor over het scherm glijden.

Learn.

Ze scrolde omlaag.

Geocaching in 2 min.

Ze klikte erop en kreeg een filmpje te zien, met uitleg over geocachen.

'Oké, dat had ik al begrepen,' mompelde ze.

Ze ging een scherm terug en klikte dit keer op *Geocaching 101*. Een hele reeks mogelijkheden opende zich. *Are there different types of geocaches?*

'Goede vraag,' zei ze tegen zichzelf. Ze klikte erop, las dat er inderdaad meer dan een dozijn verschillende types caches waren en klikte op de blauwe letters *Types of geocaches.*

Ze voelde hoe de warmte naar haar wangen steeg toen ze vraagtekens afgebeeld zag en het woord 'multi-cache' in het oog kreeg.

Multi-caches hebben betrekking op twee of meer locaties, waarbij op de uiteindelijke locatie een cache met logboek te vinden is. Er zijn veel variaties, maar over het algemeen krijg je op de eerste locatie een hint over de tweede locatie en op de tweede locatie een hint voor de derde, en zo verder.

Als de cache vlak bij Alans huis de eerste van een multi was, had Alan een uitzondering op de regel gemaakt door daar een logboek in te verstoppen. Maar was dat logboek niet eigenlijk een hint geweest voor de volgende locatie? En betekende het dat de ketting een nieuwe hint was?

Astrid las de uitleg van het vraagteken.

Mysterie- of puzzelcaches.

De 'catch-all' van de geocaches. Deze soort kan een gecompliceerde puzzel bevatten, die eerst opgelost moet worden om de juiste coördinaten te vinden.

Astrid las niet verder. Ze keek naar de ketting. Was dit een puzzel?

Ze stond op, pakte de gps van Alan, zette hem aan en keek naar het beginscherm, dat ze vond onder *Waarheen*.

Coördinaten. Ze had het eerder zien staan. Ze tikte op het woord en er verschenen letters en cijfers in het scherm.

N57.07.048 E013.49.024

En nu?

Ze keek weer naar de ketting. Naar het lieveheersbeestje. *Nickelpigga*. N. De eekhoorn. *Ekhorre*. E. Ze telde. Vijf gele kraaltjes, één zilveren, zeven rode, twee zilveren, zeven blauwe, twee zilveren.

Ze keek vluchtig op het scherm. N57.07.0

Haastig telde ze verder. 54. *Nickelpigga* 57.07.054. *Ekhorre* 013.48.996.

Het wáren coördinaten. En het was dichtbij. Dat begreep zelfs zij.

Maar hoe moest ze het vinden? Ze rommelde nog wat met de gps, zonder dat ze daar echt wijzer van werd, en ging toen weer naar de site van Geocaching.

Hide and seek a cache.

'Oké,' mompelde ze. *'Find a geocache.'*

Ze scrolde omlaag tot *Latitude Longitude Search*, waar ze de coördinaten kon invullen. Haar handen trilden terwijl ze de toetsen indrukte.

Search.

Een lijst ontvouwde zich, maar er stonden alleen geregistreerde caches op.

Astrid overwoog Luna toch te bellen. Maar misschien kon Google helpen. Google weet alles, zei Alan vaak lachend.

Ze zocht op *coördinaten zoeken* en vond een site voor gps-coördinaten. Opnieuw opgewonden zocht ze op de coördinaten die ze had gevonden en keek hoe een kaart zichtbaar werd. Meteen begreep ze welke plek de coördinaten aangaven. Het was haar eigen schuur.

Haar eigen schuur!

Ze sprong meteen overeind, liep naar buiten en ging regelrecht de schuur in, waarvan ze een helft voor houtopslag gebruikte en de andere helft voor tuingereedschap, bloembakken en potten, haar fiets – de enkele keer dat ze die daadwerkelijk binnen zette – fietspomp, een bescheiden verzameling gereedschap – ze was immers geen klusser – en rommel die ze wel wilde bewaren, maar waar ze in haar kleine huis geen plaats voor had.

Haastig begon ze te zoeken. Ze zocht in de potten, in de kist met haar gereedschap en overal tussen en onder, zonder iets te vinden.

Wanhopig keek ze om zich heen. Miste ze nu iets?

Haar oog viel op een vogelhuisje dat Nils van een stuk berk had gemaakt en dat ze een halfjaar geleden demonstratief bij de houtstapel had gelegd om te vernietigen. Iets wat ze natuurlijk niet had gedaan en nooit zou doen.

Ze pakte het huisje van de houtstapel, schoof de bovenkant eraf en keek erin. Ze zag de memorystick vrijwel meteen.

Ze viste hem uit het vogelhuisje, klemde hem stevig in haar hand en liep terug naar het huis.

Zonder enige aarzeling stak ze hem in de laptop en wachtte gespannen tot hij opende. Van het ene moment op het andere raasden data – een oneindige stroom cijfers – voorbij op het scherm. Ze drukte verschillende toetsen in, hopend de stroom te kunnen remmen en de cijfers beter te kunnen bekijken, maar niets leek te werken. Ze begreep er helemaal niets van.

Ze haalde de memorystick weer uit de computer en bleef ermee in haar hand zitten.

Deze stick was van Alan. Dat was zeker. Hij was belangrijk. Ook dat was zeker. Anders had Alan hem niet verstopt. Was het dit ding waar de inbrekers in zijn huis naar hadden gezocht? En had het werkelijk met Sigge te maken?

Als ze nou eens wist wat het inhield; wat erop stond. Kende ze maar iemand die voldoende verstand had van computers om hier wijs uit te worden.

Ze dacht aan Per Erik. Of hij zelf veel verstand had van computers, wist ze niet, maar hij kende iemand die dat wel had.

Ze pakte haar gsm en wilde zijn nummer intoetsen, maar bedacht zich. Ze wist te weinig over Per Erik. Ze had alleen de informatie die hij zelf had verstrekt. Mensen konden liegen.

Hoewel... de manier waarop hij haar had aangekeken, was geen leugen geweest. Net zomin als de manier waarop hij haar had gekust.

Ze schrok toen haar telefoon trilde.

Weer een berichtje.

Heb je een beetje kunnen slapen? P.E.

Alsof hij wist dat ze aan hem dacht.

Naar omstandigheden, schreef ze. *Bedankt voor gisteren.*

Ik vond het heel fijn om je beter te leren kennen, Astrid. Het spijt me, als ik te ver ging. Dat was niet mijn bedoeling.

Het maakt niet uit.

Mag ik je nog een keer komen opzoeken? Misschien vanavond?

Astrid wilde meteen bevestigend antwoorden, maar bedacht opeens dat Nils zou komen. Hij wilde de gps ophalen. Waarom eigenlijk?

Vanavond komt niet zo goed uit.

Ik begrijp het. Morgen?

Morgen is goed. Nog nieuws?

Nog druk doende met graven. Zie je morgen. Hou je haaks. xx

Dank je. Haar vinger bleef even boven de knopjes hangen. Kruisjes of niet? Ze drukte op verzenden. Nog niet.

Wat moest Nils eigenlijk met de gps van Alan, vroeg ze

zich opnieuw af. Zou hij de waarheid zeggen als ze het vroeg?

Ze zuchtte diep. Ze zakte weg in een modderpoel en kreeg nergens meer grip op. In haar hand hield ze nog steeds de memorystick geklemd.

Ze keek op de klok. Bijna vijf uur. Haar beslissing nam ze impulsief. Ze stond op, verstopte de memorystick in een pak kattenvoer, deed haar jas aan en liep naar buiten. Ze stapte op haar fiets en vertrok. Het was nog steeds bewolkt en nog steeds windstil, en haar benen deden nog steeds pijn. Het was alsof ze een vrachtwagen lood probeerde te verplaatsen.

Maar ze hoefde niet ver. Ze fietste regelrecht naar de enorme villa van Sigge Pettersson, in Rannäs.

Het enorme wit geschilderde huis met zijn deftige entree, erkers en afgeronde daken imponeerde haar toen ze de oprijlaan op fietste. Een onneembare vesting; groots en indrukwekkend.

Opeens had Astrid de neiging om om te draaien en weg te fietsen. Zo hard ze kon. De hele onderneming was gekkenwerk. Hoe was ze in hemelsnaam op het idiote idee gekomen dat ze nu wilde uitvoeren?

Ze remde, zette een voet op de grond en stond stil. Ze moest omdraaien.

Opeens dacht ze weer aan Alan. Ze zag hem weer voor zich als kleine jongen, druk werkend aan zijn schuilhut, een liedje van Emil neuriënd.

Ze haalde diep adem en liep de laatste meters tot aan het huis. Ze zette haar fiets tegen de gevel, stond zichzelf niet meer toe om erover na te denken en liep via de trap naar de voordeur.

Haar hand trilde toen ze aanbelde. Ze hoorde hoe de bescheiden klank van de bel in de hal echode, Astrid kreeg weer die bittere smaak in haar mond.

Het duurde een paar minuten voordat de deur openging en de geblondeerde Madeleine in de deuropening verscheen. Ze droeg een kort jurkje – bijna ordinair, maar ongetwijfeld duur – en veel te hoge hakken. Misschien was Sigges interesse in Bae begrijpelijk.

'Kan ik u helpen?' vroeg de blondine.

Astrid wist niet of Madeleine haar herkende. Ze hadden elkaar immers slechts een paar keer in het dorp ontmoet en nooit met elkaar gesproken.

'Is Sigge Pettersson aanwezig?' vroeg Astrid.

'Verwacht hij u?'

'Nee, maar het is dringend. Astrid Reynberg, zeg maar dat ik hem wil spreken.'

Madeleine leek even te twijfelen en knikte toen. 'Wacht even.' Ze liep weg voordat Astrid kon reageren.

Astrid bleef alleen bij de deur achter. Gespannen wipte ze van de ene voet op de andere, terwijl ze een blik in de ruime hal wierp. Glanzende houten vloer, oud Zweeds behang in een groentint, die ook terugkwam in de leuning van de wenteltrap. Een strakke houten garderobe en een dressoir, met daarop een beeld met onduidelijk thema. Een kroonluchter aan het hoge, met ornamenten versierde plafond.

Madeleine bleef eindeloos lang weg, maar toen ze eindelijk weer opdook, schoof ze de voordeur uitnodigend verder open. 'Hij ontvangt u in zijn kantoor, eerste deur rechts.'

Astrid liep naar binnen en ging meteen door naar het kantoor, terwijl de deur achter haar werd gesloten en Madeleine op haar hoge hakken wegbeende.

De nervositeit sloeg weer toe toen Astrid haar hand op de deurklink legde. Opnieuw wilde ze zich omdraaien en weglopen. Waar was ze in hemelsnaam mee bezig? Blufpoker was niets voor haar.

Maar ze kon niet meer terug. Ze wilde niet meer terug. Ze wilde Alan. Ze drukte de klink omlaag, opende de deur en liep het kantoor in.

De ruimte leek wel wat op het kantoor in Sigges bedrijf, met Mattsons-meubilair en een voorname sfeer. Ook hier oud Zweeds behang en een indrukwekkend schilderij aan de muur.

Sigge zat achter zijn bureau en leek veel groter dan hij in werkelijkheid was. Hij had zijn handen voor zich op het bureaublad gevouwen en keek haar vragend aan. Hij nodigde haar niet uit om plaats te nemen in een van de comfortabel ogende fauteuils.

Astrid had daar ook geen behoefte aan..

'Nieuws over Alan?' vroeg hij. Hij klonk bijna vriendelijk.

Astrid werd overvallen door onzekerheid. Ze schudde haar hoofd.

Sigge knikte. 'Ik weet dat ons vorige gesprek niet zo best verliep en ik zou liegen als ik zei dat ik erg bezorgd ben over Alan, want ik geloof nog steeds dat hij is ondergedoken. Maar ik kan me voorstellen dat het voor jou, als moeder, een moeilijke situatie is, en ik begrijp dan ook...'

'Ik heb de memorystick,' onderbrak ze hem. Haar stem trilde. Ze had het opeens erg warm.

'Wat?' Hij leek verward.

'De memorystick met de gegevens van zijn onderzoeken. Het bewijs dat zijn beschuldigingen op waarheid berusten.'

'Astrid, Astrid toch...' De vriendelijkheid was verdwenen. De kleinerende klank in zijn stem wakkerde haar woede aan.

'Alles staat erop,' hield ze vol. 'Werkelijk alles.' Ze keek naar hem; zag het kleine spiertje bij zijn oog trillen. Het moedigde haar aan. 'Hij had de memorystick zodanig verstopt dat ik, en alleen ik, hem kon vinden. En dat heb ik gedaan.'

'Als Alan al een memorystick met dergelijke informatie heeft, dan gaat het niet om betrouwbare informatie. Dan gaat het om rommel.'

'Daar heb ik een andere mening over,' zei Astrid.

'Geef hem aan mij en ik zal je laten zien dat het niets te betekenen heeft.'

Astrid schudde haar hoofd. 'Nee. Ik heb hem veilig opgeborgen.'

'Wat wil je daarmee bereiken?'

'Ik kan ermee naar de gemeente gaan of met een journalist praten.'

'En jezelf belachelijk maken? Zoals Alan zichzelf belachelijk heeft gemaakt?'

'Ik denk dat we dat we die beoordeling maar aan anderen moeten overlaten.'

'Waarom heb je het dan nog niet gedaan? Waarom kom je dan eerst hierheen?' De charme was volledig uit zijn stem verdwenen. Ze hoorde de uitdaging. Mogelijk ergernis.

'Ik denk dat je dat wel weet,' zei ze.

Hij trok zijn wenkbrauwen op.

'Alan,' zei Astrid. 'Waar is hij?'

'Hoe kom je op het idee dat ik dat weet?'

'De informatie van de memorystick,' loog Astrid.

Sigge keek haar aan; hij leek een inschatting te maken. 'Goed. Stel dat ik weet waar Alan zich heeft verscholen…'

Astrid wilde roepen dat hij zich niet verscholen had, maar kon zich op het laatste moment inhouden. Dit was niet het juiste moment.

'… en stel dat ik niet wil dat nog meer fantasieverhalen de wereld in worden gestuurd, die mijn reputatie schaden.' Hij bleef haar strak aankijken. 'Wat stel je dan voor?'

'Dan stel ik voor dat we ruilen,' zei Astrid. Haar stem trilde weer, maar dit keer door spanning. Ze voelde dat ze eindelijk dichterbij kwam. Dichter bij Alan.

'Je kunt mij de memorystick geven en dan vertel ik waar Alan zich volgens mij ophoudt.'

'Nee,' zei Astrid. 'Jij brengt mij bij Alan en ik overhandig je de memorystick als ik hem zie.'

'Volgens mij kijk je te veel films, Astrid.' Hij glimlachte. 'Ik heb je al gezegd dat ik mogelijk weet waar hij zich heeft verstopt, maar dat wil niet zeggen dat ik je bij hem kan brengen of hem bij jou. Bovendien kan er weinig interessante informatie op die stick staan, aangezien Alans beschuldigingen op fantasie gebaseerd zijn. Natuurlijk zie ik dergelijke onzin liever niet verspreid, omdat mensen goedgelovig zijn, maar ik kan niet te ver meegaan in zulke acties. Dat moet je begrijpen, Astrid. Dus jij brengt mij de memorystick en ik geef aan waar Alan zich volgens mij heeft verstopt, of we doen niets.' Hij keek haar uitdagend aan.

Astrid voelde zich geneigd om het aanbod aan te nemen. Het was niet hoe ze het zich had voorgesteld, maar het hele idee van de ruil leek haar opeens absurd.

Juist op dat moment vloog de deur open en kwam Per Erik binnen. 'Sigge...' Hij wees met een priemende vinger op Sigge. Zijn gezicht was gespannen; hard.

Achter hem dook Madeleine op. 'Sorry, schat. Ik kon hem niet tegenhouden.' Ze klonk nerveus.

Nu pas leek Per Erik Astrid te zien. Zijn gezichtsuitdrukking veranderde. 'Jij hier?' Er klonk iets van wantrouwen in door.

Sigge keek naar Madeleine. 'Sluit de deur, wil je?'

Madeleine sloot de deur en trok zich daarmee terug uit het tafereel.

'Ik heb de memorystick van Alan gevonden,' zei Astrid tegen Per Erik.

'Wat voor memorystick?'

'De memorystick met bewijsstukken tegen Sigge.'

'Hoe?'

'De gps.'

'De memorystick waarop Alan zijn hele fantasieverhaal heeft gezet, ondersteund met zogenaamde bewijzen,' schamperde Sigge.

'In dat geval maakt het jou niets uit als dat fantasieverhaal en de bijbehorende bewijzen openbaar worden gemaakt?' vroeg Per Erik terwijl hij Sigge aankeek.

Sigge beantwoordde de blik zonder aarzeling.

Twee kemphanen in de ring. De sfeer was gespannen.

'Gaat jou dat wat aan?' vroeg Sigge. 'Nog even afgezien van het feit dat je hier niets te zoeken hebt.'

Per Erik wendde zich tot Astrid. 'Heb je iets met hem afgesproken?'

'Hij wil dat ik de memorystick aan hem geef in ruil voor de locatie waar Alan zich zou hebben verscholen.'

Per Erik keek naar Sigge. 'Je weet dus waar hij is?'

'Mogelijk.'

'Waarom verbaast mij dat niet?'

'Ah, nog een drama-acteur. Ik weet misschíén waar hij ondergedoken zit. Ik was alleen niet van plan om daar iets mee te doen, voordat ik mijn zaak tegen hem rond heb.'

'En dat kon weleens in duigen vallen als Astrid de gegevens van de memorystick openbaar maakt?'

'Mensen geloven graag geruchten. Ik kan momenteel geen geruchten gebruiken. Het is een eenvoudige ruil. De stick tegen Alans verstopplaats.'

'Als het werkelijk allemaal fantasie is en Alan zich ergens heeft verstopt, dan kan het net zo goed bekend worden gemaakt, nietwaar? Alan duikt dan toch wel op, ongeacht of ze die stick aan jou geeft of niet.'

'Misschien wel. Maar ik weet niet of Astrid daarop wil wachten, aangezien ze zo overtuigd is van de onschuld van haar zoon en zich heeft vastgebeten in een of andere complottheorie. Het verbaast me nog dat ze niet denkt dat ik hem heb vermoord.'

'Wie zegt dat ik dat niet denk?' gooide Astrid eruit.

'O jee.'

Per Erik wendde zich weer tot Astrid. 'Niet doen,' zei hij tegen haar.

'Wat?'

'Je geeft hem niets voordat je Alan terug hebt.'

'O alsjeblieft, Per Erik. Ik heb inmiddels allang begrepen dat ik me in je heb vergist, maar nu zink je wel erg laag.'

'Doe het niet,' herhaalde Per Erik tegen Astrid.

'Als je haar dan toch adviseert, dan kun je het beter goed doen,' zei Sigge.

Per Erik richtte zijn aandacht weer op Sigge. 'Jullie spreken een plaats af waar jij Alan naartoe brengt. Zij heeft dan de memorystick bij zich. Gelijk oversteken.'

'Lieve help, zitten we hier in een gangsterfilm?'

Astrid schraapte haar keel. 'Per Erik heeft gelijk. Als je toch weet waar Alan is, kun je hem naar mij toe brengen op een afgesproken plek. Dan, en alleen dan, krijg je die memorystick van me.'

Sigge klemde zijn kaken op elkaar en keek minachtend eerst naar haar en toen naar Per Erik. 'Ik zal maar niet vragen waarom jullie opeens op één lijn zitten.' Hij snoof en keek naar Astrid. 'Ik breng je naar zijn schuilplaats en jij geeft mij de memorystick.'

'Goed,' zei ze.

'Niet goed,' zei Per Erik. 'Sigge haalt Alan op en brengt hem naar een openbare plek; een restaurant of lunchroom of iets dergelijks. En dáár overhandig je hem de memorystick.' Hij keek naar Astrid. 'Het lijkt mij geen goed idee om met Sigge ergens heen te gaan, terwijl je iets in je zak hebt wat hij erg graag wil hebben.'

'En hoe moet ik dat dan even snel regelen?' vroeg Sigge scherp. 'Denk je dat ik Alan zomaar kan bellen en vragen of hij met mij mee komt?'

'Nee, waarschijnlijk niet, maar je vindt vast een manier,' zei Per Erik. 'Wat dacht je van morgen, één uur, bij Stigs in de Flanaden in Värnamo.'

'Je geeft mij maar liefst een hele morgen?' reageerde Sigge sarcastisch.

'Jou kennende lukt het wel,' zei Per Erik.

'En zo niet?'

Per Erik gaf geen antwoord.

Het viel stil. Een stilte die zo drukkend was dat Astrid spontaan zin had om te gillen. Maar ze bleef doodstil staan, negeerde de pijnlijke spieren in haar benen en haalde nauwelijks adem.

'Goed,' besloot Sigge. 'Morgen, één uur, Stigs.' Hij keek naar Astrid. 'En neem dat ding mee.'

Astrid knikte.

'En kom alleen,' zei Sigge. 'Ik hoef Per Erik daar niet te zien.' Het klonk nijdig.

Per Erik glimlachte.

'En vertrek nu maar. Allebei.'

Per Erik pakte Astrids arm en nam haar mee het kantoor uit, het huis uit. Voor de deur stond zijn auto geparkeerd.

'Vond je het nou echt een goed idee om naar hem toe te gaan, alleen?' Zijn stem was scherp. Hij was kwaad, meende Astrid.

'Ik móést weten waar Alan was,' antwoordde ze.

'En daarvoor gebruikte je het verhaal van die memorystick?'

'Het is niet alleen maar een verhaal,' reageerde Astrid gepikeerd.

'Nee, natuurlijk niet.' Zijn stem werd zachter, net als de trekken in zijn gezicht. 'Het spijt me. Het is gewoon…' Hij aarzelde. 'Ik weet nog steeds niet genoeg over Sigge om te weten of de verdenkingen terecht zijn, maar ik zie je niet graag risico's nemen, Astrid. Wat staat er op die stick?'

Astrid aarzelde.

'Laat maar. Ik hoef het niet te weten. Het gaat erom dat Sigge hem terug wil. En dat hij blijkbaar meer weet over Alans verdwijning dan hij tot nu toe toegaf.'

Astrid knikte. 'Wat deed jij trouwens hier?'

'Ik heb informatie aangetroffen waarmee ik hem wilde confronteren. Ik weet alleen niet... Zullen we ergens anders praten?' Hij wierp een korte blik richting Sigges villa.

Astrid volgde zijn blik en zag een gordijn achter een van de hoge ramen bewegen. 'Ja, misschien is dat een beter idee.'

'Ik kan je uitnodigen voor een kop koffie bij mij thuis, maar dat doe je misschien liever niet.'

'Je appartement in Värnamo? Beetje onpraktisch,' zei Astrid. 'Ik trakteer wel.'

'Geef de fiets maar. Dan leg ik hem in de auto en rijden we naar jouw huis.'

Astrid pakte haar fiets, overhandigde hem aan Per Erik en keek toe hoe hij hem met gemak in de achterbak van de auto tilde. Hij was sterk. Maar had ze niet steeds een atletisch lichaam onder die kleding vermoed?

'Wedden dat hij nu ontploft,' zei Per Erik met een klein lachje toen ze instapten. 'Het laatste wat hij wil is ons de handen ineen zien slaan.'

Hij reed de oprit af en draaide de weg op.

'Denk je dat het verstandig is om tot morgen te wachten?' vroeg Astrid. Ze dacht weer aan Alan. Sigge had gezegd dat Alan zich ergens had verstopt, maar Sigge kon liegen. Ze schoof wat onrustig over haar stoel, wierp Per Erik een vluchtige blik toe en keek weer door het raam naar buiten.

'Met zekerheid verstandiger dan hem zonder meer de informatie te geven waar hij om vraagt en te vertrouwen op zijn eerlijkheid. En verstandiger dan iets afspreken in de avonduren, als er weinig mensen op straat zijn, of op een plek waar niemand kan getuigen als er iets gebeurt.'

'Je vertrouwt hem voor geen cent, hè?'

Per Erik klemde zijn kaken op elkaar. 'Nee. Strikt genomen vertrouw ik op dit moment niemand.'

'Niemand?'

'Een uitzondering daargelaten.' Hij keek naar haar en glimlachte.

Astrid bloosde, maar haar onrust verdween niet.

Ze reden naar haar huis, waar, zoals meestal, Miemel weer luid klagend op haar wachtte. Per Erik maakte de haard aan, terwijl Astrid de kat voer gaf – en daarbij bijna de memorystick in het voerbakje liet vallen – en voor koffie zorgde.

Het had weinig zin om nu thee te drinken in de hoop vannacht te kunnen slapen. Ze was veel te nerveus en haar lichaam reageerde alsof ze al een hele thermoskan koffie had weggewerkt. Erger dan dit kon het niet worden.

Een kwartier later zaten ze bij de haard, met ieder een kop koffie.

'Wat ben je te weten gekomen?' vroeg Astrid.

'Daar kan ik nog niet veel over zeggen,' zei Per Erik. 'De bewijzen zijn nog niet betrouwbaar en het is moeilijk om meer boven water te krijgen. Ik ging naar hem toe om hem te confronteren. Blufpoker, in de hoop dat hij zelf meer los zou laten.'

'En daar is niets van terechtgekomen, dankzij mij,' zei Astrid wat beschaamd. Ze had het niet kunnen weten, maar voelde zich evengoed schuldig.

'Het was misschien toch al geen goed idee. Misschien deed ik het ook omdat ik een sterk vermoeden heb dat Sigge jou in de gaten houdt. En dat bevalt me niet.'

'Hoe bedoel je?'

'Ik denk dat hij je volgt. Of laat volgen.'

Astrid dacht aan de auto die ze bij Alans huis had gehoord. Aan het gevoel dat iemand haar gadesloeg toen ze in zijn huis was. 'Laat volgen? Door wie?'

Per Erik aarzelde. 'Ik heb daar nog geen zekerheid over.'

'Ik wil het weten.'

'Bae is erbij betrokken.'

'En zij volgt mij?' Astrid kon zich daar niets bij voorstellen.

'Nee. Niet Bae zelf.'

Astrid wilde vragen wie het dan wel was, maar ze stokte. Nils? Onmogelijk. Hoewel... Ze uitte het vermoeden niet hardop. Misschien wilde ze niet horen of het klopte.

'Laten we eerst maar zorgen dat Alan terugkomt,' zei Per Erik toen. 'Dat heeft nu de hoogste prioriteit.'

'Ja. Dat is voor mij het enige wat telt,' zei Astrid. 'Maar hij zal het niet prettig vinden als zijn bewijsmateriaal naar Sigge gaat.'

'Nee. Waarschijnlijk niet. Maar ik ben bezig met het verzamelen van eigen bewijsmateriaal, dus misschien doet het er niet toe.'

'Nee. Misschien niet.'

'Bovendien is het de vraag of Alans bewijsmateriaal sterk genoeg is om in een rechtszaak overeind te blijven. Als dat niet het geval is, trekt hij aan het kortste eind en sluiten ze hem alsnog op. Dus misschien is het wel beter zo.'

'Misschien.'

'Maar ik hoop dat je die memorystick goed hebt verstopt?'

Astrid knikte.

'Je had hem gevonden met de gps, zei je. Betekent het dat de gps die ik laatst zag liggen, niet van jou was?'

'Nee. Ik had gewoon eerlijk moeten zijn, maar...' Ze maakte de zin niet af. Ze wist eigenlijk gewoon niet wat ze dan moest zeggen.

'Ik heb zelf tegen je gezegd dat je niemand moest vertrouwen,' zei Per Erik.

'Ja. Maar ik had... Nou ja.'

'Het is goed.'

Astrid schaamde zich evengoed een beetje, maar zei er niets meer over.

Ze dronken hun koffie terwijl ze naar de vlammen keken. Af en toe keek Per Erik om, alsof hij door een van de ramen naar buiten keek. Maar daarbuiten was niets dan duisternis.

Toen een auto voor de deur stopte, schrokken ze allebei.

'Verwacht je iemand?' vroeg Per Erik plots gespannen.

'Nee, ik... O, verhip. Nils.'

'Nils?'

'Hij zou de gps van Alan komen ophalen.'

'Waarom?'

Astrid staarde Per Erik aan. 'Ik vertelde over de gps, maar ik wist nog niet dat die naar de verstopplek van de memorystick zou leiden.'

'Maar misschien vermoedt hij dat?'

Nils kwam het huisje al binnen. Hij bleef in de deuropening staan en keek verbijsterd naar Per Erik. Zijn gezicht betrok. 'Bezoek, zie ik?'

'Ik had je moeten bellen, Nils. Sorry.'

Waarom verontschuldigde ze zich nu weer?

'Ik neem aan dat je belangrijkere dingen aan je hoofd had dan mij te bellen. Belangrijkere dingen dan de verdwijning van Alan,' sneerde hij.

'Lieve help, Nils, wat een rotopmerking,' viel Astrid uit.

'Ja.' Hij klemde zijn kaken op elkaar. De spieren in zijn gezicht trilden gespannen. Hij was kwaad.

'Het lijkt mij beter dat je gaat, Nils,' zei Astrid. Haar stem trilde.

'De gps?'

'Heb ik niet hier. Niet aan gedacht.'

'Niet aan gedacht of niet aan wíllen denken?'

'Wat bedoel je daar nu weer mee?' vroeg Astrid scherp.

Nils wierp een korte blik in de richting van Per Erik. Per Erik ontweek zijn blik niet. 'Ik doel op de scène die je vanmorgen bij Bae opvoerde. Ik neem aan dat je mij niet meer vertrouwt?'

Astrid gaf geen antwoord. Ze keek naar haar vingertoppen.

'Juist ja,' snauwde Nils. Hij draaide zich met een ruk om en liep weer naar de deur. Bij de deur draaide hij zich nog even om. 'Opmerkelijk dat je zo overtuigd bent van Sigges schuld en dan toch zijn vriendje vertrouwt.'

'Ik heb je al gezegd dat Per Erik...'

Nils liet haar niet uitpraten. Hij maakte een wegwerpgebaar met zijn hand. 'Gebruik liever je verstand, Astrid.' Na die woorden liep hij naar buiten.

Astrid hoorde de banden van de auto gieren toen hij veel te hard wegreed. Ze trilde een beetje; voelde zich ellendig. Waarom voelde ze zich nog steeds zo ellendig als Nils kwaad werd? Schuldig, zelfs?

'Hij kalmeert wel weer,' zei Per Erik, alsof hij haar gedachten kon lezen.

Ze keek hem aan. 'Ik weet het niet.' De vermoeidheid die haar al dagen plaagde, kwam opeens weer op, samen met een felle hoofdpijn. Ze zakte neer op haar bed.

Per Erik stond op en kwam naast haar zitten. Hij sloeg zijn arm om haar schouders. Het voelde vertrouwd en vreemd tegelijk. Waarom was alles zo gecompliceerd?

Ze zuchtte diep. Ze wilde huilen. Eindeloos lang huilen.

Haar lijf wilde niet meer. Haar benen waren gevuld met lood.

'Wil je dat ik vannacht bij je blijf?' vroeg Per Erik.

Astrid voelde een plots verlangen om niet alleen te zijn en schrok daar zelf van. Ze verstarde.

'Alleen bij je blijven,' maakte Per Erik duidelijk. 'Verder niets. Ik weet dat je daar niet aan toe bent, zolang Alan niet terecht is.'

'Nee. Doe maar niet,' zei Astrid toen. Juist het sterke verlangen dat in haar was opgeborreld, bracht haar tot dat besluit. 'Ik ben liever alleen.'

'Weet je dat zeker?'

'Ja.'

Hij streelde nog een keer haar arm, kuste haar wang en stond op. 'Wil je dat ik morgen kom? Dat ik met je naar Värnamo ga?'

Astrid schudde haar hoofd.

'Goed. Goed, zoals je wilt. Als je je bedenkt, kun je altijd bellen. Let ondertussen goed op jezelf.'

Ze knikte.

Hij kuste nog een keer haar voorhoofd, pakte zijn jas en liep haar huis uit.

Astrid bleef als een gewond vogeltje op het bed zitten. Alleen. Helemaal alleen,

Ze was er inderdaad een meester in om iedereen van zich af te stoten. Wat mankeerde haar eigenlijk?

Ze stond op, goot de twee halflege mokken leeg in de gootsteen, sloot de deuren van het huis goed en nam een likeurtje.

Nog een nacht volhouden, dacht ze. Nog een nacht.

HOOFDSTUK 18

Ben je thuis?
Astrid keek naar het sms'je van Luna. Het was elf uur en ze stond met het pak kattenvoer in haar handen, terwijl Miemel langs haar benen streek, ervan overtuigd dat het vrouwtje lekkere hapjes zou presenteren.
Sta op het punt om weg te gaan, schreef ze. Ze dacht even na. *Hier eten? Heb nieuws.* Ze overwoog hoeveel ze tegen Luna kon zeggen, maar besloot het hierbij te houden en drukte op verzenden.

Vanavond was Alan er weer. Ze kon het zich nauwelijks voorstellen. Ze probeerde zich erop te verheugen, maar slaagde daar eenvoudigweg niet in. Haar angst was te groot.

Hoewel ze nauwelijks had geslapen, was ze niet moe. Integendeel. Ze was hyperactief. Ze had het huis gepoetst, hout binnengehaald, in de tuin gewerkt... Ze was doorlopend bezig geweest. Niet op de ontspannen manier waarop ze normaal gesproken haar klusjes thuis deed, maar manisch.

Maar nu was het zover.

Om 12.06 uur pakte ze in Forsheda de bus naar Värnamo. Het duurde vierentwintig minuten om in Värnamo te komen. Dat betekende dat ze in Värnamo nog een halfuur had om naar Stigs in Flanaden te lopen. Tijd genoeg.

Het was pas kwart over elf en dat betekende dat ze te vroeg op het station in Forsheda zou zijn als ze nu de fiets pakte, maar dat deed er niet toe. Als ze daar maar eenmaal was...

Een fluitsignaal van haar telefoon maakte duidelijk dat er weer een berichtje binnenkwam.

Over Alan?

Ja. Tot dan. Moet gaan.

Ze stopte haar telefoon weg, viste de memorystick uit het pak kattenvoer, gooide ook nog maar wat brokken in het kattenbakje, liet de stick in haar jaszak glijden en liep naar buiten.

Het waaide vandaag een beetje, maar de zon piepte tussen de wolken door. Werd het eindelijk beter weer? Ging de zon weer schijnen? Op meer dan slechts één manier?

Ze pakte haar fiets en wilde opstappen.

De harde klap die volgde, zou ze zich later niet meer herinneren.

Maar de pijn in haar hoofd des te meer.

Astrid werd wakker. Haar hoofd was zo pijnlijk dat het leek te exploderen.

Ze had het koud. Zo koud.

Rillend opende ze haar ogen. Het was donker en het rook muf. Ze probeerde overeind te komen en werd overvallen door een golf van misselijkheid. Ze kokhalsde en kneep haar ogen samen. Waar kwam die hoofdpijn vandaan? Waar was ze in hemelsnaam?

Ze probeerde opnieuw overeind te krabbelen, dit keer voorzichtiger. Ze was nog steeds misselijk, maar ze kon het hanteren. Het gebonk in haar hoofd was erger.

Het duurde een paar minuten voordat ze in staat was om de omgeving in zich op te nemen. Toen ze besefte waar ze was, verbijsterde het haar dat ze dat niet meteen had gezien.

Ze was nota bene in haar eigen schuur. Ze lag dicht bij de plank waar ze haar plantenbakken en bloempotten opsloeg en naast haar lag een aardewerken bloempot in scherven.

Ze keek verbijsterd naar de houtmand, die vlak bij haar lag en waar stukken hout uit waren gerold. Ze herinnerde zich dat ze hout had gehaald, maar ze wist vrijwel zeker dat ze dat hout ook binnen had gelegd.

Hoe kwam ze dan in hemelsnaam hier terecht? Vergiste ze zich?

Nee. Nee, ze vergiste zich niet. Ze had opgeruimd, gepoetst, in de tuin gewerkt, hout gehaald en dat hout binnengebracht. Alles in afwachting van...

Haar lichaam verstijfde. Hoe laat was het?

Met trillende vingers haalde ze haar gsm uit haar zak. Het scherm was gebarsten en zwart. Ze probeerde hem aan te zetten, zonder enig resultaat. Hij was kapot.

Ze had geen idee hoe laat het was.

Ze moest naar Värnamo, naar Alan. Ze strompelde naar de deur en probeerde hem open te duwen. Zonder resultaat.

Wanhopig begon ze eraan te rammelen. De pijn in haar hoofd nam toe en de misselijkheid kreeg weer de overhand.

De deur gaf echter niet mee. De houten overslag was in de haak gevallen.

Ze was altijd bang dat iets dergelijks kon gebeuren als de deur onverwacht dichtsloeg en zette de overslag daarom altijd omlaag als ze de schuur in liep, opdat hij niet in de haak kon vallen als de deur dicht waaide.

Waarom had ze dat nu niet gedaan? Wat deed ze hier? Hoe laat was het eigenlijk?

Ze moest eruit. Ze moest de memorystick uit het pakvoer halen en...

Haar gedachten stopten. *Memorystick uit het pak halen.*

In een flits zag ze zichzelf precies dat doen. Had ze hem er al uit gehaald? Maar waarom was ze dan hierheen gelopen en wat was er gebeurd?

Haar hand gleed in haar zak. Niets.

Ze controleerde nog een keer, zocht alles na en keerde uiteindelijk haar zakken binnenstebuiten. Ze vond niets.

Ze duwde opnieuw tegen de deur. Hij gaf niet mee. Ramen waren er niet. Het kleine beetje licht dat naar binnen kwam drong via de openingen tussen de planken door, waar het hout was opgeslagen. De openingen moesten voor ventilatie zorgen zodat het hout droogde. Maar het waren niet meer dan lange, smalle spleetjes.

Ze voelde paniek opkomen. Ze moest naar Värnamo, naar Alan. Maar ze was opgesloten.

Nerveus begon ze te ijsberen. De hoofdpijn was nauwelijks te verdragen en ze probeerde voorzichtig haar hoofdhuid te masseren. Ze voelde de bult op haar hoofd en keek naar de bloempot. Was die op haar hoofd gevallen toen ze hout haalde?

Onlogisch. Ze liep niet eerst langs die plank om hout te pakken. En waarom zou ze hout halen? Ze had het immers eerder gehaald en binnengebracht. Ze wist het nu zeker.

Opnieuw zag ze hoe ze de memorystick uit het pak haalde en de kat eten gaf.

Ze had hem gepakt! Ze had op het punt gestaan naar buiten te lopen met die stick en naar Värnamo te gaan.

Was ze wel echt naar buiten gelopen? Ze herinnerde het zich niet.

Had iemand haar overvallen? De stick gestolen?

Ze controleerde opnieuw haar zakken, tegen beter weten in. Ze vond alleen haar vernielde telefoon.

Per Erik had haar willen helpen; hij had haar gewaarschuwd. Gezegd dat ze voorzichtig moest zijn. Waarom had ze toch alles alleen willen doen?

Als de memorystick weg was… Opnieuw zocht ze in haar zakken.

Niets.

Geen memorystick, geen Alan. Of zou hij toch opdagen?

Ze probeerde zich vast te klampen aan een laatste restje hoop, maar voelde zich te ellendig.

Ze liep weer naar de deur, rammelde eraan en bonkte erop totdat haar handen pijn deden. Ze schreeuwde om hulp en huilde.

Niemand kwam.

Haar hoofd deed zo veel pijn dat ze niet eens meer helder na kon denken, en toen ze uiteindelijk ook nog over moest geven, gaf ze de moed op. Ze voelde zich smerig en ellendig. En stom. Vooral stom.

Ze liet zich op een stuk hout zakken en begon te huilen. Harder en harder, met lange halen. Totdat het eenvoudigweg ophield en alleen een nijpende kou en misselijkheid achterbleven.

Een tijdlang bleef ze alleen nog maar zitten; apathisch en rillend. Ze wilde het opgeven.

Nee. Nee, ze mocht niet opgeven.

Ze klom over het hout naar de planken met de spleten. Ze stak haar vingers door een opening, plaatste ze aan de achterkant van de plank en begon eraan te trekken. Ze voelde hoe het hout in haar vingers sneed, maar de plank gaf niet mee. Ze probeerde op dezelfde wijze andere planken los te trekken. Het lukte niet. Ze had gereedschap nodig.

Ze zocht een hamer in haar gereedschapskoffertje en sloeg daarmee zo hard ze kon op de planken. Ze bogen, maar braken niet. Ze drukte het uiteinde van de kop van de hamer, waarmee ze normaal gesproken spijkers uit het hout trok, door een van de spleten heen en begon te trekken. Ze kreeg er geen beweging in. Ze probeerde het op meerdere plekken, maar nergens gaf het hout voldoende mee.

Uiteindelijk liet ze zich weer op de houtstapel zakken en begon opnieuw te huilen. Er was niets wat ze kon doen. Helemaal niets dan alleen wachten totdat er iemand kwam.

Vaag herinnerde ze zich dat er iemand zóú komen. Wie ook alweer?

Luna. Ze herinnerde zich de sms'jes. Als Luna kwam, zou ze opnieuw om hulp roepen. Maar als Luna kwam, was het te laat.

Of had ze nooit een kans gehad? Waren de hele ruil en Sigges bewering dat hij wist waar Alan was niet meer dan leugens geweest?

Sigge hield haar in de gaten. Per Erik had dat beweerd. Hij volgde haar niet zelf. Wie wel?

Nils?

Nee. Nils zou zoiets niet doen. Hoewel...

Nils was veranderd. Hij was veranderd in een overjarige puber die kwijlend achter Bae aan holde. Was Baes invloed zo groot dat ze hem dingen kon laten doen die niet bij hem hoorden? Die zo ver van hem af stonden dat ze bijna ondenkbaar waren? Of had ze hem wijsgemaakt dat hij Astrid in de gaten moest houden voor haar eigen bestwil?

Met die reden had ze hem misschien kunnen overhalen.

Maar dat zou dan betekenen dat haar veiligheid voor Nils van belang was. Kon dat werkelijk het geval zijn?

Er waren zo veel meningsverschillen geweest, zo veel ruzies...

Toch was het nooit werkelijk geëscaleerd. Toch had hij na de scheiding meer dan eens gevraagd hoe het met haar ging, geholpen met kleine klusjes...

Ze zuchtte.

Sigge had gelogen. Het deed er niet toe wie hij voor zijn karretje had gespannen. Hij had gelogen om die memorystick in handen te krijgen, en dat betekende dus dat Alan gelijk had.

Wist Sigge gewoon niet waar Alan was, of wist hij het wel en had hij een goede reden om dat te verzwijgen?

Astrid voelde paniek opkomen. Haar ademhaling versnelde en haar hart ging tekeer. Haar hoofd bonkte en de misselijkheid nam weer toe.

'Rustig blijven,' zei ze tegen zichzelf. 'Rustig blijven.'

Ze telde bij het in- en uitademen om de controle weer terug te krijgen. Niet meteen aan het ergste denken, hield ze zichzelf voor. Maar het was moeilijk om dat niet te doen. Zeker nu ze niets anders had dan haar gedachten.

HOOFDSTUK 19

Ze had geen idee hoe laat het was. Ze wist alleen dat de tijd eindeloos langzaam voorbijging en dat ze zich beroerd voelde. Ze had het ook koud. Verschrikkelijk koud.

Bewegen deed pijn; stilzitten ook.

Misschien kwam Luna niet eens. Als Luna niet kon komen, kon ze dat niet eens laten weten. Astrids telefoon werkte immers niet. Ze was onbereikbaar.

Als Luna haar niet vond, moest ze in dit hok de hele nacht doorbrengen. Ze zou hier niet doodvriezen en ze zou nog niet sterven van honger en dorst. Maar misschien wel van ellende.

Toen ze een auto hoorde, dacht ze eerst dat ze droomde. Ze was niet eens in staat om meteen op te staan en te luisteren. Ze zat wezenloos voor zich uit te kijken.

Een autodeur ging open en dicht. Nog steeds zat ze daar maar.

Sta op, riep een stem in haar. Sta op en roep om hulp.

Maar haar angst laaide op. Ze wist immers niet wiens auto het was.

Ik word gek, dacht ze. Hartstikke gek.

Ze stond toch op. Langzaam en moeizaam. Haar lijf protesteerde: haar benen leken van gelei, in haar rug verspreidde zich een brandende pijn, haar hoofd bonkte en de misselijkheid kwam weer in alle hevigheid opzetten.

Toch liep ze naar de deur, maar eenmaal daar bleef ze besluiteloos staan.

Een autodeur werd weer geopend.

Ging hij of zij weer weg?

Nieuwe paniek. Ze wilde niet meer alleen achterblijven. Alles was beter dan dat. Ze riep om hulp. Harder en harder, totdat ze schreeuwde.

De autodeur werd dichtgeslagen. Vertrok hij of zij weer? Ze schreeuwde opnieuw om hulp; verbruikte haar allerlaatste restje kracht.

Ze hoorde niets. Helemaal niets.

Ze bonkte op de deur, riep om hulp, huilde.

En opeens was er die klik. Het geluid van een grendel die omhoog werd geschoven. Ze deed een pas achteruit en bleef doodstil staan. Haar hart klopte in haar keel.

De deur schoof open en fel licht stroomde naar binnen.

Ze kneep haar ogen tot spleetjes en zag het silhouet van een man. Een man met een pet.

'Nils?'

'Verdorie, Astrid, wat is er met jou gebeurd?'

'Nils.' Ze wilde veel meer zeggen, maar begon te huilen.

Nils kwam naar haar toe, stak zijn arm onder haar armen door en ondersteunde haar toen ze naar buiten liepen. Hij begeleidde haar naar het huis, maakte de deur open en bracht haar naar binnen, waar hij haar op het bed liet plaatsnemen.

'Ik moet naar Värnamo,' mompelde Astrid.

Nils gaf geen antwoord. Hij pakte de plaid van het voeteneind en drapeerde hem om haar schouders. Hij maakte de haard aan en liep naar de keuken om water op te zetten.

Er was zo veel wat Astrid wilde zeggen en vragen, maar ze kreeg geen woord over haar lippen. Ze zat daar maar, ze rilde onophoudelijk en voelde zich ellendig. Eigenlijk wilde ze alleen maar huilen. Huilen en wegduiken onder de dekens om er nooit meer onder vandaan te komen.

Nils maakte thee voor hen allebei, overhandigde haar een mok en ging op de stoel schuin tegenover haar zitten. 'Wat is er gebeurd?'

Astrid huiverde. 'Ik geloof dat ik ben neergeslagen.'

Nils keek naar haar met die bedachtzame rimpel tussen zijn ogen. Dezelfde rimpel die ze bij Alan ook zo vaak had gezien. 'Met de bloempot?'

'Bloempot? Nee. Nee. Hoe laat is het?'

'Vier uur.'

'Ik had om één uur in Värnamo moeten zijn. Vanwege Alan. Misschien kunnen we er nog heen.' Ze zette de mok neer en wilde overeind komen. Haar hoofd protesteerde heftig en de misselijkheid kwam weer op.

Nils hield haar tegen. 'Hoezo vanwege Alan?'

Astrid haalde diep adem. 'Ik heb de memorystick gevonden.'

'Welke memorystick?'

'De memorystick die bewijst dat Alan gelijk had.'

'Waar is dat ding dan?'

'Gestolen. Ik had hem in mijn zak gedaan. Dat geloof ik tenminste. Ik denk dat ik daarna naar buiten ben gegaan en dat iemand mij heeft neergeslagen óm die stick te stelen.'

'Je weet niet meer wat er is gebeurd?'

'Niet precies, nee. Maar ik zou Sigge om één uur in Värnamo treffen. Hij zou Alan meebrengen.'

Nils keek haar verbijsterd aan. 'Alan meebrengen? Hoe?'

'Sigge zei dat hij wist waar Alan zich had verborgen. Min of meer dan. We zouden eerlijk ruilen: ik Alan, hij die stick.'

'En dat weet je zeker?'

Astrid keek Nils vragend aan. 'Hoezo "en dat weet je zeker"?'

'Er lag een kapotte bloempot op de grond en een omgevallen mand met hout. De grendel van de deur was in de haak gevallen. Weet je zeker dat je niet gewoon hout ging halen en die pot op je kop kreeg?'

'Ik had al hout gehaald. Je hebt het net gebruikt om de

haard aan te steken.'

'Je haalt vaak meer hout dan in de mand past. Dat deed je vroeger al.'

'Ik had al hout gehaald,' hield Astrid vol. Ze masseerde haar pijnlijke hoofd.

'En Sigge zei dat hij wist waar Alan was?'

'Niet met zoveel woorden. Maar daar kwam het wel op neer. En het feit dat hij die stick wilde hebben, zegt meer dan genoeg.'

'Tenzij hij gewoon wil weten wat erop staat.'

'Ik kan niet geloven dat je hem nog steeds verdedigt. Hij weet waar Alan is, Nils. En hij heeft er belang bij dat er niets openbaar wordt gemaakt. Niet wat op die stick staat en niet wat Alan te vertellen heeft. Wie zegt dat hij niet degene is die mij heeft neergeslagen? En wie weet wat hij met Alan heeft gedaan?'

'Wat stond er op die memorystick?'

'Dat weet ik niet.'

'Je hebt niet gekeken?'

'Jawel, maar er verschenen alleen een heleboel cijfers op mijn scherm. Ik begreep er niets van. Ik denk dat hij beveiligd is of zo.'

'Hoe kon je dan in hemelsnaam Sigge zover krijgen dat hij akkoord ging met die ruil?'

'Ik blufte.'

'Jij?' Nils keek haar verbijsterd aan.

'Ja, ik.'

'Juist.'

Astrid perste haar lippen op elkaar. Waarom maakte hij haar altijd zo kwaad? Omdat hij het zeldzame talent had ongelooflijke rotopmerkingen te maken, daarom.

'Waarom heb je gisteren niets gezegd?' vroeg Nils toen.

Astrid aarzelde.

'Heb je je laten opnaaien door die Per Erik?'

'Hoe bedoel je?'

'Ik doel op die spionagefantasieën van je. De reden waarom je gisterochtend een drama opvoerde bij Bae en gisteravond, toen ik blijkbaar zo ongelegen langskwam, niets over je afspraak met Sigge zei.'

'Bae ís bevriend met Sigge, en Sigge speelt een smerig spel. Wat verwacht je dan dat ik voor conclusies trek?'

'Sigge gaat mee in jouw spel, maar waarom hij dat doet is nog onduidelijk. Misschien wil hij alleen meer laster voorkomen.'

'Welja, hou hem maar de hand boven het hoofd.'

'Ik hou me aan feiten,' zei Nils. 'Alan is verdwenen nadat Sigge hem aanklaagde vanwege laster en inbraak. Wat dat laatste betreft heeft Alan het nodige bewijs tegen zich. Jij hebt een memorystick gevonden en Sigge voorgehouden dat het bewijs bevat dat Alans beschuldigingen ondersteunt. Sigge zal dat bewijs willen zien. Als wat je zegt waar is, heeft hij iedere reden om die stick in handen te willen krijgen. Maar als de inhoud van die stick uit leugens bestaat en zijn reputatie kan schaden, ook. Als er al bewijsmateriaal op staat. Dat weten we dus niet eens.'

'Ik ben neergeslagen. De stick is gestolen.'

'Je weet niet meer wat er is gebeurd. Je lag in de schuur met een mand hout en een kapot gevallen bloempot. De grendel was in de haak gevallen. Het is toch niet zo'n ondenkbaar scenario dat je hout ging halen en die pot op je kop kreeg, waardoor je het bewustzijn verloor en een stuk van je geheugen kwijtraakte? Niet ongewoon bij een hersenschudding. De deur kan gewoon dicht zijn gewaaid.'

'Ik zet de grendel altijd omlaag, zodat hij niet in de haak kan vallen als de deur onverhoopt dichtklapt.'

'Je loopt al dagen op je tandvlees. Je bent met je gedachten alleen bij Alan. Denk je dat vergissingen in jouw gemoedstoestand zijn uitgesloten?'

'Verdorie, Nils, waarom neem je het voor Sigge op? Waarom doe je alsof ik gek ben?' Ze was woedend.

'Ik neem het voor niemand op en ik doe niet of je gek bent. Ik benoem de feiten. Feiten die een ander ook zal gebruiken, als je dadelijk op Sigge af stormt of een aanklacht bij de politie indient.'

'Sigge zit achter Alans verdwijning,' hield Astrid vol.

'Absoluut. Het is alleen de vraag of het direct of indirect is. En misschien zou ik nog voor indirect gaan, als je fiets niet aan de achterkant van het huis had gestaan.'

Astrid keek hem nu vragend aan.

'Je zet daar nooit de fiets neer,' verklaarde Nils.

'Dus je gelooft me toch?' Ze keek hem verbijsterd aan.

'Ik sluit niets uit.'

'Maar waarom zeg je dan eerst...'

'Ik noem de feiten, en dat zal ieder ander ook doen. Het is maar beter dat je je daarvan bewust bent.'

'O.' Astrid zweeg een paar tellen. 'Misschien moeten we nog naar Värnamo.'

'Nee,' zei Nils. 'Jij gaat nergens heen. Bovendien wacht niemand drie uur lang.'

'Nee. Niemand,' gaf Astrid toe. 'Zeker geen mensen die liegen. Sigge was nooit van plan om te ruilen.' Opeens begon ze weer te huilen. Spontaan.

Nils speelde een tijd met zijn mok, zuchtte toen diep, ging naast haar zitten en sloeg zijn arm om haar heen.

Astrid legde haar hoofd tegen zijn schouder en huilde. Ze rook zijn vertrouwde geur.

'We vinden hem wel,' beloofde Nils.

Toen ze eindelijk kalmeerde, ging Nils weer op de stoel zitten. Hij liet een intense kou achter.

Astrid pakte haar mok op en warmde haar handen. 'Waarom kwam je eigenlijk hierheen?' vroeg ze toen. 'Je bent normaal gesproken rond deze tijd nog aan het werk.'

'Zo veel bak ik er op mijn werk ook niet van. Concentratieproblemen. Bovendien wist ik dat je iets in je schild voerde. Iets waar je niets over had gezegd. Het leek mij beter om te kijken in welk wespennest je jezelf stak.'

'Hoe wist je dat ik iets in mijn schild voerde?'

'Bij jou verwondert mij niets meer, maar buiten dat... Ik vrees dat ik gisteravond nogal nijdig was en dat Bae dat merkte, toen ze mij belde. Ik neem aan dat ze haar ongenoegen daarover tegenover Luna liet blijken, want die stond kort daarna op de stoep en wilde weten wat er was gebeurd. Waarom die meid zich opeens met onze zaken bemoeit, weet ik ook niet, maar goed. Ze stond dus op de stoep, nodigde zichzelf uit om binnen te komen, wilde alles weten en vertelde over jullie zoektocht, toen ik de gps had genoemd. Ze zei ook dat je blijkbaar iets had gevonden, omdat je dat ding gisteravond niet wilde geven. Ze beloofde dat ze vandaag met je zou praten. Om drie uur belde ze mij. Ze vertelde over jullie sms-contact en dat ze later verschillende keren had geprobeerd je te bellen, maar alleen de voicemail kreeg. Ze was ongerust. Ik zei tegen haar dat er waarschijnlijk niets aan de hand was, omdat je wel vaker je gsm vergat, maar het zat me toch niet lekker. Vandaar.'

Astrid knikte. 'Bedankt,' mompelde ze toen. Haar handen trilden nog steeds. 'Ik wil de politie bellen.'

Nils leek te aarzelen. 'Als je overtuigd bent van je eigen gelijk, kun je dat doen. Maar hou er rekening mee dat ze je niet geloven.'

'Je zei zelf al dat het niet logisch was waar mijn fiets stond.'

'Dat zal hen niets zeggen. Ze kennen je niet zo goed als ik.' Hij schraapte zijn keel en wendde zijn blik af.

'Toch wil ik het doen,' hield Astrid vol. Ze wilde opstaan, maar Nils was haar voor.

'Blijf in hemelsnaam zitten,' gromde hij. 'Dadelijk ga je weer tegen de vlakte.' Hij pakte de telefoon en reikte hem haar aan. 'Weet je het zeker?'

Ze knikte. 'Zou je ook nog het visitekaartje van die politieman, Sven Löf, uit de bovenste lade in de keuken kunnen pakken?'

Nils zuchtte, maar haalde wel het kaartje en gaf het aan Astrid.

Astrid toetste het nummer in en voelde hoe de spanning weer toenam, toen ze wachtte.

De lijn kraakte. 'Sven Löf.'

'Astrid Reynberg. Ik wil aangifte doen.' Ze vertelde kort wat er volgens haar was gebeurd en Sven luisterde geduldig.

'Goed,' besloot hij. 'We komen naar je toe. Over ongeveer een uurtje?'

'Dat is goed,' zei Astrid, en ze verbrak de verbinding. 'Ik denk dat ze me serieus nemen,' zei ze daarna tegen Nils. 'Ze komen hierheen.'

'Ze komen om je aangifte te kunnen opnemen. Het zegt niets over wat ze denken.'

'Waarom ben je altijd zo pessimistisch?' vroeg Astrid. Ze raakte weer geïrriteerd. Een uitwerking die Nils iets te vaak op haar had.

'Ik ben realistisch,' zei Nils.

Op dat moment naderde een scooter het huis. De motor werd voor de deur afgezet. Luna.

Nils liep alvast naar de deur en liet haar binnen.

'Je bent toch hierheen gegaan,' reageerde Luna wat verwonderd en opgelucht.

'Had ik een keuze?' gromde Nils.

Luna glimlachte naar hem en liep naar binnen. 'Ik heb je wel tien keer geprobeerd te bellen, maar...' Ze bleef in haar woorden steken en staarde naar Astrid. 'Wat is er in hemelsnaam met jou gebeurd?'

'Ga zitten, ik maak wel thee,' zei Nils. 'Lang verhaal.'

Luna deed haar jas uit en ging tegenover Astrid zitten. 'Je

ziet er verschrikkelijk uit.'

'Ik geloof niet dat dat helpt,' mompelde Astrid.

'Vertel.'

Astrid deed haar verhaal, zoals ze dat ook tegenover Nils had gedaan. Ondertussen maakte Nils thee voor Luna en kwam bij hen zitten. Nog voordat Luna over haar verbijstering heen was, deed ook hij zijn verhaal. Hij noemde nuchter de feiten, zoals hij dat ook eerder had gedaan, maar zei ook dat het opmerkelijk was – maar niet meer dan dat – dat de fiets achter het huis had gestaan.

'Misschien was ik dan wel weer weggegaan,' zei Luna. 'Als ik je vanavond zoals afgesproken had opgezocht, niemand had opengedaan en je fiets er niet had gestaan, had ik misschien gedacht dat er niemand thuis was. Dan had je daar vannacht nog gezeten.'

'Misschien wel,' meende Astrid. Ze huiverde.

'Me dunkt dat ze aardig tekeerging daarbinnen,' zei Nils. 'Ze heeft trouwens de politie gebeld.'

'Doe je aangifte?' vroeg Luna.

'Natuurlijk,' zei Astrid.

'Misschien geloven ze je verhaal niet. Je weet zelf niet meer precies wat er vlak voordat je bijkwam in de schuur gebeurd is. Je weet niet wie je zou hebben neergeslagen en je kunt niets bewijzen. Je weet niet eens wat er op die memorystick stond. Of er überhaupt wel wat op stond.'

'Nee. Maar dat wil niet zeggen dat ik het erbij moet laten. En ik denk dat de politie er net zo over denkt. Ze komen hierheen.'

Opnieuw stopte er een auto voor de deur.

'Is het hier soms open huis?' mompelde Nils. Hij stond op en liep naar het raam. 'Je vriendje is er.' Hij klemde zijn kaken gespannen op elkaar.

'Per Erik?'

'Nee, de Kerstman,' antwoordde Nils sarcastisch. Hij

dronk zijn thee op. 'Laat hem verder maar voor je zorgen. Schijnt hij goed in te zijn.' Nils greep zijn jas en liep naar de deur. Hij groette Per Erik niet toen hij hem binnenliet, maar liep meteen langs hem door naar buiten en reed veel te hard weg.

Luna zat nog op haar stoel en leek zich wat ongemakkelijk te voelen. Ze groette Per Erik zonder hem aan te kijken.

'Jij hier?' reageerde hij.

'Zoals je ziet.'

Per Erik ging er niet op in, maar wendde zich meteen tot Astrid. 'Ik probeer je al vanaf twee uur vanmiddag te bereiken. Ik was doodongerust.' Hij kwam dichterbij. Zijn ogen werden groter. 'Wat is er met jou gebeurd?'

'Ze heeft een bloempot op haar hoofd gekregen toen ze de schuur in liep,' antwoordde Luna voordat Astrid daartoe de kans kreeg. 'Daarop verloor ze haar bewustzijn. De deur sloeg dicht en ze kon er niet meer uit, totdat Nils haar daar vond.'

Astrid wilde protesteren; haar versie van het verhaal vertellen. Maar ze kon eenvoudigweg de energie niet meer opbrengen. Ze zou het later uitleggen.

'Nils heeft haar gevonden?' vroeg hij. Klonk er nu iets van wantrouwen in zijn stem?

'Ik heb hem hierheen gestuurd omdat ik Astrid niet kon bereiken,' zei Luna.

'O.'

Ja, meende Astrid, dit klonk als wantrouwen.

Per Erik wendde zich tot Astrid. 'Hersenschudding?'

Ze knikte.

'Je zat met een hersenschudding uren opgesloten in een schuur?'

Ze knikte opnieuw.

'Wat moet je je ellendig gevoeld hebben.'

'Nogal. En nog steeds,' verzuchtte ze.

'Misschien moeten we naar het ziekenhuis? Je even laten nakijken?'

Astrid schudde haar hoofd. 'Geen ziekenhuis. Niet nodig.'

'Kan ik dan iets voor je doen? Thee zetten? Koffie maken?'

'Nils heeft al thee gezet,' zei Luna. Ze klonk nogal scherp. Astrid kreeg niet de indruk dat Luna hem mocht.

'Ik heb het niet gered om vanmiddag in Värnamo te zijn,' zei Astrid. 'Als Alan daar was…'

'Als Alan daar was, duikt hij heus nog wel op,' meende Per Erik.

'Dat weet je niet.'

'Ik weet niet wat zich vanmiddag heeft afgespeeld,' gaf hij toe. 'Helaas niet. Maar ik weet wel meer over Sigge.'

'Wat dan?'

'Ik ben erachter gekomen dat het bedrijf dat het bedrijfsafval van Chemtek opruimt, slechts een deel van het afval verwerkte. Zo raakte ik ervan overtuigd dat er toch iets in Alans verhaal zat. Misschien hoopte ik dat ook gewoon. Maar mijn vriend – die met de computerkennis – ontdekte dat Sigge een tweede bedrijf heeft ingehuurd voor de afvalverwerking, omdat het eerste bedrijf niet de hoeveelheid kan verwerken die Sigge produceert en omdat er milieutechnische vraagtekens bij de verwerking zijn. Ik weet nu ook dat de grondproeven van Kalle Almgren, Tobias Bergström en Ingemar Hjälte zijn genomen omdat ze momenteel vanuit de gemeente bezig zijn met het controleren van de privérioleringen. Een groot deel daarvan zou sterk verouderd zijn. Er ontstond bij de controle een vermoeden van grondvervuiling. Dat had te maken met onder andere oude olietanks en een bedrijf dat ooit in die buurt was gevestigd. Bengt Sandberg, van de gemeente, kan daar meer over vertellen.'

'Dus je hebt niets over Alan gevonden?'

'Helaas niet.'

Astrid wilde opnieuw huilen. Nog een teleurstelling. En

dat terwijl ze zich al zo ellendig voeldc.

'Maar je zei dat iemand mij in de gaten hield?' herinnerde ze zich toen.

'Eh, ja. Daar hebben we het later wel over.' Hij wierp Luna een korte blik toe.

'Begrepen,' zei Luna. Ze stond met een ruk op. 'Ben al weg. Politie komt toch zo.'

'Politie?' vroeg Per Erik verbaasd. 'Ik dacht dat je alleen die bloempot op je hoofd had gekregen.'

'Lang verhaal.'

Per Erik keek haar vragend aan, maar Astrid gaf geen uitleg.

Luna groette alleen haar en liep naar buiten. Astrid hoorde hoe het meisje haar scooter startte en wegreed.

Per Erik en Astrid bleven alleen achter.

'Politie?' vroeg hij opnieuw.

'Ik ben de memorystick kwijt.'

'Verdorie. Ik had eigenlijk nog gehoopt dat daar informatie op stond. Hoe ben je hem kwijtgeraakt?'

Astrid wilde het volledige verhaal doen; haar versie geven. Maar ze bedacht zich en haalde slechts haar schouders op. 'Wat wilde je zeggen? We hadden het over die achtervolging...'

'Nils.'

'Wat is er met hem?'

'Hij is degene die je heeft gevolgd.'

'Waarom zou hij dat doen?'

'Dat weet ik niet. Hij werd woedend toen hij mij bij jou aantrof. Jaloezie? Mannen doen meer vreemde dingen in een dergelijke situatie.'

'Nils is zelf vertrokken. Vanwege Bae.'

'Dat zegt niet altijd alles.'

Astrid schudde haar hoofd. Een beweging die pijn deed, ontdekte ze. 'Nils is daar te nuchter voor.'

'Er zijn mensen die hem hebben gezien.'

'Nee. Nee, dat kan ik me van Nils niet voorstellen.'

Per Erik wilde nog iets zeggen, maar opnieuw stopte er een auto voor de deur.

Astrid keek op de klok. 'Politie, denk ik.'

'Ik doe wel open,' bood Per Erik aan. 'Blijf jij maar zitten. Dat lijkt me beter. Je ziet er niet zo goed uit.'

Hij stond op en opende de deur. Sven en Hasse kwamen naar binnen. Ze groetten hen beleefd en Sven wierp Per Erik een korte blik toe. 'Familie?' vroeg hij hem.

'Nee. Vriend.'

'Partner?'

Per Erik aarzelde even. Hij kleurde zowaar een beetje. 'Nee.'

'Dan willen wij Astrid graag persoonlijk spreken,' zei Sven.

Per Erik leek er iets tegen in te willen brengen, maar bedacht zich na een veelzeggende blik van Sven en keek naar Astrid. 'Wil je dat ik over een uurtje terugkom?'

'Nee. Ik ben doodop. Ik heb rust nodig.'

'Goed. Zoals je wilt. Ik kom morgen weer langs.' Hij pakte zijn jas en liep met zwierige passen de deur uit.

'Nieuwe liefde?' vroeg Sven. Zijn mond vormde zowaar bijna een lach.

Astrid gaf maar geen antwoord.

De politiemannen kwamen bij haar zitten. 'Vertel eens precies wat er is gebeurd,' zei Hasse. 'De uitgebreide versie.'

Hij had een gemoedelijke manier van doen, die Astrid enigszins geruststelde. Ze vertelde haar eigen beleving van het verhaal.

Omdat de twee politiemannen haar niet onderbraken en ijverig notities maakten, dacht ze heel even dat ze haar geloofden; dat ze niet met dezelfde 'nuchtere feiten' zouden komen als Nils.

Maar ze had zich in hen vergist. 'Je weet niet meer wat er

gebeurde tussen het uit het kattenvoerpak halen van de memorystick en het wakker worden in de schuur. Hoe weet je dan zeker dat je niet toch nog eerst wat hout bent gaan halen?' vroeg Sven.

'Ik had al hout gehaald en ik moest naar Forsheda toe, om de bus te halen. Het is onlogisch. Net zo onlogisch als dat mijn fiets aan de achterkant van het huis stond. Die zet ik daar namelijk nooit neer.'

'Je hebt een chaotische week achter de rug. Je bent ongetwijfeld met je hoofd doorlopend bij je verdwenen zoon en ik wed dat je nauwelijks hebt geslapen,' zei Sven.

Astrid keek hem wanhopig aan.

'Onlogisch handelen is in een dergelijke situatie niet verwonderlijk,' lichtte hij toe, alsof ze daarom gevraagd had.

'Nee, dat zal wel niet.' Astrid schudde haar hoofd, waarbij een nieuwe pijnscheut door haar schedel trok. Ze kreunde.

'Je moet naar de dokter,' vond Hasse.

Astrid gaf daar geen reactie op. 'Waarom trekken jullie Sigge niet na? Hij ging tenslotte akkoord met die ruil, en daar kan hij weleens een goede reden voor hebben gehad. En wie zegt dat die memorystick niet zo belangrijk voor hem is dat hij hierachter zit?'

Sven trok zijn wenkbrauwen op. 'Zo belangrijk dat hij je erom neerslaat?'

'We hebben met Sigge gesproken,' zei Hasse. 'Meteen na je telefoontje.'

'Hij had vast een fraai verhaal,' zei Astrid.

'Hij bevestigde dat hij die afspraak in Värnamo met je had en zelfs dat hij de illusie had gewekt te weten waar Alan zat. Dat laatste speet hem. Hij besefte dat hij dat nooit had mogen doen, gezien je ongerustheid over je zoon. Pettersson voelde zich hier ellendig over, maar hij had zich erg opgewonden over het feit dat je zomaar op zondag kwam binnenvallen en de nodige beschuldigingen en dreigementen uitte, terwijl hij nergens van wist.'

'O, dient hij nu een aanklacht tegen mij in?' vroeg Astrid spottend.

'Nee, zoals ik al zei: het speet hem dat hij reageerde zoals hij deed.'

'Waarom wilde hij die memorystick dan zo graag hebben?'

'Omdat hij wilde weten wat erop stond, voordat er meer leugens over hem de wereld in werden gezonden. En hij zei ook dat hij jou ervan wilde overtuigen dat het verhaal van Alan niet klopte.'

'Door te liegen?'

'Hij was om één uur bij Stigs, samen met een IT'er die voor zijn bedrijf werkt. Ze hadden de laptop bij zich. Het was zijn bedoeling om de memorystick in jouw bijzijn in te pluggen en de gegevens die erop stonden te bekijken en uitleg te geven, zodat je eindelijk begreep dat de beschuldigingen onterecht waren en dat Alan gewoon was ondergedoken.'

'Zei hij dat?'

'We hebben het uiteraard nagetrokken en Sigge was inderdaad met zijn werknemer om één uur op de afgesproken locatie. Ze hebben daar tot twee uur gewacht en zijn toen vertrokken.'

Astrid staarde Hasse aan. Ze probeerde na te denken, maar haar hoofd werkte niet mee.

'Het lijkt erop dat je gewoon naar de houtopslag bent gegaan, die pot op je hoofd hebt gekregen en daardoor knock-out bent gegaan, waarna helaas de deur dicht is gevallen,' zei Hasse.

'En Alan?'

'Ondergedoken, zoals vanaf het begin werd gedacht.'

'En de memorystick?'

'Hij kan in het houtschuurtje uit je jas zijn gevallen of je bent hem gewoon ergens verloren.'

'Waarom zeg je niet meteen dat ik gek ben.' Astrid sloot

een tel haar ogen. Misschien werd ze wel echt gek.

'Omdat ik dat niet denk,' zei Sven. 'Maar ik denk wel dat de afgelopen week te veel voor je was.'

Astrid zuchtte diep.

'We brengen je nu naar de eerste hulp,' zei Sven toen.

'Ik hoef niet naar...'

Hasse liet haar niet uitspreken. 'Er moet naar je hoofdletsel worden gekeken. Je ziet er beroerd uit en de klap is mogelijk harder aangekomen dan je denkt. Bovendien heb je een zware week achter de rug, en ook dat eist nu zijn tol. In geen geval laten we je hier alleen achter. Straks gebeuren er nog meer ongelukken.'

Astrid zuchtte diep. 'Goed dan,' mompelde ze. Diep vanbinnen zag ze tegen een nieuwe eenzame nacht op. Misschien was een nacht in het ziekenhuis niet verkeerd.

Ze verwachtte niet dat het opstaan haar goed zou bekomen, maar ze was er nog slechter aan toe dan ze al dacht. Sven en Hasse moesten haar begeleiden op weg naar buiten. Ze liet zich gewillig in de politieauto helpen en naar het ziekenhuis brengen.

Het lange wachten op de trauma-afdeling maakte niet uit. Ze kreeg een bed aangeboden en werd in ieder geval goed verzorgd. Bovendien was ze nu niet meer alleen.

Dat ze uiteindelijk een hersenschudding bleek te hebben, verbaasde niemand. Maar het was voor de arts wel een reden om haar een nacht in de kliniek te laten doorbrengen, zodat ze in de gaten kon worden gehouden.

Voor één keer liet ze zich een slaaptablet aanpraten en ze sliep daadwerkelijk een hele nacht.

HOOFDSTUK 20

Astrid kleedde zich langzaam aan. Voor het eerst sinds een week had ze meerdere uren achter elkaar geslapen, maar ze voelde zich nog lang niet uitgerust. Haar misselijkheid was nog niet verdwenen, haar benen deden nog steeds pijn en die vervelende, zeurende hoofdpijn wilde ook maar niet overgaan.

Ze had nog geen idee hoe ze thuis moest komen, maar wellicht kon ze beter eerst zien dat ze overeind kwam.

De arts had haar goed genoeg bevonden om naar huis te gaan, maar ze wist niet eens zeker of ze daar blij mee was. Ze probeerde net haar laarzen aan te trekken zonder te bukken, toen Luna binnenkwam.

Astrid keek haar verbaasd aan.

'Ik kom je ophalen,' zei Luna.

'Met de scooter?'

Luna glimlachte. 'Nee, natuurlijk niet. Daar zou je waarschijnlijk af vallen. Ik heb de auto van mijn moeder geleend.'

'Heb je dan een rijbewijs?'

'Nee, ik doe maar wat.' Luna zuchtte. 'Natuurlijk heb ik een rijbewijs. Alleen geen auto. Student, weet je nog? Dan kun je geen auto betalen.'

'Natuurlijk. Sorry. Hoe wist je dat ik vandaag naar huis mocht?'

'Gebeld.'

'Maar je wist niet eens dat de politie mij gisteravond hierheen heeft gebracht.'

'O jawel. Ik heb namelijk nog met Sven gesproken.'

Astrid keek Luna verbijsterd aan. 'Hoe...'

'Ik trof hem bij Sigges huis.'

'Hij en Hasse waren bij Sigge na mijn telefoontje, maar dat was voordat ze naar mij toe kwamen,' zei Astrid. 'Toen wist niemand – zelfs ik niet – dat ik naar het ziekenhuis zou gaan.'

'Sven was later nog bij Sigge. Alleen.'

'Hij was daar op bezoek?'

'Nee, zo zou ik het niet willen noemen.' Ze glimlachte weer. 'Hij hield hem in de gaten. Niet officieel, denk ik. Maar hij was er evengoed.'

Astrid kneep haar ogen samen toen ze naar Luna keek. 'Hoe weet je dat?'

'Omdat ik daar ook was,' zei Luna.

'Kende je Sven dan?'

'Nee. Hij sprak mij aan; vroeg wat ik daar deed. Ik vrees dat ik in eerste instantie nogal bot reageerde, maar hij is zelf nog botter, dus uiteindelijk begrepen we elkaar wel.'

'Ik begrijp niet wat hij daar deed.'

'Sigge in de gaten houden, natuurlijk. Zoals ik al zei.'

'Maar hij geloofde Sigges verhaal,' zei Astrid. 'Hij dacht dat ik niet goed snik was of zo.'

'Officieel zal hij Sigge wel hebben geloofd, maar hij stond daar niet voor de lol. Ik geloof dat Sven iemand is in wie je je niet moet vergissen.'

'Blijkbaar,' zei Astrid. Opnieuw ontstond er die inmiddels zo bekende chaos in haar hoofd. Ze had deze ochtend geprobeerd om in haar hoofd te prenten dat ze alles verkeerd had gezien, en nu stond alles alweer op zijn kop. 'Wat deed jij daar?' vroeg ze toen.

'Hetzelfde als Sven.'

'Heb je iets gezien bij Sigge?' vroeg Astrid.

'Nee. Ik zou graag vertellen dat Per Erik naar Sigge kwam, maar dat gebeurde niet.'

'Waarom?'

'Ik heb die vent nu een paar keer ontmoet, en ik kan je verzekeren dat er meer achter zijn interesse in jou zit. Per Erik is Sigges rechterhand.'

'Ze hadden ruzie. Sigge heeft hem ontslagen.'

'Geloof je dat nou echt?' vroeg Luna. 'Alsjeblieft, zeg. Je weet zelf ook wel beter. Per Erik is het type gladde jongen. Hij woont in een van de duurste appartementen in Värnamo en de vrouwen in wie hij interesse heeft, zijn modepoppetjes, gebrand op geld. Jij bent niet zijn type en dat weet je best. Maar het is makkelijk voor hem om je in te palmen als hij je laat geloven dat jullie een kamp vormen tegen Sigge, als je verder weinig medestanders hebt. En ja, dan snap ik ook wel dat iemand als Per Erik heel charmant kan zijn.'

Astrid kleurde.

'We gaan,' zei Luna terwijl ze Astrid overeind hielp.

Astrid voelde zich honderd jaar oud toen Luna haar ondersteunde op weg naar buiten. Toch liet ze zich helpen. De energie die ze normaal gesproken in overvloed had, had haar volledig in de steek gelaten.

Luna hielp haar zelfs in de Volkswagen van haar moeder.

'Weet je moeder dat je haar auto gebruikt om mij op te halen?'

'Ja,' zei Luna. 'Ik lieg niet.'

'En ze vond het niet vervelend?'

'Natuurlijk. Maar daar komt ze wel weer overheen.' Luna startte de auto en reed weg bij het ziekenhuis.

'Per Erik dacht dat Nils mij volgde,' zei Astrid toen. Ze keek niet naar Luna, maar door het raam naar buiten, naar de voorbij glijdende huizen.

'Ik kan me goed voorstellen dat hij wilde dat jij dat zou geloven. Nils stond in de weg.'

'Hoezo?'

Luna trapte de rem zo bruusk in dat Astrid alleen dankzij de gordel in de stoel bleef zitten. Ze draaide zich naar Astrid om. 'Ben je blind of zo?' vroeg ze.

'Wat bedoel je?'

'Nils is geen stalker. Maar hij geeft nog om jou. En jij om hem. Daarom stond hij in de weg. Hij maakte het voor Per Erik onmogelijk om je helemaal in te palmen.'

'Doe niet zo raar,' zei Astrid. 'Nils is gek op je moeder.'

'Nils raakte bevangen door een idiote verliefdheid op zijn jeugdliefde, omdat hij niet goed in zijn vel zat. Vanwege zijn leeftijd, neem ik aan. Mannen doen wel idiotere dingen als ze op middelbare leeftijd komen.'

'Die idiote verliefdheid is op een relatie uitgelopen,' meende Astrid.

'Die idiote verliefdheid is nergens op uitgelopen. Ja, ze komen nog geregeld bij elkaar en ja, ze ondernemen krampachtige pogingen om naar elkaar toe te groeien. Nils omdat zijn ego op het spel staat en omdat hij waarschijnlijk niet alleen kan zijn, en mijn moeder omdat ze met zekerheid niet alleen kan zijn en een man nodig heeft die voor haar zorgt. Een man met ambitie. Dat Nils voor zichzelf werkt, was in eerste instantie een pre. Maar het valt haar nogal tegen dat hij weinig animo aan de dag legt om zijn bedrijfje te laten groeien.'

'Maar hij was zondagmorgen nog bij haar.'

'Een laatste krampachtige poging om er toch nog iets van te maken, nu hij Per Erik bij jou had aangetroffen. Zijn ego is en blijft een teer punt.'

Astrid viel stil.

'En jij geeft ook nog om hem,' zei Luna toen. 'Dat hele gedoe met Per Erik stelt niets voor. Dat weet je zelf net zo goed. Je bent gevleid door zijn aandacht, maar je bent niet verliefd.'

Astrid kreeg het opeens erg warm.

'Jullie zijn alleen zo verdraaid eigenwijs,' ging Luna verder. 'Nils is wat lomp in de omgang. Altijd al geweest, denk ik zo. Maar jouw tenen zijn waarschijnlijk wat langer geworden, waardoor hij er gemakkelijker op kan staan.'

'Hij heeft me verlaten voor een ander. Wat verwacht je dan, dat ik hem vrolijk zijn gang laat gaan?' verdedigde Astrid zich.

'Was het dan perfect tussen jullie toen hij wegging?'

Astrid dacht aan de meningsverschillen; aan het feit dat ze steeds meer op een oud, verzadigd, kibbelend echtpaar waren gaan lijken. Ze zweeg.

'Dat dacht ik al,' zei Luna. Ze zette de auto weer in beweging en reed naar de rubberfabriek.

'Ik dacht dat we naar huis gingen,' zei Astrid onzeker. Ze had absoluut geen zin om Nils nu onder ogen te komen.

'Verkeerd gedacht,' zei Luna. 'We gaan Nils ophalen.'

'Als dit soms een poging is om ons samen te krijgen, heb je dat knap slecht getimed,' bracht Astrid ertegen in.

'Geen zorgen. Dat wespennest vermijd ik liever.'

'Dus?'

'Ik leg het straks uit.' Luna reed de parkeerplaats van de oude fabriek op en parkeerde haar auto dicht bij de ingang. 'Wacht hier,' zei ze tegen Astrid.

'Ik was niet van plan ergens heen te gaan,' mompelde Astrid.

'Je weet maar nooit.' Luna stapte uit en liep de oude fabriek in.

Astrid bleef alleen in de auto achter. Was het echt waar wat Luna zei? Gaf zij nog om Nils en hij om haar? Het was niet zo moeilijk te beseffen dat ze zich juist om die reden zo snel gekwetst voelde door Nils; dat ze daardoor zo snel boos op hem was. Maar ze kon zich nauwelijks voorstellen dat hij nog om haar gaf. Hoewel... Ze herinnerde zich maar al te goed zijn woede toen Per Erik bij haar was. En was hij niet toch bezorgd om haar geweest?

O, lieve help, liet ze zich nu weer door Luna manipuleren? Het was over en uit tussen haar en Nils. Al een halfjaar. Hoog tijd dat het goed tot haar doordrong.

Ze vestigde haar blik op de deur van de fabriek, maar het duurde een eeuwigheid voordat Luna eindelijk met Nils naar buiten kwam.

Toen ze bij de auto kwamen, keek Nils verbaasd naar Astrid en daarna naar Luna. 'Je zei niet...'

'Stel je niet aan en stap in,' onderbrak Luna hem.

Nils trok even zijn neus op en stapte in. Hij groette Astrid nauwelijks. 'Wat is er nu zo belangrijk?' wilde hij weten. 'Waar gaan we heen? Als dit weer een idee van Astrid is...'

'Welja, doe maar of ik gek ben,' kaatste Astrid terug.

'Hou hier nou eens mee op,' reageerde Luna geïrriteerd. 'Jullie lijken wel een stel vervelende kinderen. En dan zeggen ze iets over de jeugd van tegenwoordig. We gaan naar een oude zagerij, ergens tussen Reftele, Ås en Kollerstad.'

'Een oude zagerij? Wat gaan we daar dan doen?' wilde Nils weten. 'Ik neem aan dat het geen toeristisch uitje wordt?'

'Nee, niet echt. Ik heb de hele nacht met mijn moeder gepraat,' zei Luna. 'Over Sigge.' Ze keek haar beide passagiers even aan voordat ze kalm vervolgde: 'Dat ze na de dood van mijn vader met hem bevriend is gebleven, is geen geheim. Net zomin als dat ze een paar keer met hem op stap is geweest. Dat weet iedereen, behalve dan misschien Madeleine. Sigge was er voor mam toen mijn vader overleed en ik denk dat ze op dat moment wel vatbaar was voor zijn charmes. Ze had wat tijd nodig voordat ze daar echt doorheen kon prikken. Ze had hem nog niet helemaal losgelaten toen ze met jou afspraakjes maakte, Nils. Mijn moeder houdt van zekerheid.'

'Dus?' drong Nils aan.

'Ze haakte vrij plotseling af,' zei Luna. 'En dat had niet met jou te maken. Zoals ik al zei; mama houdt van zekerheid. Sigge heeft macht, aanzien en geld. Dingen die mijn moeder zeer waardeert. Maar hij heeft ook connecties waar ze minder gelukkig mee was. Ze heeft lang gedacht dat ze zich daar wel overheen kon zetten, maar uiteindelijk lukte het haar niet om haar ogen ervoor te sluiten. Een erfenis van mijn vader, denk ik. Hij heeft voor zijn dood uitlatingen over Sigge gedaan die haar niet loslieten. Hij werkte zelf vaak voor Sigge, maar ik geloof niet dat hij hem echt mocht. Hun contact was meer zakelijk dan vriendschappelijk.'

'Wat heeft je vader dan gezegd over Sigge?' vroeg Nils.

'Eigenlijk niet zozeer over Sigge zelf, maar vooral over bepaalde mensen met wie hij zakendeed. Mensen als Isak Larik.'

'Isak Larik?' vroeg Astrid. 'Is dat niet de vent die laatst in opspraak raakte in verband met oplichtingspraktijken?'

'Hij is wel vaker in opspraak geweest. Maar de bewijzen ontbraken altijd. Isak heeft invloedrijke contacten, zoals Sigge. Dat helpt, als je in het nauw zit.'

'Wil je daarmee zeggen dat Sigge hem hielp?'

'Ze zijn geen vrienden, Sigge en Isak, maar ze hebben wel contact met elkaar. Zakelijk contact. De advocaat van Isak in die oplichtingszaak is ook de advocaat en bovendien een goede vriend van Sigge.'

'Wat heeft dat met het hele gedoe rondom Sigge en Alan te maken?' wilde Nils weten.

'Misschien helemaal niets,' zei Luna. 'Maar stel dat Sigge werkelijk Alan uit de weg wilde hebben... Het ligt voor de hand dat hij dat niet zelf doet. Sigge maakt zijn handen niet vuil. Hij neemt dat risico niet. Maar er zijn mensen die dat wel doen. Mensen als Isak, die hem iets verschuldigd zijn.'

'Je denkt dat Isak erbij betrokken is?' Astrid wist niet wat ze hoorde. Dit was geen kleintje; alleen al de naam Isak Larik zorgde voor kippenvel over haar hele lijf. Meer nog dan Sigge Pettersson, die kennelijk omzichtiger te werk ging, maar net zo goed betrokken was bij zaken die het daglicht niet konden verdragen.

'Ik sluit het niet uit,' zei Luna.

'En jij wilt naar die Isak toe?' vroeg Nils. 'Denk je dat hij iets loslaat, zelfs als hij er meer van weet? Hij lacht ons uit.'

'We gaan niet naar hem toe. Maar Isak Larik heeft vlak na die oplichtingsaffaire in grond geïnvesteerd. De overdracht stond destijds in de krant. Ik geloof dat dat een van de redenen was waarom mijn moeder haar handen van Sigge aftrok. Ze vermoedde dat niet alleen hij, maar ook Sigge erbij betrokken was. Er is wat gedoe geweest omtrent die investering in verband met een oude zagerij die daar stond en onder Monumentenzorg viel. Hij beloofde dat hij de zagerij zou opknappen en openstellen. De aannemer die hij daarvoor heeft aangenomen is dezelfde die het vakantiepark bij Liljenäs moet bouwen, maar er is volgens mij nog maar bar weinig gebeurd. Misschien is daar een reden voor. De zagerij ligt afgelegen; midden in de bossen. Zolang daar nog niet aan wordt gewerkt, komen er geen mensen.'

'Wat wil je daarmee zeggen?' vroeg Astrid. Spanning verzamelde zich in haar lijf. Er flakkerde ook iets van hoop op. Niet doen, dacht ze. Niet doen. Ze geloofde niet dat ze een nieuwe teleurstelling kon verdragen.

'Waar zou je iemand laten die voorlopig van het toneel moet verdwijnen?' vroeg Luna.

'Iemand als Alan?' reageerde Astrid.

'Het is een gok. Absoluut niet meer dan alleen een gok. Maar ik geloof niet dat Alan zou weggaan zonder een spoor achter te laten voor jullie of voor mij, en bovendien Willy aan zijn lot zou overlaten, alleen vanwege een beschuldiging. Het klopt dat hij zich in kringen beweegt waarin sommige mensen te ver gaan, maar Alan is zo gemakkelijk niet te manipuleren. Hij weet wat hij doet. En hoe meer ik erover nadenk, hoe meer ik ervan overtuigd raak dat Sigge ermee te maken heeft. Alan weet te veel. Na gisteravond weet ik dat zeker.'

'Je gelooft mij?' vroeg Astrid, toch verwonderd.

'De stick moest ergens zijn gebleven, en Nils kent je beter dan je denkt. Hij wist ook dat er iets niet in de haak was. Hij kent je beter dan wie ook.'

Astrid gaf daar maar geen reactie op en ook Nils hield zijn mond. Wel zei Astrid: 'Maar je vertrouwde Per Erik niet en nam daarom het woord voordat ik mijn verdenkingen kon uitspreken.'

'Ik hoopte dat je hem niet wijzer zou maken. Ik had me toen al voorgenomen om met mijn moeder te praten en wist dat het niet gemakkelijk zou gaan. Ze is zo gesloten als het om zulke dingen gaat. Maar ik heb haar niet losgelaten. Ik denk alleen dat ze mij voorlopig niet meer aankijkt.'

'En je denkt echt dat Alan in die zagerij is?'

'Een gok, zoals ik al zei.' Luna reed een slingerende, slechts ten dele verharde weg op en had haar aandacht bij de weg nodig. Er leek geen einde aan te komen.

Astrid voelde de spanning toenemen. Die was sterker dan haar hoofdpijn en misselijkheid. Ze zag dat Nils strak naar buiten keek. Ze zag de spanning bij zijn kaken.

Een gok. Niet meer dan een gok. De kans was klein. Minimaal. Het was te vergezocht. Redenering na redenering passeerde Astrids brein. Maar ze kon niet voorkomen dat de hoop sterker werd, hoe hard ze ook probeerde die te weren, bang om weer een teleurstelling te moeten verwerken.

Nils zei helemaal niets. Hij was gespannen. Astrid wist het zelfs zonder zijn gezicht te zien. Het was alsof ze het voelde. Ze kende hem werkelijk te goed.

Ze reden door een van de vele bochten en opeens zag ze het; een langgerekt oud gebouw van verweerd hout en zilver glanzende platen. Het falurood op de planken had zijn beste tijd gehad en de onderkant van het gebouw was grijs. Mos had reeds grip op de oude planken en het was een kwestie van tijd totdat het verder omhoog kroop en de zagerij beetje bij beetje zou bedekken. Het gebouw was op oude zwerfkeien gebouwd en in de diepte lag het versleten turbinehuis, waar via een ondergrondse pijp het water werd opgevangen van het meer aan de andere kant van de landweg. Maar bovenal zag Astrid de scheve grijze deur aan de voorkant van het gebouw. Ongetwijfeld leidde de deur naar een ruimte waar de werkmannen vroeger hun pauzes doorbrachten. Een ruimte die voor veel doeleinden geschikt was.

Ze stapten uit, maar bleven een moment staan. Angst voor een nieuwe teleurstelling? Ongeloof?

Luna kwam als eerste in beweging. Ze liep naar het gebouw toe, behoedzaam, een beetje onzeker misschien. Astrid en Nils volgden haar. Astrid wilde Alans naam roepen, maar ze deed het niet.

Het leek absurd.

Luna liep regelrecht naar de deur.

Nils keek even om naar Astrid. 'Gaat het?'

Ze knikte. Ze verzweeg haar hoofdpijn en misselijkheid. Het deed er niet toe.

Luna legde haar hand op de deurklink van de gesloten ruimte. Ze aarzelde en keek om naar Nils en Astrid. Ze was bang, zag Astrid. Luna vocht met dezelfde angst als zij en

Nils; de angst voor teleurstelling en nog meer onzekerheid.

Het meisje drukte de klink omlaag en trok.

De deur gaf niet mee.

Ze probeerde het nog een keer en nog een keer; rammelde met de deur zonder dat iets gebeurde. Haar hand gleed van de deurklink af, terwijl ze naar de deur staarde. Het was doodstil.

'Hallo?' Een zwakke, aarzelende stem aan de andere kant van de deur.

Astrid sloeg haar handen voor haar mond. Nils sprong naar voren en trok aan de deur.

'Alan?' riep Luna. 'Ben jij het, Alan?'

'Luna?'

'Aan de kant,' riep Nils. Hij begon tegen de deur te trappen. Het duurde een tijd voordat de eerste planken het begaven, maar Nils gaf niet op. 'Haal een stevige tak of iets dergelijks,' zei hij tegen Luna.

Luna rende meteen weg.

Nils ging door met trappen totdat er een gat ontstond. Met een dikke tak, die Luna hem bracht, kon hij de deur verder forceren totdat het gat groot genoeg was om doorheen te kruipen. De geur van ammoniak, ontlasting en aarde stroomde hen tegemoet.

Het was aardedonker in de ruimte. De ramen waren geblindeerd, maar nu stroomde er wat licht via het gat in de deur. Nils ging als eerste naar binnen, op de voet gevolgd door Luna en Astrid.

Astrid herkende Alan meteen, ondanks de beperkte lichtinval. Een lange, magere gestalte met lang haar, reeds in een omarming met Nils. Astrid haastte zich naar hem toe en nam deel in de omarming, en Luna deed na een korte aarzeling hetzelfde.

Pas na dat moment van intens geluk en blijdschap hoorde Astrid het gerammel van de ketting. Ze zette een stap achteruit en zag nu pas dat Alan geketend was. Een ketting leek uit de wand te ontspringen en zat om zijn voeten heen. 'Lieve help, wat hebben ze met je gedaan?' vroeg ze ontzet. 'Ontsnapping uitgesloten,' zei Alan. Zijn stem was zacht; licht haperend.

Nils controleerde de ketting met zijn hand. 'Hij zit aan de buitenkant bevestigd,' constateerde hij. 'Moment.' Hij kroop weer door het gat naar buiten en Astrid hoorde hem buiten tekeergaan, waarbij hout vervaarlijk kraakte. Hout waar de ketting waarschijnlijk aan was bevestigd.

'Alan toch,' mompelde Astrid. Ze omhelsde haar zoon opnieuw. Hij voelde koud en rook naar aarde. Hij was mager. Zo mager.

De ketting maakte opeens een rammelend geluid en viel met een klap op de grond. Alan was niet meer met de wand verbonden, maar wel nog met de ketting die zijn voeten enigszins bij elkaar hield. Maar hij kon bewegen. Voetje voor voetje. Wankel en trillend.

Nu ze wat langer in het schemerdonker van de ruimte stonden, kon Astrid een matras onder wat plankjes onderscheiden, en een emmer die waarschijnlijk als toilet had dienstgedaan. Ze zag een lege fles naast de matras liggen en wat oude kranten of iets dergelijks. Links en rechts stonden oude bankjes en er was zelfs een tafeltje, dat enigszins scheef was gezakt met de jaren. Een gietijzeren kacheltje, midden in de ruimte, achter het tafeltje, moest in vroeger tijden de ruimte warm houden. Het was nu uiteraard niet meer in gebruik. Het was koud in de ruimte. Veel te koud. Het was onvoorstelbaar dat hij hier een week had geleefd, onder deze omstandigheden.

'Kom,' zei ze tegen Alan. Ze legde zijn arm over haar schouder. 'We gaan naar huis.'

Luna ondersteunde Alan aan de andere kant. Samen begeleidden ze hem naar het gat in de deur. Het was slechts een klein stukje, maar Alan liep moeizaam door gebrek aan kracht en de ketting tussen zijn voeten, die weer was verbonden met de zware ketting die hij achter zich aan sleepte.

Bij de opening hielp Nils hem naar buiten. Alan kneep zijn ogen dicht om ze te beschermen tegen het felle licht. Nu pas zag Astrid hoe ellendig hij eruitzag; hoe smerig, onverzorgd en mager. Ze zei er echter niets over.

Nils nam de ondersteuning van haar over en samen brachten ze hem naar de auto. Ze lieten hem voorin plaatsnemen, naast Luna, waar hij zijn lange, geketende benen kwijt kon.

Astrid en Nils gingen achterin zitten.

'Ik breng je naar het ziekenhuis,' zei Luna toen ze de auto startte. Ze was aangedaan en haar stem trilde hevig.

'Nee. Geen ziekenhuis. Eigen huis.'

'Je eigen huis is overhoopgehaald. Het is een chaos en alles is kapot,' zei Astrid. Ze zat achter hem en liet haar hand door zijn haren glijden. 'Het spijt me.'

'Willy?'

'Met Willy is alles goed.'

Alan liet zijn schouders zakken.

'We kunnen naar mijn huis gaan,' stelde Astrid voor.

Alan knikte.

Luna drukte het gaspedaal in en volgde het bospad terug naar de weg. Er waren zo verschrikkelijk veel vragen; er was zo veel te zeggen, maar niemand nam het woord. Ze zaten met z'n vieren in de auto, zwijgend. Astrid voelde tranen over haar wangen lopen. Ze deed geen moeite om ze tegen te houden.

Opeens voelde ze hoe Nils' hand die van haar zocht. Ze nam de hand aan; aarzelde niet eens. Zijn hand voelde warm om de hare. Hij had meer geleden dan ze had verwacht. Meer dan ze had willen zien.

Maar de nachtmerrie was afgelopen. De tijd moest de rest doen.

HOOFDSTUK 21

Sven Löf en Hasse Björkman zaten ieder op een fauteuil bij de salontafel. Voor hen stond een dampende mok koffie. Nils, Luna en Astrid zaten op keukenstoelen, die waren bijgeschoven. De haard brandde, hoewel het buiten niet bijzonder koud was. Maar de warmte die het vuur verspreidde was behaaglijk. Huiselijk.

Alan zat in dekens gewikkeld onderuitgezakt op het bed met een grote kom soep – die zo dik was dat het meer een stoofpot leek – in zijn ene hand, terwijl hij met de andere hand de kom leeg lepelde. Naast hem, op een schaaltje, lag brood, dat hij zo nu en dan in de soep doopte om er daarna een stuk van af te bijten. Hij had honger. Zo'n honger...

Nils had de kettingen meteen bij thuiskomst met een ijzerzaag uit Astrids bescheiden gereedschapskist doorgezaagd, terwijl Luna en Astrid verschrikt hadden toegekeken, bang dat de zaag in Alans benen zou grijpen. Uiteraard gebeurde dat niet.

Daarna had Luna Alan meegenomen naar de badkamer, waar hij zich kon wassen, terwijl Nils Sven Löf belde.

Astrid had in de tussentijd koffie, thee en de maaltijdsoep van linzen, wortelen, pastinaak en zoete aardappelen gemaakt en wat speltbrood ontdooid dat nog in de vriezer lag. Het soort eten waar Alan van hield en dat Nils met argusogen bekeek.

'Zullen we bij het begin beginnen?' vroeg Sven. Zijn blik was gericht op Alan.

'Maandag. Ruim een week geleden, als ik dat goed heb begrepen,' begon Alan. 'Je raakt de tijd kwijt, weet je. Maar mijn moeder zou komen. Ik wilde nog even aan de kas werken. Ik weet niet wat daarna gebeurde. Alleen dat ik het volgende moment in dat houten hok lag waar mijn ouders en Luna mij hebben gevonden. Ik lag aan een ketting, had hoofdpijn en was misselijk. En het was donker. Ik had geen idee van de tijd. Ik wist alleen dat ik niet weg kon. En geloof me, ik heb het geprobeerd. Als ik tenminste niet sliep. Ik sliep zo veel…' Hij nam een lepel soep en huiverde even. De stoppelbaard en snor die zich op zijn gezicht hadden gevormd tijdens zijn gevangenschap, waren verdwenen. Zijn haar was gewassen en hing in lange, natte pieken langs zijn gezicht. Astrid vond dat hij er kwetsbaar uitzag. Kwetsbaar en mager.

'Ik neem aan dat er eten en drinken werd gebracht?' vroeg Hasse.

'Ja. Maar alleen als het buiten donker was. Geen idee of dat 's avonds of heel vroeg in de ochtend was. Dan openden ze de deur, richtten een schijnwerper of bouwlamp of iets dergelijks op mij en schoven een fles water en iets te eten naar binnen. Ik kon geen gezichten onderscheiden. Eigenlijk niets. Ik neem tenminste aan dat jullie dat graag willen weten.'

'Stemmen?' vroeg Hasse.

'Er werd geen woord gezegd.'

'Weet je waarom je bent ontvoerd?'

'Ja. Maar dat kan ik niet bewijzen.'

'We luisteren,' zei Sven.

'Data.' Alan keek de politiemannen een voor een aan. 'Gegevens die bewijzen dat Sigge Pettersson een smerig spel speelt.'

'De gegevens op de memorystick die je moeder vond?'
Alan keek naar Astrid. 'Je hebt hem gevonden?'

'En verloren. Je was niet de enige die een klap op je kop kreeg en in een hok wakker werd. Alleen werd ik in mijn eigen schuur wakker en ben ik een paar uur later door je vader gevonden.'

Alan schudde zijn hoofd. 'De smeerlap.' Hij richtte zijn blik weer op Sven. 'Ja. De gegevens die op de memorystick stonden. Ze waren gecodeerd, maar een beetje IT'er kon ze gemakkelijk decoderen. Het waren bewijzen van Sigges spel.'

'En dat spel is?'

'Sigge heeft slechts een deel van zijn afvalstoffen via een bedrijf laten afvoeren. Het andere deel is gestort op zijn eigen grond. Hij wist het aardig te verhullen, maar een deel van de planten stierf af, de doodgeboorte onder de dieren werd in dat gebied extreem hoog en er werden steeds vaker kadavers aangetroffen met gezwellen. Ik heb diverse planten en dieren laten onderzoeken en de resultaten opgeslagen. Ik heb tevens grond- en waterproeven genomen, waarin onder andere benzeen en styreen werden aangetroffen. Ook die gegevens zijn opgeslagen. Kortom, de grond die Sigge zo grootmoedig aanbiedt in ruil voor de kavels van Kalle, Tobias en Ingemar, is zwaar vervuild. Sigge heeft groot belang bij het vinden van een nieuw dumpgebied. De productie van pvc is goedkoop, maar de verwijdering van de grote hoeveelheid afvalstoffen die vrijkomen, is duur. Zeker met de huidige milieueisen. Dat hij minder afval produceert dankzij zijn technologische ontwikkelingen, is niet meer dan een wassen neus. Net als het nieuwe bedrijf dat hij zogezegd in de arm heeft genomen voor de afvoer van afvalstoffen. Dat bedrijf bestaat niet. Hij laat gewoon een deel van het afval "verdwijnen". Zijn eigen grond kan niet zwaarder worden belast zonder dat het al te veel opvalt, dus was hij op zoek naar nieuwe grond. Het te bouwen vakantiepark is niet meer dan een dekmantel. De projectontwikkelaar die daarbij is betrokken, Hulte Bygg, is een goede vriend van Sigge. Het park zal er heus wel komen. Al is het maar om de aandacht af te leiden. Maar het valt te verwachten dat ze er de tijd voor nemen in verband met die zogenaamde sanering.'

'Zogenaamde sanering?'

'Er is geknoeid met de grondproeven bij Kalle, Tobias en Ingemar. Sigge heeft handig gebruikgemaakt van het feit dat overal de rioleringen worden gekeurd. Dat uitgerekend op die plek bij het Bolmen een oude fabriek heeft gestaan, kwam natuurlijk ook van pas. Net als de oude olietanks in de grond, de ouderdom van Ingemar en de gezondheidsproblemen van Tobias. Kalle was wat moeilijker te overtuigen, neem ik aan, maar zijn vrouw wilde verhuizen. Geen idee of iemand haar op dat idee heeft gebracht. Een ingenieur in Sigges bedrijf, Per Erik Ericsson...'

'Wat?' onderbrak Astrid hem geschrokken.

Alan keek haar aan. Zijn wenkbrauwen gingen een beetje omhoog. 'Ken je hem?'

'Ik wist het,' mompelde Nils.

'Wat?' vroeg Alan.

'Vertel verder,' drong Sven aan.

'Per Erik bood zijn diensten aan als expert van een bedrijf dat in rioleringen doet. Op zich niet uitzonderlijk, als het bedrijf daadwerkelijk had bestaan. Maar dat deed het niet. Ondanks de fraaie website, die vanuit Chemtek was ontworpen. Per Erik nam de grondproeven en leverde ze in bij de gemeente, bij Bengt. Het ging om grondproeven in verband met de aanleg van een nieuwe riolering, liet hij weten. Bij de gemeente heeft hij aangegeven dat hij handelde in opdracht van de betreffende boeren. Aangezien mensen grondproeven zelf kunnen nemen, ging Bengt er blijkbaar vanuit dat het ook in dit geval was gebeurd. Misschien is Bengt ook bij het hele verhaal betrokken, maar dat weet ik niet. In ieder geval bleek de grond ernstig vervuild en was Per Erik zo vriendelijk om nog meer proeven te nemen, waarbij de formulieren door de betreffende boeren netjes werden ondertekend. Waarschijnlijk wisten ze niet eens waarvoor ze tekenden. Uiteraard toonde het aan dat de grond en het drinkwater ernstig vervuild waren en maakte Per Erik de boeren duidelijk dat ze voor hoge saneringskosten stonden. En dat was het moment waarop Sigge met zijn prachtige voorstel op de proppen kwam. Naast het feit dat de ruil voor Sigge per definitie al lucratief was omdat hij meer en betere grond terugkreeg, denk ik dat Hulte Bygg in zijn opdracht goedkope woningen voor de boeren zou hebben gebouwd. Leuk in het begin, totdat de winter komt en de problemen beginnen. Bygg heeft wel meer huizen gebouwd waarbij werd bespaard op materialen om de kosten te drukken. Er zijn aanklachten geweest, maar er viel niets te bewijzen.'

'En de bewijzen voor alles wat je nu vertelt, stonden op die memorystick?'

Alan knikte. 'Alles. Alle data, verwijzingen naar proefnemingen, dossiernummers van de laboratoria en van rechtszaken. Zelfs persoonlijke bestanden uit Sigges computer. Alles.'

'En nu is alles weg,' zei Astrid. Waarom was ze ook zo'n domme gans? Ze was niet alleen in het toneelspel van Per Erik getrapt – ze kon die man werkelijk de nek omdraaien – maar was ook veel te onvoorzichtig met de memorystick omgegaan. Ze had kunnen weten dat het belangrijk was. Ze keek naar Alan. 'Het spijt me zo erg...'

'We kunnen nieuwe proeven laten nemen,' meende Hasse.

'Niet nodig,' zei Alan. 'Die tijd en waarschijnlijk ellenlange procedure kunnen we ons besparen.' Hij glimlachte naar zijn moeder. 'Mam, die tomatenplant bij het raam...'

Ze keek hem vragend aan.

'Graaf eens in het zand rechts van de plant. Ik kan je niet verzekeren dat de plant het overleeft, maar je krijgt van mij een nieuwe.'

Astrid stond op en liep naar de plant. Onzeker drukte ze haar vingers in de vochtige aarde. Al na twee centimeter stuitte ze op iets hards.

Ze keek even om naar Alan.

Hij knikte.

Astrid groef dieper in het zand en haalde er een kunststof capsule uit. Ze draaide de capsule open en haalde er een memorystick uit. Verbijsterd keek ze ernaar.

'Ik had uiteraard een kopie,' zei Alan. 'Ik wist dat hij in mijn huis niet veilig lag en moest de aandacht van jouw huis afleiden; niemand op een idee brengen. De schuur was een logische plaats. De grote omweg naar de vindplaats moest het vermoeden oproepen dat het om de echte memorystick ging.'

'Lieve help,' zei Astrid.

Sven strekte zijn hand uit. 'Mag ik?' Hij keek ook even naar Alan.

'Uiteraard,' zei Alan. 'Ik denk dat jullie wel iemand hebben die hem kan decoderen.'

'We hebben een paar knappe koppen,' bevestigde Sven terwijl hij de memorystick aannam.

HOOFDSTUK 22

Astrid had niet het gevoel dat alle vragen waren beantwoord toen Sven en Hasse weer waren vertrokken, noch dat alles was gezegd. Maar ze voelde zich beroerd en ze was doodmoe. Haar hoofd bonkte.

Ze wist dat Alan er niet beter aan toe was. 'Je kunt natuurlijk hier slapen,' zei ze tegen hem. 'Je eigen huis is momenteel onbewoonbaar.'

'En waar slaap je zelf dan?' vroeg Alan.

'In een stoel of zo,' antwoordde ze wat aarzelend.

'O, Astrid, doe nou niet zo moeilijk,' zei Nils. 'Alan kan gewoon bij mij slapen. Ik heb in ieder geval een slaapbank én een slaapkamer met bed. Bovendien kan hij dan kleren van mij lenen. Niet helemaal de juiste maat, maar voor even gaat het wel. Morgen zorgen we dat zijn eigen huis op orde komt.'

'Zijn eigen huis? Maar als er dan weer iets gebeurt?' reageerde Astrid verschrikt.

'Sven en Hasse gaan er meteen achteraan,' verzekerde Luna haar. 'Ze laten die stick decoderen en met de bewijzen kunnen ze Sigge, Per Erik en Isak oppakken. Bovendien blijf ik de eerste dagen bij hem.' Ze keek naar Alan en glimlachte.

Alan keek haar vragend aan. 'Ik dacht dat je daar nog niet aan toe was?'

'Beeld je niets in. We zijn gewoon vrienden. Ik let alleen

maar op je.' Haar ogen twinkelden een beetje.

Nils hielp Alan overeind en Luna begeleidde hem naar de voordeur. Alan was nog in een deken gewikkeld. Astrid liet het maar zo; ze kon zich voorstellen dat het nog wel heel wat langer zou duren voordat hij weer echt warm was, na wat hij had moeten doormaken.

Toen ze naar buiten gingen, liep Astrid naar het raam en keek hoe Nils Alan in de auto hielp. De kleine gebaren van Nils, die zorgzaamheid uitdrukten, waren zo kenmerkend voor hem. Was dat er altijd al geweest?

Ze dacht aan zijn hand in de hare, maar schoof die gedachte gauw weer weg.

Luna ging achter het stuur zitten, Nils achterin. Astrid keek hoe de auto wegreed. Ze bleef alleen achter in een huis dat opeens verschrikkelijk leeg leek.

Miemel zeurde om eten, zoals altijd, blijkbaar onaangedaan door alle gebeurtenissen.

Astrid gaf de kat eten, nam een lange warme douche, slikte een pijnstiller en kroop in bed. Ze verwachtte dat haar hoofdpijn en oververmoeidheid haar wakker zouden houden, maar het duurde nauwelijks tien minuten totdat haar ogen dichtvielen en ze wegzonk in een diepe, rustige slaap.

HOOFDSTUK 23

Drie dagen later haalde Nils Astrid op om naar Alan te gaan. Natuurlijk was Alan de laatste dagen vaak bij haar geweest. Hij had bij haar gegeten en haar lappen stof en kussens gebracht om nieuwe kussenslopen te maken. Ze had ook nieuwe gordijnen gemaakt.

Eigenlijk was dat het enige wat ze kon doen. Ze had graag in zijn huis geholpen met opruimen en herstelwerkzaamheden, maar haar lijf wilde nog niet en haar hoofdpijn was nog lang niet verdwenen. Bovendien was ze vaak duizelig.

Rustig zitten en kussenslopen en gordijnen maken ging gelukkig wel goed. Zeker als ze er de tijd voor nam, want ze had op dit moment nog het concentratievermogen van een haarspeldje.

Luna had Alan overdag geholpen en Nils was na zijn werk steeds naar het huisje gegaan om de grotere herstelklussen uit te voeren. Astrid was benieuwd hoe het was geworden. Nils was immers een vakman en het was allesbehalve uitgesloten dat het huis erop vooruit was gegaan.

Het was vreemd om bij Nils in de auto te stappen na alles wat er was gebeurd. Ze had nauwelijks meer met hem gesproken nadat ze Alan hadden gevonden in die oude zagerij. Hij was natuurlijk elke avond bij Alan aan het werk geweest, en strikt genomen was er voor hem geen reden meer om haar te bezoeken.

Hij had haar hand vastgehouden toen ze Alan hadden

gevonden. Maar het was niet meer dan een gebaar van troost geweest. Een toekomst met Nils was uitgesloten. Hun huwelijk was een afgesloten hoofdstuk. Er was te veel gebeurd. Ongeacht wat Luna zei. Wat wist zo'n jong meisje nu?

Bovendien had Astrid het naar haar zin in haar huisje. Dat ze zich soms toch erg eenzaam voelde, was volkomen normaal. Dat ze Nils soms miste, wilde ze niet eens weten. Het was zoals het was. Dat moest ze goed tot zich laten doordringen.

En nu zat ze naast hem. Ze keek vluchtig naar zijn profiel. Hij beantwoordde haar blik niet, maar keek recht voor zich uit. Hij was gespannen, zag ze. Misschien was ze dat zelf ook. Waarom zat ze anders met opgetrokken schouders en gebalde vuisten in haar stoel?

'Deze auto is toch wel stoer,' zei ze, in een wat onnozele poging de stilte te verdrijven.

'Hm. Hij gaat de deur uit.'

'Waarom?'

'Onpraktisch. Maar dat vond jij al vanaf het begin.'

'Dát heb ik niet gezegd.'

'Jij hoeft niets te zeggen om iets duidelijk te maken.'

'Bovendien gaat het mij niet aan.'

'Juist.'

Stilte.

Nils verhoogde zijn snelheid. Niet zo handig nu ze net de grindweg op reden. Astrid had het gevoel in een foodprocessor te zitten. Ze werd behoorlijk door elkaar gerammeld, maar ze zei niets.

Nils klemde zijn kaken steviger op elkaar en minderde toch maar weer vaart.

'Hoe is het geworden?' vroeg Astrid. 'Bij Alan.'

'Nog steeds veel te klein. Maar naar omstandigheden redelijk.'

'Ik ben benieuwd.'

Nieuwe stilte.

'Hij ziet er wel weer veel beter uit,' zei Astrid.

'Hij is nog mager. En dat haar...'

'Je weet hoe hij is.'

'Ja.'

'Het is een goeie jongen.'

'Ja. Dat is hij.' Nils reed het zandpad in richting Barnasjön en parkeerde op het vlakke stuk voor het huis. De scooter van Luna stond ook voor het huis geparkeerd.

'Ze is er nog?'

'Morgen gaat ze naar Lund. Ze moet weer naar school.'

'Ik neem aan dat ze niet te lang weg kan blijven, nee.'

Ze stapten uit, Astrid moeizamer dan ze wilde laten blijken.

Alan en Luna kwamen naar buiten. 'Ik heb de thee klaar,' zei hij meteen. 'Alles werkt weer.'

'Toch niet van die kruidenrommel?' vroeg Nils.

'Nee, pa. Koffie voor jou.' Alan grijnsde breed.

Astrid volgde Nils, Alan en Luna naar binnen en constateerde dat ze gelijk had met haar veronderstelling dat het mooier zou zijn dan voorheen. Nils had zelfs aanpassingen gedaan met uitschuifbare kastjes en dergelijke, waardoor de ruimte beter werd benut. Beslist een verbetering.

Astrid vond het heerlijk om weer in het huisje te zijn.

Ze hoefde niet te vragen hoe het tussen Luna en Alan ging. De kleine, lieve gebaren naar elkaar toe, de toevallige aanrakingen en de manier waarop ze elkaar aankeken, zeiden veel meer dan woorden konden doen.

Zodra Alan ging zitten, sprong Willy op zijn schoot, duidelijk in zijn nopjes dat zijn baas er weer was.

'Heb je nog iets van de politie gehoord?' wilde Astrid weten.

'Sigge is opgepakt wegens milieuvervuiling en oplichting.

Per Erik is medeplichtig. Isak is een paar keer ondervraagd, maar wat mijn ontvoering betreft, weten ze allemaal nergens van. Viel te verwachten. Sven Löf denkt dat Isak mij heeft neergeslagen en meteen daarna verdoofd en meegenomen naar de zagerij, in opdracht van Sigge. Waarschijnlijk was het de bedoeling dat ik van het toneel verdween – in ieder geval voor aanzienlijke tijd of totdat ze het bewijsmateriaal in handen hadden, misschien voor altijd – maar Sven sluit niet uit dat Isak mij als onderpand hield om Sigge onder controle te houden. Momenteel zijn ze vooral bezig met het zoeken naar bewijsmateriaal, maar de mannen zijn voorzichtig te werk gegaan.'

'Hoe zat het met die aanklacht tegen jou?' vroeg Astrid.

'Ik ben inderdaad in de fabriek geweest, maar dat was op uitnodiging van Sigge zelf. Hij wilde praten over de beschuldigingen in de krant, maar hij lokte ruzie uit toen ik eenmaal daar was. Hij zorgde ervoor dat onze woordenwisseling niemand kon ontgaan, en het was niet de verstandigste beslissing van mijn leven om daarin te trappen. Maar goed... van inbraak en besmeuring van zijn villa was uiteraard geen sprake. Het kettinkje heeft Isak in de fabriek geplant, na mijn ontvoering. Makkelijk genoeg om machines te vernielen en een zogenaamd bewijsstuk te deponeren. Sigges buurman zag een lange, magere man met lang haar wegrennen. Hij kon geen gezicht zien, maar het is duidelijk dat meteen de link naar mij werd gelegd. Daar zorgde Sigge wel voor, die heeft het hele gebeuren ongetwijfeld in scène gezet, waarschijnlijk met de hulp van zijn rechterhand Per Erik.'

'Lieve help,' zei Astrid hoofdschuddend. 'Er is ook een technisch team bij mij geweest. Ze hebben de tuin en de schuur onderzocht, maar ik weet niet of ze iets hebben gevonden. Maar ik denk dat ik wel weet wie mij heeft neergeslagen en de stick heeft afgenomen. Sigge was zelf in

Värnamo en zat daar zogenaamd op mij te wachten. Per Erik wist waar ik woonde en wist hoe laat ik zou vertrekken. Dat ik zo naïef kon zijn...' Ze schudde haar hoofd.

'Mogelijk was hij het, mogelijk iemand anders,' meende Alan. 'Het is de vraag of ze daar met zekerheid achter komen.'

'Ik begrijp niet wat je in hem zag,' zei Nils. 'Snelle jongen. Bepaald niet jouw type.'

'Och, iets in hem zag...' mompelde Astrid.

'Je gedroeg je als een verliefde bakvis.'

Astrid ging daar maar niet op in.

Toen Nils haar later weer naar huis bracht, zei hij in de auto niets. Astrid had het gevoel dat hij kwaad op haar was en ze wist niet waarom. Het maakte haar nerveus, en dat irriteerde haar weer. Waarom interesseerde het haar nog wat hij deed of dacht? Luna had het verkeerd. Tussen haar en Nils was niets meer. Hoelang duurde het voordat je zoiets met hart en ziel kon accepteren?

Nooit, schoot het door haar heen.

Het bezorgde haar een bittere smaak in haar mond.

Ze wilde meteen uitstappen toen Nils voor haar deur stopte, maar hij pakte haar arm vast.

Ze draaide zich naar hem toe.

'Astrid, het spijt me,' zei hij.

Ze keek hem onzeker aan.

'Alles wat ik je heb aangedaan. Het spijt me.'

'Jee, Nils...'

'Ik zou er alles voor overhebben om het ongedaan te maken. Dat meen ik. Maar ik denk dat het niet meer mogelijk is. Je hebt je eigen leven, je eigen huis...'

Lag hier een vraag in besloten? Astrids keel voelde droog.

'Wil je mee naar binnen komen? Iets drinken?'

Nils knikte.

Ze stapten uit en liepen naar haar huis. Nils stond dicht bij haar toen ze de deur opende. Ze rook hem, voelde hem bijna. Ze ging niet meteen naar binnen. In plaats daarvan pakte ze zijn hand vast, keek hem aan, glimlachte en nam hem mee naar binnen.

'Het is nooit te laat,' zei ze. In de keuken draaide ze zich naar hem om. 'We hebben een lange weg te gaan en ik ga het je in geen geval gemakkelijk maken, maar...'

Hij liet haar niet uitpraten. Hij boog zich naar haar toe en kuste haar. Vreemd en vertrouwd tegelijk.

Nee. Het was nog niet te laat.